小説の生誕地・その源流をたどる

——日本海辺の文学研究序説——

森　英一

能登印刷出版部

目次

三章　作家の系譜・青森

小説の生誕地・その源流をたどる

――日本海辺の文学研究序説――

一章　風土の系譜

風土と文学

——石川の場合

「風土と文学——石川の場合」というタイトルの意味は、石川県の風土と文学の関係はどのようになっているのか、つまり、石川県の風土が文学にどのようにかかわっているのか、いないのかということを考えてみるものである。その際、石川県というのはもちろん能登と加賀の両方を含むわけで、さらに能登は内浦と外浦とではかなり差異が見られるし、それらにも注意する必要がある。文学といっても時代差やジャンルの別もあるので、それも考慮せざるをえない。となると、考察の対象・内容は極めて範囲が広く、また多岐多様にわたるため厄介な問題となり、慎重な対応が求められる。

そこで、取り敢えずは風土を「住民の慣習や文化に影響を及ぼす、その土地の気候・地形・地質など」(『大辞林』)と定義しておこう。換言すれば、石川県の地形や地質、気候がいかにそこに住む人達の慣習や文化に影響しているのかということになる。当然ながら、その気候などによって形成された慣習や文化は次の世代に歴史として継承されていき、さらに、その時々の社会状況を反映し、変容を加えながら子孫代々伝播される。地質や地形等は長い地球の歴史から見れば、高々百年位では、大地震等の天変地異が発生しない限りはそんなに変化をみせないとしても、社会状況の変化による変貌はかなりのものであるということは私達の知るところである。

I

まず、石川の地形や気候の特色をみてみると、長い海岸線を所有している一方、高山を抱き、農作物に適したそこそこの土地を備え、夏は高温多湿、冬は降雪に見舞われる。一言で言えば、自然の幸にも恵まれて豊かな自然環境に置かれているといえよう。

では、そんな自然環境に住む者達が築いてきた文化はどのようなものだったのだろうか。古代から大陸との交流が盛んであった能登だが、加賀地方共々、源平の合戦を経て、蓮如の布教後は浄土真宗の教えが根づくようになり、一向一揆後に「百姓ノ持チタルクニ」が約一世紀続く。しかし、なんといっても前田利家が金沢入城以降に、石川は本格的に発展したといえよう。今日に残る伝統工芸の基礎を築き、芸能や学問を奨励して加賀百万石文化の花が開いたのである。

果たしてこのような風土や文化伝統が後世にどのように影響していくのだろうか。最初にこれまでどんな見方がなされてきたかを紹介したい。

その前に、もう一度、風土と文学に関する考察について基本的な事柄を確認しておきたい。私達は長谷章久著『日本文学と風土』（講談社現代新書、昭44・4）をすでに持っている。当時、日本文学風土学会の常任理事であった長谷の簡明ながら、基本的事項を網羅した意欲作である。この中では、風土が文学に与える影響について縷々考察を加えている。

和辻哲郎の『風土』や古代の『風土記』、鎌倉期の成立と言われる『人国記』の検討から始まって、東京や京都の気温や晴天日の紹介・考察、現代女子学生の出身別による気質調査結果、ブルーノ・タウトの著作の考察、等々かなり多方面に多角的な考察を展開しているが、どうしても古典文学が対象になりがちである。マスコミや交通が発達した今日でも風土の差はあると主張する一方、「近代文学と風土的関心の減少乃至欠如が問題視されるが」と近代文学を対象とすることに注意深い姿勢を見せつつも、小説家より歌人の方が各自の成長期に及ぼす風土の影響は大きいとして、斎藤茂吉らに注目し、さらに、また作家でも、太宰治と葛西善蔵、石坂洋次郎では同じ津軽の作家だから、共通性があると言い、また、松本清張『ゼロの焦点』のような風土に関心を持った例を指摘する。これら近代文学の例における指摘の妥当性は後に検討する。

このような考察は非常に興味深く、種々教えられる点が多いのだが、慣習や文化に影響するのは風土だけでなく、その時代特有の状況と価値観も考察範囲に入れる必要があり、さらに、そこに住む者が人生の何時頃にどれだけの期間、居住していたかも重要であり、さらに、時代によってその地域を取り巻く情報量も風土に負けずに影響が大きいと考えられる。つまり、近代になると、交通やマスコミの発達によって各地域を取り巻く諸状況が、均一化され、地域間の格差が次第に縮小していく。地形や気象の差に加えて、交通等の未発達による閉塞状況が、地域に居住する人間達にそれまで大きな影響を及ぼしていたのが、次第に喪失していくということである。

時代が進むに連れて以上の諸因が複雑に絡み合って問題解決は容易でない。逆に、人の移動が少なかった時代における風土の影響は割と考察しやすいだろう。石川においては、江戸時代以前は例えば、大伴家持の和歌が県内を詠んでいるが、先に見たように彼の居住時期や年齢等を勘案すると、来訪者の眼から見た作品と判断した方がよい。江戸時代の芭蕉と『奥の細道』の場合も同様である。いずれも風土の影響が希薄だと判断したい。その他、紀行文や実録物、漢詩文等のジャンルに作品が残されているが、工芸や芸能ほど、豊穣な遺産がないようである。とすれば、やはり、明治以降の作物を先ずは対象にするべきだということになる。

II

以下、いくつかの先行研究を紹介するが、まず、藤本徳明著『北陸の風土と文学』（笠間書院、昭51・8）はサブタイトルに「金沢の文学を中心として」とあるように、能登をも対象にしたものではないが、意欲作である。長谷章久の著書も視野に入れ、風土と文学のかかわりをより特定の地域に限定した各論とも言うべきものである。極めて博識ぶりが発揮された記述で、内容の要約には困難を感じるが、次の箇所に要点があると思われる。

「放浪する聖者」としての男性と、「汚れた聖女」としての女性との、葛藤を通じての存在の根源に肉迫する荘厳な祭儀としての愛、というのを、金沢にゆかりをもつ文学の、根幹をなす主題の一つである、とすることは、少しく飛躍に過ぎるであろうか。

つまり、いわゆる鏡花、秋声、犀星の金沢三文豪をはじめとして金沢に描かれる作品の男性は「ほとんど、秩序から疎外されつつ、『聖なるものへの渇望』『存在への郷愁』にかられて遍歴をつづける、探究の神話の、『若きアダム』としての風貌をそなえている」し、登場する女性は、「身は汚れていても心は聖女のように美し」く、時には愛する者のためには、敵と取り組む雄々しさも発揮する。そして、それらを生んだのが金沢の風土と文化だという。気候がもたらす受容的、退嬰的、保守的な気風が文化の表現形式となり、加賀藩の、幕府からの挑発を防ぐ生き方が美術工芸や芸道を盛んにし、浄土真宗が在地の白山信仰等と結合し、変形して先の「放浪する聖者」と「汚れた聖女」のパターンを次第に外在化していく、というのである。

この考察は発想が面白く、評論としては魅力的だが、いくつかの疑問点を感じる。例えば、風土の影響は長谷の指摘にあったように、一介の旅行者とそこで育った者とでは全く深浅が異なる。それを考慮しているのかということ。次に、近代文学中でも小説に対しては、風土との関係が容易に証明し難いとされるが、藤本が例示しているのはほとんど小説であること。また、作品の読み方に異論が出る余地を残すこと。例えば、五木寛之の「聖者が街にやってきた」を手がかりに論を展開する。確かにタイトルは論者にとって魅力的かもしれないが、五木の意図は自身が感じていた金沢の伝統が少しずつ揺らいできたということを描こうとしたのであって、発想が金沢という街の性格と結びついているとは思われない（詳細は、小書『五木寛之の文学・ひとつの読み方』で述べてある）。

確かに、刺激的な評論ではあるが、「文学風土学」としては個々の作品に対するもう少し緻密な考察と手続きを要するだろうというのが正直な感想・評価である。

次に『THE石川・なるほど百科　風土編』（能登印刷出版部、平2・3）について述べる。

これは、石川の風土は「きわめて内省的な、物事についてもよくよく考えてから判断する、そういう人が大勢この地からは出た」と言い、その典型として鈴木大拙と西田幾多郎を挙げ、特に西田に真宗と加賀藩の学問奨励の影響を指摘する。同様に、この影響下に高峰譲吉や木村栄、中谷宇吉郎、四高の誕生があったと述べ、多数の文学者が輩出した背景に「金沢の風土、とくに加賀百万石の驚くべき遺産」があるとする。

また、白山の存在から深田久弥、一向一揆の末裔に加賀耿二や島田清次郎を挙げ、能登の風土と宗教の影響下に坪野哲久と加能作次郎があるという。

この本は奥付のページに執筆者一覧が掲載されているものの、項目別の署名はない。従って、執筆者は特定できない。

『石川近代文学全集別巻　軌跡・石川の文学』（石川近代文学館、平10・12）所収の小林輝冶「石川文学地図」は「能登から加賀へ各論を展開する形でさらに、その地域地域の風土性と近代文学とがどう関わってきたか」を述べている。

小林は考察の前提として自然的風土に加えて精神的風土も考えない限り、この問題は正確でないといい、その観点から「室町以降、次第にその力を大きくしていった浄土真宗の存在抜きに、加賀・能登の精神性を語ることは、一切できないだろう」と言う。その上で、能登と加賀に分けて考察を進める。

まず、能登について厳しい自然が住民を忍耐と我慢とを強いる者にし、そういう人々の心を掴んだのが浄土真宗である。加能作次郎の作品は信仰の深さを示す人々を描いていると言い、能登でも外浦はより厳しい自然のため、それを描いた作家に松本清張「ゼロの焦点」や沢木欣一の句集『塩田』、水上勉のエッセイ、安永稔和の詩集『能登』、森崎和江や高橋玄一郎の小説があると指摘する。一方、その自然の厳しさをかえって自分のエネルギー源とした歌人に坪野哲久や岡部文夫がいる。また、内浦の関係では杉森久英『能登』は忍耐や我慢を裏返した、まことにしたたかな精神の強さを描くと言う。

次に、加賀については白山の偉大さを描いた深田久弥『日本百名山』を挙げ、手取川の河口で常に荒々しい海に向かって前進する開拓者精神と一向一揆の隠された熱い土壌との延長上に島田清次郎が生まれ、一向一揆の反骨の系譜に加賀耿二の作品があると指摘する。

また、金沢は多年にわたる加賀藩の文化的蓄積があったからこそ、文学にあっても明治以降も多くの作家達を輩出しえたと言い、以下、浅野川と犀川近辺に生まれ育った作家、あるいは居住した作家を挙げる。また、四高の、近代文学に与えた影響の大きさを思い知らされるとして、関係の作家を紹介する。

凡そ以上のような内容だが、後半に従って作家と作品名とを列挙するだけの記述になり、具体的な指摘がされていない。また、前半にしても、例えば「何か分かるような気がする」とか「どこか〜通じるようなものがあると考えざるをえない」とか、諸作家を列挙したあと「この地の風土性を重ね改めて考えれば、きわめて納得のいくことである」と結論づけたりする。つまり、具体的な論証に若干欠けているのである。本論を所収する該当書の内容的制約や頁数の制限等があっておそらく十分な論を展開できなかったと思われるが、それにしても、この種の文章に緻密な論証を必要とすることは言うをまたない。

前述の長谷が奈良と京都の風土と文学との違いを説明するのに月別の快晴や曇天、降水のデータを示したり、学生の出身別のアンケートによる気質の差異を提示したりするのはその実証的態度を示す手法としてある意味では当然なのである。

具体的には、白山信仰にせよ、加賀藩文化の伝統にしろ、能登の厳しい気候にせよ、それがどのように作品形成に関わっているかを証明しなければ、単なる評論でしかない。

その後、小林は「特集　金沢三文豪を生んだ風土二つの川と百万石文化」（『北國文華』第五号、平12・6）において、金沢に限定して「より伝統的な文化にこだわってゆく浅野川（女川）文化と、つねに変化に敏であり、それを積極的に取りこんで新しい文化を創立してゆきたいとする犀川（男川）文化の二つが除々に形成された」という視点から犀星を考察する。また、加賀藩の徳川家に対する反権力の意識と秋声とを結びつける。

これらの指摘も発想は興味深いものだが、前文同様に説得性に若干欠けると思われる。

近代文学における風土の影響は今まで述べてきたところと重複するが、他の要因が多すぎてその占める割合はさほど多くはないのではないか。もちろん、その地域で伝承された慣習や文化も広義の風土的影響と考えれば、それはもちろん、無視できないが、それらよりも①その時代の状況や価値観、②その作家の、特に人格形成期までに与えられた他人の影響、③その作家の出合った書物、④その作家が持つ才能等々が重要で、それらが多様に複雑に絡み合って個々の文学が成立している。

Ⅲ

以下、具体的に述べていく。加能作次郎は二十歳に上京するまでに十三歳から五年ほど京都で生活したが、他は能登の外浦で生活している。父の漁業を手伝うこともあった。初期の代表作「厄年」（明44）は長期休暇を迎えた学生の「私」が帰省したときの話である。「私」には余り仲がよくない、結核に罹って瀕死の妹がいる。ために家に寄り付くのを避けているうち、死に目にも会えない。死後、余り冷淡すぎたと後悔の念にとらわれるが、自分が厄年を迎えていたことを想起し、妹が厄を背負ってくれたと感じ入る話。

これは、鰹やごづくらという魚は東南風（くだり）が吹く時がよく釣れるとかの、古老によって伝えられて来た生活の知恵ともいうべきものが紹介され、見舞いの老婆や妹自身による真宗信仰の篤さが記されたり、厄年や火葬場の煤を飲むと病に効くという俗信が述べられたり、「私」の鰹漁の手伝いが描かれたり、というふうに当時の能登の風土と文化が色濃く反映された作品である。他にも、作次郎のものは能登の風土と文化が濃厚な作品が多い。これらの中には例えば宮本常一『家郷の訓』（岩波文庫、昭59・7）に紹介される日本海側の他地域にも共通のものもあるが、この地独特のものも多い。まさに、風土色の濃い作家といってもよいのである。

では、同じ外浦出身の坪野哲久はどうか。歌人だけに「蟹の肉せせり啖へばあこがるる生まれし能登の冬潮の底」「殺生をいましめたまいし母のためつねあるごとし手首の数珠」のような風土色豊かな作品が多い。しかし、それは哲久の歌人としての半面の真実を語るに過ぎず、全てではない。彼の真髄の半面はプロレタリア文学と関わったことから知られるように、反骨と抵抗の姿勢にあった。いや、詳しく言えば、最初アララギの歌人・島木赤彦に師事し、風土色が濃い作品を作っていた。さらに、そこからプロ文学に転進するのである。その間にどんな事情があったのか。それは、風土の影響から誕生したのではなく、やはり、時代の状況から生み出されたと考えるのが妥当である。

詳細は本書二章「坪野哲久論—その初期の様相」で述べたので、簡略に従うが、まず坪野の『昭和秀歌』が参考になる。昭和三年九月の新興歌人連盟に参集した歌人達は大正歌壇の行きづまりを打破しようと願っていたので、まもなく、彼らはマルクス主義に立脚する文学運動に発展させていく。さらに、坪野に限定して言えば、島木の「鍛錬道」の主張をその運動に結びつけたことがあった。

もちろん、かと言って哲久短歌において風土の影響を全く否定するものではない。坪野の場合、風土と抵抗の姿勢とが微妙に入り混じっているところにその独自性があると見なければならない。いずれかを否定するような評価は正しいものとはいえないのである。

では、同じ抵抗の作家、加賀耿二（須井一）はどうか。小林輝冶は一向一揆の系譜に置く。たしかに彼は加賀で陶工だったが、二十二歳で京都に出てからは陶磁器従業員組合の結成に参加して、活動家になった。作家として出発したのではなかった。活動家としての精神基盤が最初にあり、それを作家に移植したに過ぎない。では、彼が活動に興味と関心を抱くようになった遠因はどこにあるのか。『つりのできぬ釣師』（新日本出版社、昭47・4）で語るように学校の教師が貸してくれた『一握の砂』だった。たとえ、彼の「綿」「少年」「工場へ」等多くの作品の素材が郷里の加賀での経験に基づくとしても、その魂は一冊の本との出合いによって形成されたのである。それを一向一揆の血に求めるのはやはり、無理というべきである。

以上、加能作次郎、坪野哲久、加賀耿二（須井一）を例に挙げて具体的に述べたが、余りに結論を急ぎすぎたかもしれない。より慎重に風土との影響関係を論ずるには、さらにそれぞれについて多数の作品を例に論証しなければならない。また、前述のように風土以外の様々の要因をも視野にいれて考察しなければならない。その結果でなければ結論を出せないはずである。その意味では、この問題はまさしく鵺のようなとらえどころのないものなのである。かなりの時間と慎重な手続きを要する。本稿はまだ問題提起の序論に過ぎない。

風土と文学（続）

たとえば、スーパーで新鮮に見える色の魚を選んで買ったものの、自宅で改めて見るとそんな鮮やかな色でなかった、裏切られたという経験はないだろうか。同様に、果物屋のりんごが余りにも美味そうな色だったのに、自宅ではそれほどでもないように感じたということはないだろうか。さらに、洋服店でスーツを選ぶ時にわざわざその品物を店先まで運んで見直すという方はいないだろうか。

これらの経験は、私たちの視覚が同じ照明光でも、白熱電球と蛍光灯の違いによって異なったり、自然光（太陽光線）と照明光との違いによったりで異なる反応を見せることを示す。

では、自然光に限定して言えば、地域差は見られるのだろうか。すなわち、北海道と九州とでは同じ赤が違う感じに見えるのかということである。あるいは、特定の地域が好む色というのは存在するのだろうか。

そんな地域差はないと普通は考えるが、専門家によると、それぞれ住む地域によって長年の生活体験の結果、好む色が異なり、地域の特色が現れるのだという。

佐藤邦夫『風土色と嗜好色』（青娥書房、昭61・10）では、日本を大別して、いわゆるフォッサマグマに沿う形で北を寒色系、南を暖色系とに分ける。つまり、北日本の寒色系と南日本の暖色系とに分け、また、太平洋側と日本海側とで、清色と濁色とに分ける。この組み合わせによって、さらに、それぞれを寒清色と暖清色に、寒濁色と暖濁色とに分ける。これらはそのエリアの住民が好む色彩の地域分けと重複し、この根拠・分類に基づいて、マーケティングに大いに役立てているという。

因みに、この現象の原因は太陽光が地球に当たるとき、球体の地球が、赤道など真ん中は高い照度を浴びるのに対して、北極点や南極点など極地帯へ接近するほど低い照度になるためであり、また、極地帯ほど空気層を通る時間が長いため太陽光線の白光がさまざまな壊れ方をして照らすことによる。また、地域によって日照時間が大きく異なることもある。以上の諸現象が重なり合うと、上記のように色彩嗜好や色覚形成に大きな影響を及ぼすことになるという。

この指摘は興味深く、NHKが初めて実施した全国県民意識調査『日本人の県民性』（日本放送出版協会、昭54・3）によると、本文では「色の好みには、予想されたように、地域を超えた共通性がみられた」と述べてあるものの、仔細に見てみると、そうでもないようである。たとえば、暖色の赤を好むのは百％中、平均が五・五％だが、北日本の五・〇％に対して南日本では五・七％である。明らかに違いが見える。また、寒色の青について平均が十五・五％のうち、北日本が十四・六％に対して、南日本は十四・五％と大差ないものの、十七％を超える地域が北日本で七県にも及ぶ（南日本では0）。

I

このように、色彩に関して風土との関連はある程度まで明確に指摘できるものの、文学と風土の場合はどうなのか。この説明のような相関関係が見られるのだろうか。このテーマについては、前章「風土と文学——石川の場合」を参照してほしいが、そこでのテーマを考える際の基本的立場は、古典文学と近代文学では視点が異なる。つまり、近代では住民の文化等に影響を及ぼすのは、気候や地形、地質以外の要因を考慮する必要がある。なぜなら、近代になると交通やマスコミの発達によって各地域を取り巻く諸情況が均一化され、地域間の格差が次第に縮小していくからである。したがって、文学に与える風土の問題は、その地域で伝承された慣習や文化はむろん、その時代の状況や価値観、さらには、その作家の、特に人格形成期までに与えられた他人の影響、その作家がそれまで出会った書物、その作家が持つ才能等々が複雑に絡み合っていることを考慮する必要がある、というものであった。また末尾に、多数の作品を例に論証する必要を述べ、それにはかなりの時間と慎重な手続きを要する、と記した。それを受けて本稿では太宰治と唯川恵の作品について論じたい。

最初に太宰治『津軽』についての考察を試みる。

これは作者三十六歳の、昭和十九年十一月に刊行された。小山書店が新風土記叢書を企画し、宇野浩二の『大阪』佐藤春夫の『熊野路』（いずれも昭11・4）というように割り当てられた作家がゆかりの地について執筆した。委嘱を受けた太宰も同年五月に、前年一月に亡母法要のために帰省して以来、一年五カ月ぶりに帰郷して、纏め上げたものである。

では、その内容はどのようなものであったか。作品の末尾に「津軽の生きている雰囲気は、以上でだいたい語りつくしたようにも思われる。私は虚飾を行わなかった。読者をだましはしなかった」と述べるが、後で指摘するように重大な虚構を交えた作品ではあるものの、できるだけ虚飾を行わないという姿勢は、一応評価できよう。それは、作中に、津軽に関する歴史書や地誌等、例えば、竹内運平「青森県通史」橘南谿「東遊記」寺島良安「和漢三才図会」、喜田貞吉や小川琢治の著書等々を引用して、適宜作中に織り込み、それに解説を加えながら、叙述に客観性を持たせようとしている点からもそのことが裏付けられる。また、登場人物もイニシャルを用いるものの、ほぼ実在と判断できる。

以上のことからこの作品をエッセイあるいは紀行文とする見解が以前は一般的だったが、太宰自身、後に「旅行記みたいな長編小説」（「十五年間」昭21・4）と述べたことや、これに決定的な虚構（なかでも、越野たけとの再会の場面が最大の虚構）を含むことなどから現在ではほぼ小説であると共通認識されている。

この旅行の目的について、「序編」の終わりに、津軽に関する地勢や天文、沿革等については専門家に任せ、「私」は専門である「人の心と人の心の触れ合いを研究する科目」を追及したいと述べ、本編では「津軽人とはどんなものであったか、それを見極めたくて旅に出た」とある。もちろん、自分とのかかわりからそれら津軽人を観察するだけでなく、自分が生まれてから二十二年間生活したこの津軽を一度出て、他の地域で生活した人間がもう一度見直すとその地はどのようになるのか、同時に、そのことと現在の自分とどのように関係しているのか、いないのか等を検証する機会でもあった。

言葉を変えて言えば、津軽という風土がそれら津軽人とどのように関連しているのか、どうかということ、同時に「私」自身の風土との関連はどうなのかを確認することを示す。

「序編」で「私」は金木、五所川原、青森、弘前、浅虫、大鰐の津軽の六つの町について、「私の過去に於いて最も私と親しく、私の性格を創成し、私の宿命を規定した町」と述べる。とりもなおさず、これらの地は「私」が生まれ、小学校、中学校、高等学校に学び、家族親戚をはじめ、多くの人たちと交わった場所に他ならない。それでは、「私」はこれらの地でどんな生活を送り、その性格はどのように創成され、どのように規定されたのか。

特に、十九歳から二十二歳まで在学した弘前高校時代が重要視されている。ここで、同人雑誌を出したり、左翼思想に興味を抱いたり、自殺未遂を図ったりしたが、その町弘前については、このように述べる。お城から岩木山を眺望した時のことである。

> ふと脚下に、夢の町がひっそりと展開しているのに気がつき、ぞっとした事がある。私はそれまで、この弘前城を、弘前のまちのはずれに孤立しているものだとばかり思っていたのだ。（略）ああ、こんなと

ころにも町があった。年少の私は夢を見るような気持で思わず深い溜息をもらしたのである。万葉集などによく出て来る「隠沼」というような感じである。私は、なぜだか、その時、弘前を、津軽を理解したような気がした。（「序編」）

この「隠沼」の発見はもちろん、比喩だが、それは小野正文がいう「太宰治における自己了解、自己発見の契機」である（「太宰治とその風土」『コローキアム太宰治』昭52）と言えよう。

同じく、町を鳥瞰する場面で想起されるのが、『津軽』の五年前に発表された中野重治の「歌のわかれ」である。そこでは卒業を決めた主人公が町を眼下にして高校生活を総括した上、新たに大都会に旅立つという重要な場面に設定されている。

さて、序編に続く作品の本編は一～五に分かれて、序編で言及した六町をほぼ除外した蟹田、外ヶ浜、津軽平野、西海岸というふうに取材時に見聞した場所ごとに記述して行く。そこでは、イニシャルで呼ばれる旧知の友や知人に会い、酒を酌み交わしたりして、旧交を温める様子が述べられる。本文と照応するように自筆の口絵も数葉添えられている。

では、ここで津軽人を「私」はどのように認識していくのかというと、まず、城下町弘前は全国的に見れば新開地のような町の城下町で、維新の時も他藩のしっぽについて行っただけなのに、ここの人たちは依怙地にその封建制を自慢みたいにしているし、何がなにやらわけがわからぬ稜々とした反骨心をもっている。このように分析するが、その傾向は自分自身にもみられる、と付け加えることを忘れない。

さらに、歴史に自信が持てないから、やたらに肩をいからせて、人の悪口ばかり言って、傲慢な姿勢をとらざるをえなくなる。その結果、それが津軽人の反骨となり、強情となり、詰屈となって、自ら孤独の道を歩むことになると指摘する。

しかし、津軽人の気質はそのようなものに限らない。「私」が作中で強調するのは、むしろ次のような例である。それは、数人で蟹田のSさん宅を訪問する場面に見られる。ここでの、Sさんの熱狂的な接待振りに同じ津軽人でありながら面食らうことになる。作中でも一、二に属する文章の冴えを一部引用する。

> おい、東京のお客さんを連れて来たぞ。とうとう連れて来たぞ。これが、そのれいの太宰って人なんだ。挨拶をせんかい。早く出て来て拝んだらよかろう。ついでに、酒だ。いや、酒はもう飲んじゃったんだ。りんご酒を持って来い。なんだ、一升しか無いのか。少い！　もう二升買って来い。待て。（以下中略）そうだ。卵味噌だ。卵味噌に限る。卵味噌だ。卵味噌だ。
>
> （「二　蟹田」）

このSさんの話に「私」は、生粋の津軽人の愛情表現をみる。同時に、Sさんのようなことが自分にもしばしばあると認める。しかも、Sさんは普段は人一倍はにかみやで、神経の繊細な人らしいと聞くが、これこそ津軽人の特徴だと再認識する。

さて、「私」はこの旅行でぜひ会いたい人物を旅の最後にとっておく。それが「越野たけ」である。たけは三歳から八歳まで「私」の教育を受け持ち、「私」に自分の母とも思われていた人物である。作品「思ひ出」を引いて、たけとの関係を紹介したあと、再会場面の記述に移る。

当日は、たけの住む小泊までバスに立ちっぱなしで二時間、その後、その家を探し当てるがあいにく、運動会に出て留守。会場でも探し当てることができずにあきらめようとする。しかし、運が味方して、たけと逢うことが叶う。たけは「私」を小屋へ招き入れて運動会の見物を勧める。

> たけは、うつろな眼をして私を見た。／「修治だ」私は笑って帽子をとった。／「あらあ」それだけだった。笑いもしない。まじめな表情である。でも、すぐにその硬直の姿勢を崩して、さりげないような、へんに、あきらめたような弱い口調で、「さ、はいって運動会を」と言って、たけの小屋に連れて行き、「ここさお坐りになりせえ」とたけの傍に坐

らせ、たけはそれきり何も言わず、きちんと正座してそのモンペの丸い膝にちゃんと両手を置き、子供たちの走るのを熱心に見ている。けれども、私には何の不満もない。まるで、もう、安心してしまっている。足を投げ出して、ぼんやり運動会を見て、胸中に一つも思う事が無かった。もう、何がどうなってもいいんだ、というような全く無憂無風の情態である。平和とは、こんな気持の事を言うのであろうか。もし、そうなら、私はこの時、生まれてはじめて心の平和を体験したと言ってもよい。「五　西海岸」

ここで「無憂無風の情態」に陥った「私」は、今度の旅行でも兄達の前で胸襟を開くことができず、距離を置いて接した記憶をとっくに霧消している。特に、長兄に対する「私は兄から、あの事件に就いてまだ許されているとは思わない。一生、だめかも知れない。ひびのはいった茶碗は、どう仕様も無い。どうしたって、もとのとおりにはならない」とあるような負い目さえも雲散したはずである。まさに「生まれてはじめて心の平和を体験した」のが今度の旅行なのである。

しばらくして、たけは竜神様の桜見物に誘う。八重桜の小枝を折って枝の花をむしりながら語るたけは雄弁だった。それに応じながら「私」は、自分がたけに似ていると思い、兄弟中で、ひとりだけが粗野で、がらっぱちなのは育ての親の影響だったと気づき、初めて「私の育ちの本質をはっきり知らされた」。

このように「津軽」を読み進めてくると、作者の太宰治とほぼ等身大と考えられる「私」が、自分が生まれ育って人格形成といかに津軽がなされた津軽の旅を通じて、気質や人格形成といかに津軽がかかわるかを再認識したことが判明する。それは、自分に暖かく接してくれるTやN、S、M、たけ、アヤ等との触れ合いの結果である。

しかし、同時に旧家のオジカスであることの再確認をすることになった。特に、長兄の前では距離を置かざるを得ない「私」の姿が明白である。十五歳で父をなくして以来、父親代わりとして、数々の悪行の後始末をしてくれた兄には頭が上がらないのは当然かも知れない。

ところで、作中でも江戸から明治の「津軽凶作年表」が紹介されているが、冷害などによる凶作は五年に一度ぐらいの割合で訪れる。津軽の特に弘前や黒石を除いた、津軽海峡に接する三厩や日本海側の西北地方を襲うきびしい寒さと冷たい風がそのおもな原因である。津島家は明治以後、そういう冷害に苦しむ農民への金貸しによって土地を増やして大地主に成り上がり、太宰の父の代には県会議員から衆議院議員、さらには、県下で定員一人の貴族院議員にまでなっている。まわりに官公舎を配置した豪邸を建てた（明治四十年）あとに出生した（明治四十二年）最初の子が太宰であった。

こうしてみると、津島家の成立は津軽の厳しい気候や地形と深く関わっているといわざるを得ない。同時にそれは太宰文学の成立と関わっている。彼の数々の不始末や文学志向そのものが、そういう生家への反抗であったと今日では考えられているからである。

さらに、これまで『津軽』を見て来て判明するように、「私」は津島家をめぐる様々な人物と交渉を保ちながら生育した。特に、数多い使用人、その中でも偶然に幼児期に子守役だった「たけ」の存在は大きい。この女性が「私」の自己形成に深く関わっていることを認めざるを得ない。

また、時代的風潮ともいうべき左翼思想へ興味を抱き、同人雑誌を発行するなど「自己発見の契機」となった町・弘前の存在も無視できない。

以上のことから『津軽』は、「私」が生まれ育った地を単に懐古の情で訪問し、報告した旅日記ではなく、作家太宰を形成する人間津島修治の自己形成を辿った書といえる。そこには津軽の厳しい気候や本州北端という地理から来る文化の遅延性、厳しい気候と深く関わる津島家の頭角、その中で育った太宰への影響、学校教育中、旧制高校を過ごした弘前、等々が複雑に絡み合って太宰文学の素地となっていると考えられる。

そういう「私」への風土的影響を強調するために、太宰はたけとの再会場面等の効果的な虚構を用いることをあえてしたのではないか。

しかしながら、本稿では、この作品に限定して太宰と津軽との関わりを指摘できるということを確認しえたに過ぎない。他の作品との考察を継続しない限り、太宰文学と風土との一層の関わりは断言できない。

II

次に、唯川恵『病む月』（集英社、平10・10）について述べる。この作品は直木賞受賞『肩ごしの恋』（マガジンハウス、平13・9）よりも自信があると本人が認める全十作を収める短編集である。これを対象にするのは次の「あとがき」に注目するからである。このように述べる。

生まれ故郷であり、三十歳半ばまで住んだ金沢を舞台に十編を書きました。
十人の女たちは、すべて架空の人物ですが、金沢の入り組んだ路地に入ると、ひょっこりと出会ってしまいそうな気もします。
今年の春、実家の近くに花見に出かけた時、咲き乱れる桜を眺めながら、ふと、私はあと何回これを見ることができるのだろう、という感覚に見舞われました。
そんなふうに、季節を逆算するようになった自分に驚きました。（以下略）

ここで正確を期するならば、十作の中で「過去が届く午後」というのは東京が舞台で、金沢に住む女性と主人公が接点を持つという程度であり、他の九編が金沢を舞台にするということになる。

この文章に拠る限りでは作品舞台の金沢と作品内容との密な関連を推測せざるを得ない。また、登場人物達にも金沢という風土が濃厚に反映されているようにも推測される。確かに作品は金沢の町を舞台に、名物や名産、固有名詞を出し、地理的情報も正確で、その意味では、金沢を知る読者にとっては親しみやすいかもしれない。逆に金沢が未知の読者にとっては、格好の観光ガイドとなりうる。

しかし、作者が三十歳半ばまで住んだというのであれば、金沢の気候や地形等の影響を受けて生育された金沢の文化や気質、慣習というものが作品に反映されるのが自然である。「あとがき」の文章はそれを予測させる内容なのである。

しかし、結論だけ先に言えば、この作品は地名を変え、建物名を変更すれば他所の町でも立派に通用するような作品と判断できる。喩えが適切でないかも知れないが、歌謡曲でよくあるご当地ソングに当てはまるのかも知れない。金沢を舞台にしながら金沢弁を用いる人物が「川面を滑る風」「天女」の二編でしかないのも、その意味では納得がいく。

唯川は「特別インタビュウ」（『北園文華』平成14・3）でこの作品について「女性のちょっと暗い部分や病んだ部分を書いた」と述べている。これは諸作品の作品世界をみると、嫉妬心や復讐心、歪んだ母性愛、美貌へのこだわり等を指すと考えられるが、とするならば、タイトルの「月」は、自ら光を発しない、つまり、男性を頼る女性を指し、「病む」というのはそういう傾向を指すのであろう。

しかし、作品をくわしくみてみると、「女性のちょっと暗い部分や病んだ部分を書いた」ものは私見では四編で、他は別傾向のようである。すなわち、その共通点を指摘するならば、主人公がすべて三十代の女性ということ、セックスをスポーツ感覚で楽しむ女性がほとんどであること、仕事を持つがそれは男をスポンサーにして成り立っているという点、人の死を前面に出し、ホラー的要素や幻視幻覚を効果的に用いていること等が挙げられる。くわしくは小稿「唯川恵『病む月』の位置」（本書二章）に譲るが、ここでは、風土との関連で、一人称小説「雪おんな」を例にとる。これは次のような書き出しを持つ。

二月の雪は暖かい。
そう言うと、誰もが笑う。金沢は二月が本格的な冬となり、雪は植物のように大地に根を下ろす。それは町並みだけでなく、生活そのものを包み込んでしまい、人々はこの美しいやっかいものを疎みながら、凍える指に息をはきかけて、閉ざされた中で空を見上げる。それでも私には、二月の雪は暖かい。雨や霙が多く混じる他の月にはない温度をかんじる。遠く大陸の空気を含んで、ふわりと肩先に落ちる時、それは甘やかな暖かさを伝えるのだった。

このあと、主人公の女は毎年二月の第二土曜日、新調した着物を着て、ホテルのラウンジへ向かう。倉沢と会うために。この四年間毎年続いている行事である。そのきっかけは、法事の帰途に立ち寄ったホテルのラウンジで呉服商の彼に出会ったことにある。女はパトロンの男に援助を断られ、狙った次の男に援助を交渉するも、拒否される。しかも、片腕とも言うべき真奈美が独立するという痛手もある。そんな状況でも、女は「ゆき」という名の女になる数時間を人生のおまけとして楽しもうとする。

高橋治「風の盆恋歌」を思わせる設定だが、現実を図太く生きる人生と正反対の、夢見る数時間の交錯とがこの作品の面白さであり、魅力である。

この作品の例でも判明するように、この短編集は女性の如上のような傾向とともに、現代女性の多様性や多面性をとらえてみようとしたのではないか。「あとがき」から推測されるような、金沢の風土との関係は作品にさほど見られないというべきである。あえて言えば、「雪おんな」の場合、冒頭の、雪に対する描写が生まれ育った者の経験によると判断できる。しかし、三十代半ばまで金沢に居住した作者が、「あとがき」で示唆するような金沢と風土との関係はこの「雪おんな」の作品世界はむろん、他の九編にも窺われない。あるいは「あとがき」とは無関係に、作品はむしろ、風土性を捨象する意図で完成されたのであり、また作品内の情報は読者サービスのそれであったというのであれば、話は別である。

もちろん、唯川と金沢という風土との関係について論ずるならば『病む月』だけでなく、他の作品についても検証を続けない限り、結論を出すことはできない。

なお、本書二章「五木寛之〈金沢物〉の傑作『金沢あかり坂』」は、これまで述べた文学と風土の関係にかかわる好例である。

四高〝文学山脈〟

――培われる文学土壌とその行方

I

平成十一年は金沢大学創立五十年の年だった。ということは旧制第四高等学校の閉校五十年でもあった。その折、小文「残したい四高の意義」（『北國新聞』平11・8・1付）を記したが、基本的に以下述べる論旨もそれと大差ない。ただ、その時に言及しなかった竹内洋『学歴貴族の栄光と挫折』（中央公論新社、平11・4）について、今回はふれながら述べてみたい。

同書は、今なお根強く残る「学歴」偏重の実相を、旧制の大学や高校の制度的変遷やカリキュラム、学資援助者の職業、等々多角的見地から、タイトルに示されたようにドラマティックに豊富なエピソードを交えて描いたものである。記述の中心が旧制高等学校なだけに、以下の記述にも時々登場していただくことになる。

竹内氏も説かれるように、旧制高校を考えるには帝国大学の存在から確認する必要がある。明治以後の約六十年間にいわゆる内地で七校しか存在しなかった帝国大学は、高級官僚の養成機関として様々な特権を与えられていた。たとえば、高等官の採用試験は二十人に一人が合格という難関なのに、それを免除されたり、それが廃止された後は、十人に一人という予備試験が免除されるなどの優遇ぶりであった。

さらに、会社員の場合でも私立大学卒業者より給料が高く、中等学校教員でも養成専門の師範学校出身者が及ばぬほど絶対的な力を持つことが可能であった。

こういう帝国大学への入学者はというと、大正末頃までは、旧制高校の卒業者はほとんど全員入学できたし、受験競争が厳しくなった一九三五（昭和十）年あたりでも旧制高校卒業者の八割以上が入学しているのである。むろん、旧制高校以外の、専門学校や実業専門学校、師範学校などからも入学者はいた。しかし、圧倒的多数を占めたのは彼らではない。

東京帝国大学が開学したのは一八八六（明治十九）年だが、それとセットになって誕生したのが同じ年に開学する高等中学校であり、東京と京都に置かれ、翌年に仙台と金沢、熊本にも設置された。つまり、高等中学校は帝国大学の予科なのであり、一八九四（明治二十七）年にそれが高等学校と改称されると、その性格をいっそう強めることになる。

旧制高校—帝国大学というラインが正に近代日本国家のエリートを養成する正統であり、先にみた諸学校—帝国大学のラインが傍流であることは、この点から納得されよう。

さらに、ここで確認しておきたいのは、一体、同世代のどれほどの者がそこへ進学できたのかだが、ほとんどの人間は義務教育を終了して就業していた。十人に一人か二人の割合で中学校や高等女学校を卒業し、その中で約半数が専門学校や高校に進学する。しかし、高校の入学試験は難しく、経済的負担も多いため、せいぜい中学校卒業者の十人に一人位であった。

こうしてみると、同世代のうち高等学校進学者は百人に一人もいないという超エリートだということになる。

先にみた五校の旧制高校は旧城下町がほとんどで、それだけに士族の子弟の入学者が多くを占めた。明治期の戸籍には「士族某」と族籍が記載されたが、それが記載されなくなった一九一四（大正三）年以降でも、玄関の表札にそれが残存するほどプライドが高かった連中である。彼らがそのプライドの下、子弟の教育に熱心であればあるほど、それを敏感に受け止める子供も当然存在する。

三年間の高等学校生活は、たとえ、入学は難関であっても卒業すれば将来が約束されている。東京帝国大学法学部などの、希望者が多い大学学部を避けるならば、どこかの帝国大学に入学でき、就職もほぼ保障されているのである。

生徒たちは三年間を余裕を持って教養を身につけ、人格形成の場として過ごした。しかも、そのカリキュラムは、当然のことだが、専門学校などと異なって技術を身につける科目はなく、とりわけ文系では約八割が、理系でも五割近くが、国語及び漢文、歴史、地理、哲学、心理及び論理等々の人文的教養科目が占めていた。

また、学習指導要領などがなかった頃だから、教師は独自の方法で授業を行った。たとえば四高の場合、万葉集の長歌では美声の朗詠を交える鴻巣盛広(こうのす)教授、謡本をテキストに用いて授業中に謡曲をやりながら教える密田良二教授、等々。

さらに、課外においても、コンパには必ず出席して学生と議論する長岡寛統教授、茶話会や演説会で率先して声をはり上げた八波則吉教授、点数が非常に辛くて恐れられた田中鉄吉教授、逆に授業中の居眠りを許した赤井直好教授、等々。いわゆる名物教授がいて、生徒に慕われてよい影響を与えた。

そういう生徒や教師、さらには近親縁者だけではない。学校のある町の人々も彼らを特別な眼(め)で見ていたし、接した。旧制四高でも、正門前の文房具店や隣り近所のパン屋さんでも、付けが効いた。将来の指導者の卵に対する畏敬(いけい)の念が働いた結果である。年の差など関係がなかった。

旧制四高が他の旧制高校と共に、なぜ多くの文学者を輩出したのか、という理由は右のような制度、そこから派生する生徒や周囲の人間の認識の問題、さらに、ほとんどが帝国大学卒業者であった教師の意識、等々が複雑に絡み合っての結果に求められよう。

今、旧制四高と文学との関係に限定して考えてみると、六十数年に及ぶ四高の歴史で、文学の色彩が特に濃かったのは、開学まもない頃と、大正中頃から昭和初期にかけての二度である。

Ⅱ

まず、前者について述べると、ここでは先にみたような理由よりむしろ、いわゆる人脈による文学隆盛が指摘されよう。

すなわち、この頃の文学は俳句が最も熱心に行われたが、四高生の竹村秋竹（明治八年～大正四年）は、三高から転入学し（明治二十八年九月）、早速、俳句の改革を試みた。というのは、三高時代に同級生だった河東碧梧桐の影響を受けて句作に励んでいた秋竹は、師の主張に呼応してそれを金沢にも伝播しようと考えたからである。

師とは二人と同郷の先輩、正岡子規である。子規は宗匠主義に害されていた旧幕時代からの俳諧を近代俳句としてよみがえらせようと、一八九六（明治二十九）年頃から新聞『日本』を中心に熱心に活動していた。写生を重視する主張は、高浜虚子や碧梧桐ら弟子の共感を呼んだが、秋竹もこの『日本』派の俳句を金沢の地に広めようと句会を開催した。

北声会と命名された第一回は一八九七（明治三十）年四月に開催、当時の『北國新聞』もその存在を無視できず、紙面を提供した。

秋竹の卒業後、これを引き継いだのは藤井乙男（明治元年～昭和二十年）である。彼は帝大で一級上の子規と交わって句作するようになった。十年ほど在住した彼のあとに、虚子と三高時代に同級で句作を始めていた大谷正信が着任して、指導にあたった。彼は帝大在学中、子規の下に出入りしていた。

北声会は市民にも開かれたグループであり、若い頃の室生犀星も列席していたのは有名な話である。

なお、初期の四高、まだ第四高等中学校の時代に机を並べていた西田幾多郎、鈴木大拙（貞太郎）、藤岡作太郎は、のちにそれぞれの分野で代表的人物となるが、制度的要因をその事由にあげるのは無理であろう。一方、一八九一（明治二十四）年に中退した徳田秋声の場合は、学校時代の英語の勉強が、あるいはその後の文学に影響していた。というのは、秋声が明治時代に新学者となる彼らがこの頃に在学し、『北辰会雑誌』に投稿したり、町で発行される同人雑誌にも参加したりして熱心に習作時代を過ごす。

『北辰会雑誌』とは、開学まもない頃に「学芸を講究し、体育を錬磨し、会員の徳性を涵養し、以て純良なる美風を発揚する」ことを目的として、生徒の総意による北辰会が結成されたが、学芸部、運動部とともに同会に設けられた雑誌部によって発行されたもので、第一号は一八九五（明治二十八）年二月に発行された。

当時、旧制高校は、たとえば一高の『校友会雑誌』（明23）、五高『竜南会雑誌』（明24）、三高『壬辰会雑誌』（明25）、二高「尚志会雑誌」（明26）のように、自前の雑誌を持っていた。しかし、それぞれ雑誌の性格は微妙に異なっていたし、時代によっても特色があった。『北辰会雑誌』も学生や教官の真摯な論文を掲載する時期が続いたが（着任早々の西田幾多郎「ヒューム以前の哲学の発達」その他など）、編集委員の個性が大胆に反映され始めたのがこの時期である。

たとえば、東京発行の文学雑誌『白樺』や『スバル』文学を開拓・構築するに際して、手本にしたのは西欧文学であり、それを読みこなす語学力を備えていたため作家として成功できたからである（精しくは本書二章）。

この点に関して、時代は下るが、四高最後の卒業生である作家の高橋治が「旧制高校という学校は、入学した先を外国語学校と間違えたのではないかと考えたくなるほど語学で生徒をしめ上げる（中略）猛烈な教育の成果は幾分かは残るもので、ドイツ語専攻のおかげで英語の力が身についた」（「金沢の人々」昭61・11～62・3）と述べるが、竹内氏が紹介するカリキュラムでも、外国語の時間が群を抜いている。旧制高校の特色の一つであろう。

Ⅲ

次に、後者の場合をみてみる。この時期は、まさしく先にみた理由がそのまま当てはまる。

水毛生伊作、北村喜八、桜田常久、中野重治、窪川鶴次郎、森山啓、多田不二、井上靖、等々、のちに文

ル』等を書店から毎号取り寄せるほどの資産家の息子であった水毛生伊作が委員になると、『北辰会雑誌』をそのような文学と絵画の融合されたものにしようと、実行に移す。また、北村喜八は、石川啄木全集の刊行（大正八年～九年）を背景に起こった啄木ブームに乗って自費出版歌集を出したほどで、『北辰会雑誌』全誌を短歌特集号として編集した。

さらに、中学時代はさほど文学に親しむ機会を得なかった中野重治は、寮生活で同僚に刺激を受けて古今東西の文学書を読み漁る。のみならず、『北辰会雑誌』にとどまらず、町の同人雑誌にも積極的に参加した。

中野が四高の授業でおもしろかったと回顧した一つに鴻巣盛広教授の『万葉集』があった。彼だけでなく、大藪虎亮教授なども学生中心の四高短歌会に出席して指導している。

中野の親友・窪川鶴次郎は、中野以上に熱心に歌会に参加し、また、俳句も作った。句会には出なくとも、その句に添削の朱を入れたのが大谷正信教授である。窪川は退学間際に短編を書き、『北辰会雑誌』に掲載するが、それを読んでほめたのは独文学の伊藤武雄教授であった。

このような個性あふれる教師を総評すれば、一九三一（昭和六）年に卒業した作家の杉森久英の言い方が的を射ていよう。

いろんな先生方がいられた。それぞれに風格があった。年よった先生には、それぞれ天命を楽しむといった風の、泰然とした趣きがあった。あれは、大学教授にも、中学校の先生にも見られない、古い高等学校の先生だけに見られる、上品な落着きである。

（「四高の思い出」昭24・8）

当時は、文学に親しむ若者の姿は決して健全なものと思われていなかった。否、文学そのものが一般的には今日ほど高い評価を与えられていなかった。そんな時代に、今、例をあげたような四高生や教師たちが、文学に熱中できたのは確かに阿部次郎『三太郎の日記』（大3）や西田幾多郎『善の研究』（明44）が争って読まれた大正時代的教養主義という風潮もあったろう。

しかし、その風潮をもっとも敏感に受け止めたのは、旧制高校という「制度」に絡んだ彼らであった。将来の立身出世が約束された彼らにとって、たとえ、それが虚学と非難されようと、いや、虚学だからこそ人生の束の間の猶予期間にそれを楽しんだのである。そして、その「楽しみ」が終いには人生をかける文学者という仕事へと結びついて行く。

なお、彼らがこの期間に身につけた学問や芸術文化への畏敬の念は生涯持ち続けられることになる。間接に聞いたことだが、文庫本の後ろに付く「注釈」や「年譜」を担当する研究者へは、「解説」担当の評論家以上に稿料を弾むべきだと、中野重治が担当者に話したという。この逸話なども、そのよい証左であろう。

冒頭で述べたように、旧制高校は一九五〇（昭和二十五）年に消滅し、ほとんどは新制大学に衣替えする。その数から言っても、進学率からみても、新制大学は戦前の大学とは比較にならないほど大衆化されて行き、旧制高校のなごりも、引き続き教壇に立った教師たちにわずかに残るだけとなる。そして、昭和四十年代のいわゆる大学紛争によって、旧制高校―帝国大学というかつてのエリートコースの存在が完全に忘却の彼方に追いやられてしまった。

現在の金沢大学とて同様である。入試制度の変更によって一期校、二期校が存在した頃はまだしも、センター試験が導入されるようになってからは、多くの他大学と同じように何事も画一化への道を歩み始めた。

現在の在学生に問うても明らかだが、彼らにとって旧制高校は、祖父や父が通った学校であり、授業で習う知識の一コマとして記憶するに過ぎない。旧制四高から受け継ぐ伝統など微塵も感じていない。

幸いにも、四高は校舎の一部が石川近代文学館として活用されるという稀有なケースである。そこに足を運べば、若干のよすがとすることはできよう。とはいえ、「制度」としての旧制高校を肌身で知らない世代にとって、そこはミュージアムでしかない。

旧制四高が各界に有能な人材を送り出したことは周知の事実である。多くの文学者も誕生した。しかし、その後身である金沢大学が、そのあとを継ぐことができるのかといえば、かなり疑問である。何よりも、教育制度が異なる。先に述べたのは旧制高校が残した功績が主であった。むろん、功罪の罪も指摘できよう。同時に、新制大学も発足以来五十年を閲(けみ)している。制度の、それなりの功罪を踏まえて、入試改革をはじめとする手直しが次々と実施されてきた。さらに、大きな波がまもなく来襲してくる。国立大学の独立行政法人化である。

おそらく、四高の伝統を再生させて、以前のように多数の文学者を輩出することが可能だとしたら、その後であろう。むろん、それは文学に限る必要はなく、広く芸術一般に及ぶ人材育成でもよい。ともあれ、それは虚学を尊重するという地点から出発することになる。かなり実現性に乏しい話だと承知はしているが、不可能ではないと思う。

全(すべ)てを焼野原にして、そこから芽生える幼木に期待をかけるしかないのではないか、という程度の可能性である。

再評価を待つ秋田人

――「明治維新一五〇年」を前に

二〇一八（平成三十）年は、明治維新から一五〇年となる年。鹿児島や山口では早くにプレイベントを実施中と聞く。「降る雪や明治は遠くなりにけり」（中村草田男）ではないが、もはや明治の香りを知る者は皆無か、僅少であろう。

節目を機に、あらためて明治という時代が再評価されよう。事を近代文学に限ってもよい。

この時代は十年サイクルで文学の進展を考えてみると分かりやすい。最初の十年は、輸入された西欧文学とわが国の江戸時代からの文学とが入り混じる時期。次の十年は、わが国独自のものを作り始めた時期。さらに次の十年は、日清戦争を受けてその文学をより深化させ、そして日露戦争前後の十年において近代文学が確立する。

つまり第四のサイクル期において、人間の内部とそれを取り巻く外界が抱える諸問題を日本語で十分に描き切ることができるようになり、同時にそれを発表するに足りるメディアも整ったということだ。しかしこれまでは第三期に関する究明が不十分であった。従ってこの期間の捉え方によっては、第四期の見直しも必要になるかもしれない。秋田ゆかりの文学者の多くはこの第三期に活躍した。

I

秋田から上京して文学者になったのは、小杉天外（美郷町出身）、石井露月（秋田市出身）、後藤宙外（大仙市出身）らが早い方に挙げられる。

天外は第三期、日清戦争後に新進作家としてデビューした。作風の転換を図り、第四期当初には代表的作家尾崎紅葉をしのぐほどの活躍を見せた。それは、どのように表現するかの技法を身につけたことで図られた。

換言すれば、文章の口語化ということである。それまでの文語表現よりも口語表現の方がどれほど物事の真実を伝えやすいか、このことに第二期から気づいていた先人たちはさまざまな試みを重ねていた。口語に慣れ切った現代人には想像もつかないことである。天外は同郷の西洋画家・小西正太郎からそのヒントを得たのである。

宙外も第三期初めに新進作家として認められ、一九一四（大正三）年に帰郷するまで小説を書き続けた。だが彼の活動はそれにとどまらず、第三期から第四期にかけては評論家や編集者としても縦横無尽に活躍した。『文芸倶楽部』『新小説』『新著月刊』の三誌が第三期の主要文芸雑誌だが、創刊から一年間『新著月刊』の編集に携わった宙外は、次いで『新小説』の編集を十年以上続けた。この間、積極的に新人作家を発掘する一方で大家の作品も掲載した。その公平無私な態度は作家たちに愛され、文壇の知己を次第に増やしていく。その交遊が後に貴重な資料『明治文壇回顧録』として結実する。また、著名な雑誌の編集者である宙外が自ら筆を執ったことで、その評論は文壇へ大きな影響を与えた。

II

宙外同様、この時期に編集者あるいは出版人として登場し、活躍したのが滝田樗陰（ちょいん）（秋田市出身）であり、佐藤儀助（義亮、仙北市出身）である。

滝田が『中央公論』の二百号記念としてその文芸付録に載せたのは、話題となる作家のものばかりで、これ以後、彼は有能な文学者の発掘を心掛けた。

佐藤も投書雑誌『新声』の後に『新潮』を発刊し、今なお最長の歴史を誇る文芸誌の基礎を築いた。その『新声』の記者を経て優れた評論や小説を発表したのが田口掬汀（きくてい）（仙北市出身）で、後に美術評論家として名を成す。彼の孫が芥川賞作家の高井有一である。

また、宙外との関係から活躍に磨きをかけた人物としては、評論家の青柳有美（ゆうび）（秋田市出身）や日本画家の平福百穂（ひゃくすい）（仙北市出身）が挙げられる。

ところで、たとえ文学が東京中心であったとしても、各地方にも文芸愛好者や実作者は存在する。当時も地方新聞『秋田魁新報』や数多い同人誌が彼らの主な発表舞台であった。

その意味で、正岡子規門下の四天王の一人と言われながら、病のために郷里へ戻って作句を続けた石井露月の存在は、日本派の地方伝播（でんぱ）という意味からも無視できないし、主宰した『俳星』も長寿を誇り、注目すべき作品を多数掲載した。安藤和風（秋田市出身）や島田五空（能代市出身）らはその周辺で活動し、天外や宙外、掬汀、有美らからも刺激を受けていた。

こうして見ると、それぞれの活躍が次期の文学隆盛の基礎をつくったことが判明する。明治文学に関わる秋田人はあらためて見直されなければならない。

「青い山脈」七十年　名作誕生の源流をみる

――徳田秋声、葛西善蔵、石坂洋次郎の系譜

石坂洋次郎の傑作「青い山脈」発表から二〇一七年はちょうど七十年になる。この昭和の国民的作家・石坂洋次郎と、金沢三文豪の一人である徳田秋声と一本の糸で結ばれていることをご存知だろうか。実は、秋声の愛弟子に大正時代の代表的作家・葛西善蔵がいる。そして、この葛西に師事したのが石坂洋次郎なのである。つまり、石坂は秋声の孫弟子にあたるわけだ。

彼らはそれぞれ師の何を受け継ぎ、そこからどのようにして独自の文学を形成していったのか。これまで余り言及されていないこのテーマについて見てみたい。

I

まず、秋声と善蔵はどのようにして出会ったのか。金沢出身の郷土史家・八田健一（明治十四年生）が哲学館大学（現・東洋大学）の学生時代に知り合った葛西善蔵を、郷土の先輩作家である秋声に紹介したという説がある。善蔵は八田から国木田独歩の『独歩集』などを勧められて読んだりするなど、八田と親しくしていた。

一方で、八田と同宿の佐藤栄七の紹介によるとの説もある。善蔵が明治四十一（一九〇八）年四月の再上京後、

作家志望を固めて佐藤に小説家の紹介を依頼し、佐藤が秋声と面会させたという。どちらが正しいのだろうか。そもそも、善蔵は佐藤を介して八田と知り合い、八田と佐藤、善蔵の三人は友人同士である。おそらくは作家志望をほのめかした善蔵に対してどちらかが秋声を紹介することになったのだろう。

いずれにせよ、明治四十一年春に善蔵は秋声と会った。そして生涯、「先生」として尊敬することになり、以後その死に至るまで文学上でも私生活上でも恩義を被る。秋声から翻訳の下請けを引き受けたり、善蔵の没後だが、『明治大正文学全集』第二十五巻を『徳田秋声　葛西善蔵篇』と合綴（がってつ）してもらったりした。

秋声はまもなく善蔵に、知人の相馬御風（そうまぎょふう）（明治十六年生）を紹介した。相馬は早稲田大学を出て、当時自然主義文学の三大牙城の一つといわれた『早稲田文学』の編集に携わっていた。善蔵に文壇への足掛かりを作ってやろうという秋声の配慮であろう。同時に、語学を勉強することの必要性を説いた。

善蔵は相馬御風宅を訪問するようになり、そこに出入りする御風と同郷（新潟県）の光用穆（みつもちきよし）を知って親交を結ぶ。また、光用は早稲田大学の学生だったため、その縁でのちに同人となる『奇蹟』の谷崎精二、広津和郎らと交際するようになり、自身も秋声の勧めに従って早稲田大学文学部英文科の聴講生として学び始める。

このようなきっかけが生まれたのも秋声との出会いが契機である。

Ⅱ

しかし善蔵は当初、現在の文学の主流はどのようなもので、秋声という作家はどんな作品を書くのか等々、さほど知識を持たない状態で秋声との初対面を果たしたと推測される。漠然と文学を志向し、書いてみようかという程度だったと考えられる。

というのは、初対面まもない明治四十一（一九〇八）年五月二十九日付佐藤宛書簡には「其後は秋声先生を訪問せずに居る。と云ふのもつまり、コレデ読みもせず書きもせずで上つた處（ところ）が、恐らくテレル一方だらうと、実は行きたいのだが恐縮してゐる次第である」とあるからだ。したがって、彼は師・秋声の作品をとりあえずは読むことから始めたに違いない。

では、この頃の秋声はどんな作品を書いていたのか。尾崎紅葉門下として「藪柑子(やぶこうじ)」を明治二十九(一八九六)年八月に発表して好評を得て、「雲のゆくへ」(明33・8~11)で文名が上がったものの、その後は家庭内のいざこざや師・紅葉の死などがあって自己の方向を定めかね、自然主義文学という新潮流に乗り遅れていた。

そんな中、「発奮」(明40・1)や「廃れもの」(同年6、7)などを発表することによって秋声はようやく新時代に追いついた。つまり、何をどのように描くのかということについて彼なりの結論を得た。

具体的には、それまで空想やある概念などに肉を付けたような描き方をしていたが、そうではなく、動かない真実を飾りなく書くというふうに創作態度を変え、さらには視点を意識した、口語文による写生文風の文体を採用し、作品内の時間処理を適切に行い、作中人物の動作をより躍動的に造形するためにオノマトペ(擬声語・擬態語)を効果的に使用することなどを試みた。

このようにして秋声は自然主義文学への一大転身を図ったのである(くわしくは小著『秋声から芙美子へ』)。

III

秋声が作風を転換したのが、明治四十、四十一年頃であり、その集大成が「新世帯」(明41・10~12)である。続いて、「足跡」(明43・7~11)を発表し、「黴(かび)」(明44・8~11)を執筆してようやく自然主義作家としての地位が確定した。これらは、庶民の日常生活を客観的に描き、そのことによって人生の真実の一面を示唆するという内容だった。

善蔵が秋声を訪問したのは、まさに秋声にとって、そのような変革の真ったただ中であった。

したがって、彼は秋声からその真摯な創作態度や創作技法を学ぶことになる。秋声との初対面から二年ほど経過した明治四十三年、善蔵は前年に半年に及ぶ「放浪」を切り上げた。そして鎌倉で「半僧」生活を開始して三カ月ほど経った彼は友人の光用穆に宛てた手紙の中で、平凡な日常に細かい観察を向け、その結果得た、平凡非凡美醜そのままを表現し、平凡な生活にも書くべき素材はいくらでもある、ということを述べている。

　実は、この考え方は明治四十年から四十一年にかけての秋声の転身とも関係する。秋声はその頃、作品について「自然人生の中に隠れて居る悲哀を抉り出し度い」「不可測ながらの人生を、書ければそれでよい」「不可測のサムシングを蔵したまゝの人生を描けば、それでよい」と述べていた。

　彼だけでない。当時の自然主義文学は「無理想無解決の文学、現実の悲哀をありのままに暴露すること」がモットーとされていた。善蔵も読書を重ねて、彼なりに考え抜いた末に書くべきものを発見した。結果的にそれが秋声や時代の流れとかなりの線で類似したということである。

Ⅳ

　善蔵が最初に活字にしたのは「哀しき父」（大元・9）で、「悪魔」（同12）、「池の女」（大2・2）、「めけ鳥」（同2・4）と続く。その後、秋声や相馬御風、広津和郎らの代作をして収入を得たり、ドストエフスキーやトルストイ、夏目漱石、ストリンドベリーなどを読んだりしていた。秋声と出会う前の二十二歳で結婚して、その後、子どもを設けていた彼は家庭を営む上での役目を果たすと同時に、文学のために妻子と別居することも余儀なくされていた。結婚後すぐに単身上京し、まもなく茨城県大洗に創作のため半年ほど滞在した。その後、ようやく家族一緒に生活するが、それもすぐさま破綻して、再び単身生活に戻った。したがって、以上の四作品はその間に発表されたが、その後、執筆に集中する時間が持てず、大正六（一九一七）年二月の「贋物」まで作品発表はない。ただし、大正六年七月に発表する「雪をんな」は大正三（一九一四）年一月には完成していた。

「哀しき父」「悪魔」「池の女」「めけ鳥」「雪をんな」の五作品の主要人物は、家族と共に幸福を味わうことは叶わず（「池の女」、「雪をんな」）、かといって、生活苦を避けては絶対的な幸福も把握できない（「悪魔」「めけ鳥」）。物書きだが、ちっとも書き進んでいない男が登場する（「めけ鳥」）。

そして、これらを統合した作品が「哀しき父」と考えられる。主人公「彼」は妻子と別れて一人暮らしをしながら、物を書いている。しかし、家族を忘れることができず筆は進まない。ある日、喀血（かっけつ）をして死期が近いことを自覚する。すると、皮肉にも、ようやく安定した気持ちで執筆に専念できる、という話である。

こうして善蔵の初期五作品を見てみると、実生活を反映した作品が発表されていることに気づく。まさに先に述べた善蔵の生活そのものを述べている。家族と別れて貧乏生活を送る中で、いかに芸術家として作品を完成させるのかという生活である。

V

さらに、五作品のうち、「雪をんな」を除いて共通する点を指摘すると、オノマトペの多用がある。非常に多い。では、オノマトペが全作品ではどうかとみてみると、大正六年まで続き、その後は「彼等の日曜日」（大14・7）「温泉村にて」（同上）に顕著だが、後に消えていく。

多用している例を「哀しき父」から引く。

彼はまたいつとなくだん〳〵と場末へ追ひこまれてゐた。

四月の末であつた。空にはもや〳〵と靄のやうな雲がつまつて、日光がチカ〳〵桜の青葉に降りそゝいで、雀の子がヂユク〳〵啼きくさつてゐた。どこかで朝から晩まで地形ならしのヤートコセが始つてゐた……。

彼は疲れて、青い顔をして、眼色は病んだ獣のやうに鈍く光つてゐる。不眠の夜が続く。ぢつとしてゐても動悸がひどく感じられて、鎮めやうとすると、尚ほ襲はれたやうに激しくなつて行くのであつた。

　今度の下宿は、小官吏の後家さんでもあらうと思はれる四十五六の上さんが、ゐなか者の女中相手につましくやつてゐるのであつた。


　少々引用が長引いたが、この範囲でも、もやもや、チカチカ、ヂユクヂユク、とあり、以下、ガタガタ、チョコチョコ、カンカン、ムクムク、しなしな、ペラペラと二十数例も続く。

　オノマトペの使用は対象の人物の動作などを生き生きと表わす効果を持ち、実生活でも語彙が少ない幼児などが使用して言語活動の一助とすることがみられる。

　実は、これは秋声の特色でもある。先に述べた小説改革の一環として秋声はオノマトペの使用を試みた。ただ、秋声の場合は、普通は使用しない独自のものがあった。例えば、モゾモゾとオヅオヅを合成するようなニュアンスでモヅモヅ、など。善蔵の場合は、ごく一般的なものを使用している。にもかかわらず、これだけの使用例は秋声の作品に学んだ結果と見てよいだろう。

Ⅵ

　もう一度、引用文に戻ると、冒頭に「彼はまたいつとなくだん〳〵と場末へ追ひこまれてゐた」とある。ここで、読者は「また」とあることから、以前にも「彼」にそのようなことがあったのだと理解する。事実、まもなく「今度の下宿は」とあるので、話が過去にさかのぼって主人公が「追ひこまれ」る過程が述べられる。こうして、作品は「彼」をとりまく情報が少しずつ明らかになって行き、その後、この下宿に越してきてからの出来事が展開される。

　先に述べたように、家族と別れた「彼」はそれまで詩作に専念できず、かつての幸福のシンボルだった金魚を見ることを恐れていたのだが、喀血をみてからはそれも気にならずに落ち着いて「静かに詩作を続けやうとしてゐる」のである。

この作品のように、語り手が現在と過去との時制を自由に往来して作品を完了させるという倒叙法は、「哀しき父」を嚆矢として以後、善蔵の作品を特色づける要素の一つになる。私の見方では、それが最も成功しているのは「暗い部屋にて」(大9・11)、「湖畔手記」(同13・10)と言える。

実は、この倒叙法も秋声の文学を特色づけるものである。

善蔵は秋声から原稿の添削を受けたことがないらしいが、小説を初めて書こうという段になり、師の作品を熟読して、以上のようなことを会得したのは間違いない。もちろん、文学においては何をどのように描くか、が肝心であって、彼が師に学んだのは「どのように描くか」についての一部であり、「何を」ということにおいては、師の作風通りにできるものではない。当然ながら、善蔵の個性、生活、環境などにかかわる。初期五作品を見た限りでは、作家たらんとして家庭生活の幸せと生活苦との板挟みになる姿、それが善蔵の「何を」であり、秋声のものではない、彼自身のオリジナルなものである。

最初期において貧乏生活と家庭の幸福と芸術の精進、この三すくみの状況を善蔵は作品に描いた。その後、原稿の注文を受けるようになって、精力的に作品を発表し、名前も知られるようになる。

しかし、「おせい」の登場が生活に絡むようになると、彼女に真摯に対応する際の心境を描く小説が増える。加えて、以前にはなかった飲酒量の増加が絡む。「おせい」とは大正八(一九一九)年末に鎌倉・建長寺内宝珠院に住み始めた善蔵が、大正十二(一九二三)年九月の関東大震災に遭って上京するまでの間、彼の三度の食事を運び、晩酌の相手を夜遅くまでし、善蔵の長男の世話までした女性であった。上京して下宿屋に収まった彼を追ってきた彼女はそのまま同棲する。

秋声も大正十二、三年頃から心境小説を描くようになった。当時の文壇では『白樺』の作家たちもそうであり、心境小説を描くのが流行のようになっていた。

Ⅶ

石坂洋次郎が善蔵について触れたものには「葛西善蔵氏のこと」(昭3)などがある。

それによると、善蔵と石坂洋次郎の初対面は大正十二(一九二三)年七月八日、鎌倉の宝珠院であった。善蔵が『子をつれて』(大8)以下六冊の単行本を次々と刊行して生涯でも絶頂期にあった頃である。宝珠院は、石坂が訪問した翌々月、関東大震災の被害に遭った。そのため善蔵も去ることになる。

以後、善蔵の死まで五年間の交際が続く。

石坂は自分が作家を志望するだけあって、同郷(青森県弘前市)出身の著名な文学者の単行本をむさぼるように読んでいた。批評家によっては善蔵の文学を否定する者もいたが、石坂にとっては溺愛の対象で、胸に沁みこむわずか二、三行の言葉が見つかれば、それだけで大きな慰めを得た。初期の作品も中期後期の作品も、石坂は皆好んだ。

鎌倉で初対面を果たした後、石坂は本郷弓町に住む善蔵の下宿を尋ねて原稿を見てもらったことがあった。原稿を読んだ善蔵は、こんな下品な、甘ったれた小説を僕に読ませて恥ずかしくないのか、と言いながらその原稿を引き裂こうとした。もちろん、自分の文学に賭ける真剣味や苛烈さと比較してまだまだ甘いと判断しての行為だろうが、丹精込めたものを破りかけた善蔵を石坂は殴ろうとしたという。

Ⅷ

石坂が弘前で教師をしている大正十四(一九二五)年七月に善蔵がやって来て二カ月滞在した。まもなく、幼子を連れた「おせい」も後を追ってやって来た。その世話もした。のみならず、帰りの旅費代にするべく石坂は作品「老婆」を提供し、それを善蔵の名前で発表した。雑誌掲載された「老婆」は、葛西の久しぶりに活気にあふれたいい作品として好評を博した。

「老婆」(大14・8)はどんな作品だったのか。おしまという婆さんが、息子夫婦に邪険にされて、結婚三カ月になる孫のおよしを訪ねる。婆さんは、行く行くは孫と同居する心づもりだが、およしはまだ気づいていない。およしが席を外した間におしまが箪笥を覗き、それを咎められると逆切れしてくってかかる。婆さんから金を引き出したいおよしは嘘泣きをして謝る。帰途、婆さんは犬や子どもたちを相手に気を静める。

こんな内容だが、婆さんの個性が浮き彫りになっていて、読み応えがある作品である。

特に印象的なのは、箪笥を覗いたことを咎められた婆さんが開き直るセリフである。それに対して、嘘泣きをして謝るおよしのそれも見ものになっている。あたかも善蔵の「蠢く者」のおせいの啖呵を切る場面を彷彿させる。当時の読者もそれを思い浮かべたのではないだろうか。また、冒頭から、バタバタ、キーンキーン、コクリコクリ、ボリボリ、ムズムズ、ジリジリ、ペタペタなどのオノマトペが有効に使われている。これも、善蔵の小説に見られた特色である。

「老婆」が善蔵の作品でないと疑われなかったのは、おそらくそのような理由によるのだろう（精しくは本書三章）。

IX

石坂の第二作「海を見に行く」（昭2・2）は、学生ながら結婚し、三歳のハルキチに加えて、妻フク子の腹に二人目がおり、それでいて妻の実家から援助を受けて作家を目指す健太郎をめぐる話である。石坂をモデルにした私小説といってよい。

この小説の最後の、海へ出かける場面にいたる進行は、善蔵並みの時間が行ったり来たりと錯綜する倒叙法を用いる。また、キラキラ、ポトンポトン、コツコツ、ノコノコ、エンエン、ヨチヨチ、とオノマトペも効果的に使用されている。

ある日、健太郎のところへ友人が転がり込んできて、さらに夫婦間にもめ事を増やし、その仲をより険悪にする。主人公が学生であることを除けば、文学を目指す者がその障害に悩む状況を描くという点で善蔵の小説と設定が酷似する。

次の作品「炉辺夜話」（昭2・7）は三男という中学生を主人公にする。港町で寂れた遊郭を営む家の息子である彼は肺結核を患い、絶望的になっている。そのため、恋人の千枝子とも別れ、店の売れっ子女郎の歌吉と関係を持つなど退廃的な生活を送る。年末、雪の中、街を彷徨（ほうこう）する彼は凍死してしまう。

これはエピローグやプロローグなどの形式を備え、当時流行の新感覚派並みの表現を多用するなど、石坂らしさを出している。

このような新感覚派ばりの表現は、以後、「キャンベル婦人訪問記」（昭3・5）、「ある手記」（同3・9）、「外交員」（同4・11）、「彼らの半日」（同5・11）などの諸作にも顕著に見られ、性に関する強い関心が描かれる特色とともに、善蔵には見られない石坂の個性である。

X

石坂の「金魚」（昭8・7）は、善蔵の文学的影響を如実に受けたことを示すと同時に、そこからの離脱をうかがわせる記念碑的な作品である。

その素材は大正十四（一九二五）年七月に大学を卒業したものの、東京に適当な就職口がなく、弘前高等女学校に奉職した石坂をめぐる出来事である。その経緯を、時間や人物などフィクションを交え、事実を誇張して発表した。善蔵の方は「われと遊ぶ子」（大14・12）、「もぐる」（同15・1）でこのことに触れている。

「金魚」は、ミッション女学校に赴任した「私」を六月半ば、同郷の先輩作家の野村（葛西）が訪ねてきた。彼は言う、落ち着いた場所でいい作品を書きたいので一カ月ほど宿泊する旅館を世話して欲しいと。最初、「氏の名声とゴシップとに対して、好奇的な歓待を捧げた周囲の人たちも」次第に「氏の狷介孤高な精神に追随しかねて」去っていき、一人だけ取り残された「私」が世話をするようになる。

一日一回は酒浸りの彼に呼び出され、相手をする。しかし、次第に「私」も疲弊してくる。睡眠不足にもなってくる。三カ月が経過した。費用は嵩（かさ）む一方である。ある時、文学のあり方をめぐって、彼に考えを言う。真実は一度手に入れても、それに満足せずに、なお、普段の節制や努力などによって新たに発見される、と。しかし、彼は意にも介しない。

この作品で「私」は徹底した野村崇拝者である。周囲の皆が「彼」を見放したとしても、ついていっている。そのためには妻とケンカも厭わない。作品は「私」と野村とのその後には触れずに幕を閉じる。

では、これ以後、野村に対して「私」はどのように接することになるのか。「私」は野村を崇拝している以上、無事、帰京させるまでは面倒を見て、自身もその文学にかける精神や生活態度を模倣し、それを実行する方向に進むのだろうか。先に「私」は野村に「文学観」を述べた、と記したが、そこでは最後に「このままの貴方を見ていると私は自殺したくなる。苦しい。道ばたの石ころであったほうがいい」と付け加える。つまり、「私」は野村が節制や努力、気づかいを辞めたことを批判し、さらなる変貌を期待している。しかし、彼がその期待に応えない以上、家族を抱える「私」は自殺する可能性は低い。とすれば、彼より離れるしかないだろう。実生活では大正十四（一九二五）年にこの「金魚」に書かれたようなことがあった。が、その後の昭和三（一九二八）年七月に善蔵が亡くなったので、無理に離れる必要もなくなった。

石坂は、善蔵の文学に接して、「蠢（うごめ）く者」（大13）にあるような苛烈な表現に感動し、その手法を学び、その文学に殉じようとの精神を学んだが、善蔵のその後の姿に落胆して彼と別離を決心する。

ちょうど石坂は、プロレタリア文学隆盛の最中、「妻の問題」を文学的に解決するべく、「麦死なず」（昭11）を発表してプロレタリア文学との離別を果たしたが、その前に「若い人」（昭8）、そしてこの「金魚」を書いて自身の「葛西善蔵」的なるものに別れを告げた。その結果、石坂は「当たり前のことを当たり前に描いた文学」をめざして「暁の合唱」（昭14）「美しい暦」（昭15）を発表することができた。戦後の「青い山脈」につながる作品である。

XI

これまで見てきたように、善蔵は、秋声から生活苦の中で「文学すること」の意味や何を書くべきかということを知らされた。また、倒叙法という時制を錯綜させた手法を学び、オノマトペの効果的使用法を会得した。それは、石坂にも受け継がれた。

一方、石坂は、善蔵の文学から文学者とはいかなる存在かを知らされ、特に文学にかける苛烈さを目の当たりにしたが、最終的に「逃亡」することを選んだ。秋声や善蔵が住む文壇という「垣の中」から脱出して、「垣の外」へ出ることを決意した。「若い人」「金魚」「麦死なず」などがその決意を証明した作品といえる。いわば、善蔵は、彼にとって文学上の師であったが、のちに反面教師と化したのである。

こうしたお互いの関係や影響が、石坂が「青い山脈」を書く土台になっている。

二章　作家の系譜・石川

泉鏡花「由縁の女」のランドスケープ

「由縁の女」は『婦人画報』へ連載の後、大正十年八月春陽堂より『櫛笥集（ゆかりのおんな）』として出版された。その際、小村雪岱の筆になる「篇中仮構地図」が附されたのだが、この発案が鏡花自身によるのか、出版担当者のものなのか、どちらにしてもこの図の内容に鏡花の意向が反映されていることは間違いあるまい。吉田昌志氏は「泉鏡花『由縁の女』の成立をめぐって」（『青山学院大学文学部紀要』二十三、昭57・1）において「篇中の場所の位置関係を明示することにより、読者に小説空間の具体的な把握を可能ならしめるもの」と、その意図を推察されたが、確かにこの図があることによって小説空間の具体的な把握は可能になる。しかし、仮にこの図が付されていなくとも、その小説空間の把握は容易でないか。位置関係はそんなに入り組んだものとは思われず、とすれば、図は本当に必要だったのかということになる。

さらに、清水潤氏が「泉鏡花『由縁の女』論序説」（『論樹』七、平5・9）において、礼吉が蓮性寺を訪れる前日に帰京しようとして駅に行っているが、駅は地図には描かれていないと指摘された。この種の不整合は他にも言えるのであって、たとえば、お光が礼吉のために出かける市場（近江町）も記されていない。逆に、後述のように作品中に登場しない地名が図の中に囲みとして記された例も存する。

要するに、この図を付した鏡花の意図は単に場所の位置関係を明示するにとどまらず、作品本文と補完し合うサブテキストの意味を地図に持たせたかったのでは、と考えられる。以下、この仮定から「由縁の女」をみていきたい。

I

両親の墓の移転のために故郷を訪れる麻川礼吉が寄寓先に選んだのは、従姉のお光宅である。彼は両親も祖母も亡くしているからこの土地の寄る辺は自分だけだと考える彼女は、彼の好物を買いそろえ、準備するなどして迎え万端整える。作品前半は彼女を中心に展開するといってもいい。元より二人は幼い時から結婚を考えないでもない間柄だっただけに、それぞれが世帯を構える今、親戚の交際という以上に親身に接する。そういうお光の振舞を評して古迫政雄はかつて任侠型と述べたが(「泉鏡花の恋愛観」『文壇』大13・8)、作品は確かにそういう彼女が魅力的に描かれている。

しかし、同時に、十五になるかならぬうちに店の職人を婿に迎えて小糸屋の看板を立て直すに至った経緯も、かなりくわしく叙述されている点にも注目せざるをえない。

お光の父の発狂、母の不義、駈落、叔父の九兵衛の道楽、礼吉の祖母との仲違い——これら一連の事件は彼女と礼吉の現在を語るのに必ずしも必要とはいえず、むろん、作品展開の障害となるほどではないが、この存在が小糸屋の歴史を語り、そのことがお光本人とポジ、ネガの関係を創出する。

お光を任侠型とした古迫は露野を可憐型と分類した。その露野の登場はお光が近江町の帰りに彼女に声をかけられ、礼吉の帰郷を教えるところからである。礼吉の叔母が近郊の竜内温泉にいた時の知り合いだという露野は、運命に左右される女性に造型され、依頼された礼吉が東京へ連れて行こうと決心したほどである。

ただ、作品の展開からいえば、そういう彼女の魅力もさることながら彼女が大郷子や前塚との絡みで重要なキーマンとなっていることに注意したい。礼吉は露野の話をお光から聞いて大郷子の名前を知る以前に、銭湯で彼に会っている。みごとな風俗描写となりえた老隠居による大槻内蔵介お家騒動の話を批判的に聞き留めていた老大人がその人だが、彼は代書を家業とする町のボス的存在である。露野は彼の囲い者になっている。彼女がなつかしさから礼吉に会い、さらにはその好意に甘えてこの町から脱出しようと知るや、大郷子はあらゆる手段を用いて礼吉を攻撃、妨害を加える。大郷子は徹底した悪役に描かれている。

そういう悪役に対する善玉は前塚である。大郷子の追手を逃れるべく、礼吉と露野が頼ったのは前塚権九郎である。その母が露野の乳母だった縁故があったからだ。前塚は以後二人の強力な味方になる。

お光からの書面で帰郷を決心する礼吉が妻のお橘にそのことを告げた折、故郷を評して「人間が薄暗く濁って居る」「大嫌いな人間の多い処」「何時も癪に障る〳〵」と述べていた。そのイメージは上京以前に形成され、その後も維持し続けたものに相違ないが、修業中はおろか、詩人と呼ばれるようになってからも十年ほどは故郷と離れたままなのだから、何ら具体的事件によって増幅されたものではない。

しかし、十年ぶりに帰郷し、露野との再会を機に大郷子からの様々な嫌がらせ、たとえば小糸屋への彼らの乱入ぶりや、地元新聞への根も葉もない中傷記事の掲載、両親の墓荒らし事件等々を体験することによって、先の認識をいっそう堅固にすることとなる。とすればこそ、涼をとるために吸う氷をお光のあとに口づけした礼吉が彼女に「若い同士の口を利くさへ、浅からぬ罪業の如く沙汰する、鉛の扉さしたやうな故郷の町の中に、因循を破棄して、光を放つやうな、此の従姉」（四十三）と誇りを感じるのも納得がいくし、「凡そ、此の国ほど、人間の差別を付けて、金銭の多寡や家の由緒、其の人の身分に、甲乙を分ける国は他にやあねえ」（六十）との権九郎の発言に彼が十分に理解を示すのも当然といえる。

作品の展開は大郷子と前塚の登場によって壮士芝居ともとられかねぬ一面をみせるのだが、面白さを作り出す要因にもなっている。くり返すが、そのきっかけを作るのが露野の登場である。礼吉を慕って白菊谷へ向かった彼女は結局、身を淵に投じる。まさに野の露にも喩えられるべき彼女の生涯は可憐で悲哀そのもので、お光と対照的だが、作品内においては今みたように展開上のキーマンと解釈されるべきだろう。

古迫が崇高型と命名したお楊はお光、露野たちに遅れて登場する。しかし、彼女を登場させるはるか以前に伏線を置く。小糸屋へ客として訪れたある山老爺（やまじい）が礼吉に立樹の坊様に違いないと声をかけたことである。というのも、礼吉は父が立樹町に住む錺屋職人だった頃、仕事に使う炭を納める山丈（やまさ）として出入りの彼らを「山のおつかはしめ」として記憶していた。のみならず、彼らの馬が暴れた際に身を挺して幼い礼吉を救ったのが、先に声をかけた山老爺の孫娘であった。彼らは城下からみて向山の右（東）の空の奥、白菊谷から下りてくる。他人の娘を死なせたおわびとお礼に礼吉の母はまもなく、礼吉と一緒に谷を訪れる。そのうち母は若死するが、亡き母と似た面影のお楊はすぐ近くに住む機械屋の娘である。その存在に気付いた礼吉は彼女に淡い気持ちを持つ。そのうち彼女は大金持ちの雪邑家へ嫁ぐ。

それから二十年、帰郷した礼吉は彼女が斑猫（はんめう）の毒におかされていることを知る。

このような展開は大筋からいうと、まだ作中に点綴される程度にすぎない。しかし、大郷子の追手を避けて麻野川を露野と共に上流へ進むうち、偶然、先の山老爺が手綱を引いてお楊を乗せた馬に出会うところから、作品は急転回する。すなわち、それまで麻野川を挟んでの城下町内にほぼ限定されていた舞台が、それまでの伏線をもとに礼吉にかすかな記憶を残す異郷ともいうべき白菊谷へ向かって進行することになる。その谷とは銭湯で隠居がどんな病にも神験、霊能がある清水が湧くが、途中、難所や不可思議な魔所があるため、人がうかつに行かれぬと語っていた場所である。

病気治療のため誰一人として供を避けたお楊に対して、礼吉は一緒に行きたいと申し出る。一夜が明け、それでも思い切れない彼はついに単身、谷へ行く決心を固める。「坊様の母上様が此の世へ帰らしつた次第（わけ）

ではねえ。――此はお館の夫人様だよ」と甚兵衛が諫めるのも耳に入れず、それを決行したのは人妻に逢うことが「世の規（のり）、人の矩（おきて）も避け」てなお重大事に考えられたからに他ならない。

このような後半六十三章からの展開で礼吉はそれまでと異なる思考回路の持ち主に描かれていく。それは舞台となる白菊谷自体が城下と遮断された純粋培養のような土地で、住む人間同士の葛藤が少なく、それに彼が煩わされることがないからだろう。さらに、お楊だけが目的になったこともある。「お楊さん、女房のほかに、貴女をお慕ひ申すのは、女房と二人して、月を見ますのも同じです。身も心も私と一所ですから、こゝで、貴女に言ひますこと、申しますことは、女房も聞いて居ります」（七十一）との科白は、帰郷前に女房に向かって「何一つ申分のないのはお前で、有れば私だ。……不都合があつて勘当をされれば僕だね」と述べた者と同一人と思われないほどだ。二十年来、一度も忘れることがない彼女への思いのたけを告白するのに、城下町は似つかわしくないということであり、「世の規、人の矩」が通用しない所でもある。

彼の目的とされた彼女はどうか。由縁の女たちのうち、お光と露野の二人は彼女たちをめぐる家や人物が絡み合って描かれ、そのことが作品を重層的に仕上げる一因となっている。この点はすでにふれた。礼吉に関しても幼少時の思い出などを紹介することによってその前半生がそれなりに浮き彫りにされるのだが、お楊に関してはさほどでない。その生家が礼吉の近くだというものの、嫁ぎ先の雪邑家の様子や嫁ぐ時の事情等、彼女の過去についてはほとんど記述されていない。現実の彼女は斑猫の毒におかされ、しかもその顔は夫にすらみせず、礼吉がその声をまともに聞くのは白菊谷においてである。

というふうに彼女をめぐっては可能な限り、秘密裡につまり読者に対して予備知識を持たせぬように仕組まれている。何かしら朧気な状態のままの方が礼吉の恋の相手に似つかわしいとの設定が施されているようだ。谷で礼吉がお楊に向かって、お母さん、姉さん、奥さんと呼びかけたように特殊な女性、諸要素を全て併有する女性に彼女は造型され、それにふさわしく未知数多く神秘的な雰囲気を醸成するように描かれている。

作品全七十一章を仮に二分すると、六十三章以前と以降に大別されよう。前半は麻野川を挟む城下町内に展開する清濁合わせ呑む物語であり、後半は白菊谷を舞台に礼吉とお楊の成就せぬ恋の話が主となる。

Ⅱ

ところで、本作品は鏡花の自筆原稿が残されており、そこにはかなりの書き直しの跡がみられ、さらに雑誌掲載を経て単行本にする際も本文に手が加わっている。このような経緯に関しては前記の吉田昌志氏の論考によって初めて明かにされた。

氏によると、これら成立過程で一貫する特色は金沢色の朧化と、ゆかりの「女」に関する統一等が挙げられる。たとえば、実在の固有名詞を避けたり、金沢、加賀、百万石等の語も使用をしないようにするなどである。もちろん、そうはいっても例外は若干あり、百万石の城下（八）百万石の大守（十四）等使用された例もみうけられる。

「篇中仮構地図」は従って、それら仮名（作品内の地名）に基づくのは当然である。ただ記載にあたって必ずしも作品に忠実であろうとしなかったらしいことは、先の清水潤氏の指摘にもあるとおりだ。氏は駅について指摘したのだが、他にも作中の本法寺（お光の檀那寺）や鮴屋、医王山、竜内温泉等々、記されない物も多い。

一方、先にみたような作品展開に合わせるかのように、特定の場面を強調すべくそれを画面に記入したケースもある。たとえば、煙管は礼吉と露野あるいは礼吉とお楊にとって大切な小道具だが、特に後者の場合、麻野川で銀煙管を発見した漁夫たちからお楊の噂話を耳にする辺りは図の中で特定していない。ところが、礼吉と露野が川を上って逃げ、破屋で一休みし、その時、槐の向こうをお楊を乗せた馬が通りすぎるのをみた礼吉が川の中洲まで入りかける様子を叙述した部分は「仮構図」に松並木、天神橋、槐（二本）、破屋、中洲等がそれぞれ忠実に記されている。ここは作品の前半と後半の境目辺り（五十七〜六十三）の、場面転換の大事な局面ゆえ、おそらく、そのように判断した鏡花の指示で作図されたものと考えられる。

このことと関連するが、お光、露野、お楊の三人の女性に関しても記し方が異なり、明白な区別がみられる。本文で前歴や係累の記述に乏しいお楊に関係してはかなりくわしく実家、もとの家、待屋敷、雪邑邸と記されるものの、露野については父と住んでいた家（四十二）は記されることがないし、遠方に存在するからかも知れぬが竜内温泉も記されない。

こういう区別も作品におけるそれぞれの女性の位置付けないし役割を理解すれば納得が行くことである。先に述べた通りである。

「仮構図」は横長で、右上から左下にかけ中央をほぼ斜めに麻野川が流れ、そこに作品に登場する五つの橋が架かる。中央下に大きく天守閣が描かれる。この天守閣は作中には登場しないが、舞台が城下町だというところからあえて描いたものだろう。天守閣から見下ろすかのように家並がぎっしりと書き込まれるが、ちょうど対岸真向かいに向山が大きく描かれる。なかでも天神山と作中で称された丘が色彩を変えて強調される。右上角（南）に二股尾と白菊谷が描かれるが、作品では「浅野川の川上の、両股のさきの白菊谷」（二十八）と位置が説明される。しかし、川の流れは途切れていて二股とは接続していない。むろん、省略された結果だが、この城下町との距離の隔たりを示すと共に、そこが異世界であることを強調する意図も込められていたのではなかったか。

作品では「紫の医王山」「雪の白山」と実名の山が記述されるが、このうち医王山は地図に記されていないものの、白山は右下角（南西）にはっきりと描かれている。ただ、作品で述べられるような礼吉の立つ視点からは現実の白山が見えるとは考えられない。にもかかわらず、白山が何度も作中で言及されるのは礼吉の、引いては語り手の思い入れが込められているからに相違ない。川村二郎（「鏡花と白」『文学』昭58・1）の主張も合点が行くところである。

「仮構図」の中に作品に記述されない物が示されている。先の、作中に記述はあるものの、図では省略されたのとは逆のケースである。たとえば、画面中央の真中、向山の背後にポツンと置かれた立山や画面右角（南西）に家並が描かれてそこに犀川筋と記した例がそうである。作中で全然言及されることがないこの山や川をなぜ地図に描き込む必要があったのだろうか。

先に見たように「由縁の女」本文はそののち金沢色の朧化に向けて手が入れられた。むろん、それでもなお金沢に関して知識を持つ者であれば、麻野川が浅野川のもじりであることぐらいすぐわかるし、向山は夢香山ともいって、卯辰山の異名であることにすぐさま気付く。しかし、作品を読み、さらに白山と立山をはずした「仮構図」を見た者で、これが金沢だと特定できる者はどれほどいるだろうか。逆に言えば、この二つの山を所定の位置に描き、さらにダメ押しのように犀川を記すことによって、金沢が特定されうる。

しかし、これは矛盾する行為としか考えられない。本文は金沢を朧化する方向に手を加えつつ、逆に金沢を特定しうる証拠を地図として付すのだから。

「仮構図」の全体を改めてながめてみる。上と下の遠方に立山と白山が聳え、それらに守られるようにして向山と天守閣がある。その間を麻野川が流れるが、右中ほどと左上方の空間を除いて家並がひしめきあうように描かれる。特に天守閣と小橋の間は作品の主な舞台となったこともあって、屋根がくっきりとていねいに大きく詰め込まれている。また、高所からこのように見下ろせるこの鳥瞰図は当然のことだが、生身の人間を一人も登場させていない。

街を流れる川傍に生を営むこの城下町の人達はどんな表情をみせるのか、もちろんこの図からは知りえない。しかし、すでに作品を読みおえた者が改めてこれを眺めた時、どんな感慨を抱くだろうか。大郷子がその手下を使って礼吉と露野を追いまわしたのはこの小路で、前塚らが泥饅頭をくらわした墓地はここで、というふうに地図上で作品世界を追体験できる。

しかも、作品には記載されていないものの、立山、白山、犀川という現実の地名を知識として備える読者にとっては、いよいよそれらを記したこの地図が全くの仮構図ではなくて、ある程度まで場所を特定しうるものであることに気付かされる。むしろその方がリアリティを伴って作品世界の把握により効果的である。

鏡花がこの「仮構図」を附した意図はおそらく、モデル問題等を回避すべく本文においては可能な限り金沢の朧化を試みたものの、作品の展開や人物の理解等の手助けともなるようにと考え、かつ朧化のぎりぎりの妥協点として立山や犀川を書き入れてみた、というふうに推測される。さらに想像を働かせるなら、作中の礼吉に体現させたように、彼の、金沢に対する愛憎が複雑に入り混じって底流していないだろうか。

換言すれば、鏡花にとって「由縁の女」は本文だけで成立、完成なのではなく、「仮構図」と合わせてトータルにみてほしかったのでは、ということである。活字によって読者はある作品世界を形成することはむろん可能である。しかし、それは挿絵や地図を併用することでいっそう強固になろう。しかも後者に限るならば平面図でなく、鳥瞰図であればなおさらのことだ。さらに、それが本文の作者の意を汲んだものであるならば。読者は単行本によってこそ「由縁の女」のランドスケープをより鮮明に把握できるといえるのである。

［付記］

本文執筆時に失念して言及できなかったものに『新潮日本文学アルバム22 泉鏡花』（昭60・10）に掲載の「地図覚え書き」がある。麻野川と城、向山、白菊谷を記し、東西南北の方向を示しているが、完成稿の原型として非常に興味深い。

徳田秋声における英学修得の意味

金沢の三文豪の一人・徳田秋声（一八七一～一九四三）は明治、大正、昭和の三代に亘って活躍した作家である。その人生は常に陽の当たる場所ばかりを歩んできたように考えられがちである。しかし、大家族を抱えて文字通りの筆一本で生活を支えねばならない彼にとって、自分の作品がいつも読者に受け入れられる自信はなかった。後輩の作家や評論家を、生活を脅かす存在に感じてもいた。特に、昭和の時代、若手の著しい台頭に心中穏やかでない秋声が、厳しい批評を自作に向ける評論家に対して「商売の邪魔をしないでくれ」と抗議したのは有名な話である。それは半ば冗談だったかも知れないが、当時の彼の立場からすれば、本心とも考えられる。

もっとも、秋声は作家として出発時から注目されたわけでなかった。処女作「藪かうじ」の発表が二十六歳の明治二十九年時だが、その名が広く認められるようになるのは同四十一年の「新世帯（あらじょたい）」においてである。秋声はこの間十二年は決して短い時間ではない。秋声はこの間に長期間の会社勤めの経験があるでもなし、もっぱら原稿を書いて主たる収入を得ていた。当初独り身だったのがそのうち家族も増えている。生活はかなり窮屈だったはずである。そんな厳しい経済状態にあった彼が、長い雌伏期間を経てどうして「新世帯」で認知されるようになったのかということも、非常に興味深い。

この二点、つまり、長期間に原稿生活を支え得た理由と、一躍陽の目を浴びるようになった事由は一体何だったのかはぜひ、知りたいところである。結論から言えば、それこそ「芸は身を助ける」との言い回しが答えである。これは、本来道楽で覚えた芸が落ちぶれた時に生計の役に立つという意味だが、後に一芸に秀でていれば、それが生計を助けることになるとの意味に転じて使用される。では、秋声の場合の「芸」とは何だったのだろうか。

I

語学、特に英語力がそれだったと言える。今、秋声の「年譜」を見てみる。放浪時代を経た二十三歳の秋声が金沢で収入の道を得るために『北陸自由新聞』に出入りする。まもなく主筆渋谷黙庵の長岡転勤に伴って同地へ赴くが、渋谷が彼を招いたのはその語学力を買ったためだと後に知る。渋谷の許を離れた秋声は東京へ出る。そこで一時口過ぎのために電信学校予備校で教えることになる。その科目は英語であった。そのうち、渋谷の持たせた紹介状によって出版社博文館に入社。そこへは泉鏡花が出入りしていたので秋声は再会し、彼の口ききで一度は拒否された尾崎紅葉への入門を許可された。二十八年六月、秋声が二十五歳のことである。

その許可を得た日に、紅葉はアメリカの雑誌のページを切って渡し、翻訳して持ってくるように伝えた。その翻訳料五円は秋声が初めて得た原稿料である。当時の五円は例えば鶏卵一個が一銭七厘、大工や左官の日当が四十銭であるから、現在の六千円位だろうか。翻訳した枚数にもよるが、秋声にすれば、ちょっとした小遣いになったろう。以後、秋声は収入のために博文館発行の少年雑誌に少年向けの読物を掲載する。

博文館は二十六歳の時に退社するが、紅葉との交遊はいっそう親しさを増し、いわゆる紅葉門下生の四天王の一人と言われるまでになる。紅葉は硯友社という一門の領袖として親分肌の面倒見の良い人物であった。

自宅裏の一軒家で秋声ら弟子達が共同生活を開始すると、生活費を補助したりした。秋声に対しても、新聞雑誌等へ度々原稿の斡旋をしている。それに応じて秋声が完成させた原稿の中には、全くの翻案や翻案臭の強いものも多数含まれていた。さらに、三十一年には師の知人長田秋濤（おさだしゅうとう）の手伝いをしてコッペー「王冠」の翻訳を手伝ったこともある。秋濤との関係は翌年のクリーツ「怨」の訳出や三十四年の紅葉名で出版されたユーゴー「鐘楼守」の文飾手伝い等にも及ぶ。

「資料1」を見ると、明治年間において実に多くの翻訳や翻案を秋声が試みていることが判明する。原作者が多様なだけでなく、作品もバラエティーに富んでいる。これは裏を返せば、それらの作家や作品に秋声は何ほどの関心も興味も持たずに、単に原稿料を得るためにだけの作業を繰り返したと考えた方が自然である。

資料1　明治年間翻訳・翻案等年表

明治二十九年
三月　内と外（訳・デイツケンス）
四月　自惚鏡（訳・同右）
十月　墨西哥の賊（訳・？）
三十一年
二月　妻の鑑（翻案・ペスタロッチー）
七月　幻影（訳・ホーソルソン）
三十二年
七月～八月　氷美人（翻案・？）
八月～十月　銀行千形（翻案・？）
八月　蛮人の惨刑（訳・？）
十一月　舞踏番号（訳・？）
三十三年
三月　少女の望（訳・ホーソルソン）
三月　奴隷の生立（訳・？）
九月　狂船長（訳・？）
三十四年
一月　猛獣の愛（訳・？）
九月　復讎（訳・？）
三十五年
三月　驕慢児（一部翻案・ドオデイ）

七月　山の少女（翻案・？）
八月　人の哀（翻案・ホーソルソン）
三十七年
二月　士官の娘（共訳・プーシキン）
八月　露西亜人（訳・プーシキン）
九月　コサックの少女（訳・ゴルキー）
三十八年
三月　ゴム靴（訳・ドオデイ）
五月　目なし児（訳・？）
十一月　十二王子（訳・？）
十二月　侠美人（訳・ゴルキー）
三十九年
五月　悪徒の娘（訳・コムペルト）
五月　時（訳・ゴルキー）
六月　復讐（訳・マゾツホ）
十月　老音楽家（翻案・？）
四十年
一月　滞陣記（訳・ツルゲネフ）
二月　最期（翻案・？）
三月　罪へ（翻案・ゴルキー）
六月　夜叉（翻案・マゾツホ）
八月　人ベンチ（共訳・マゾツホ）
九月　熱狂（訳・ゴルキー）
十一月　悲しき思出（翻案・ビヨルンソン）
四十一年
一月　残骸（翻案・モオパッサン）
一月　服従（訳・マゾツホ）
一月　女装（翻案・モオパッサン）
九月　盲人（翻案・カロリンコオ）
四十二年
十月　里の女（翻案・モオパッサン）
四十四年
一月　シヤントクレエル（共訳・ロスタン）
十月～四十五年三月　覆面の女（翻案・？）

（松本徹『徳田秋声』に拠る）

Ⅱ

博文館を退社した後に秋声は読売新聞社に在社して月給二十円、手当五円を得たことがある（三十二～四年）。しかし、それ以外は定収入の術はなく全ては筆一本が頼りだった。ましてや、三十六年夏には長男が誕生して家族も増えている。のみならず秋声を頼りに郷里から縁者が次々と上京してくる始末であった。とすれば、自身が本心から執筆したいものだけを長時間かけて完成させるという生活は全くの夢でしかないことになる。まずは一家の担い手として収入を得ないといけないからである。本来恥じるべき代作という行為が一時なされたのも、そのことと無関係ではなかったと考えられる。

さて、文壇の空気を吸って十年以上も経つ秋声だが、内外の文学事情に通じるにつれて今何が求められているかとか、どんな作家や作品が好まれているかとかを肌身で知るようになってくる。特に、日露戦後の社会状況の変化とそれを反映した文学がどんなものでなければならないか、そのために同輩達がどんな試みをしているかを敏感に察知するようになってきた。

折しも、文学界では島崎藤村『破戒』に続いて田山花袋「蒲団」が評判となって、新しい文学・自然主義文学の到来が声高に叫ばれ始めた。両名とも秋声より後に出発した作家である。

正常の神経の持ち主ならば、何時までも生活に追われっ放しの文学ではいけないと自己反省をするのが当たり前だろう。当然、秋声は何を、どのように表現するのかという自己の文学の行くべき道について真剣に考え始めた。すなわち、次の回想がその心理を語っている。

> 現在書きつゝあるものに飽いて了つたと云ふ丈けで未だ行くべき何物をも得て居ない。又、現在自分の書きつゝあるものにも、十分発展す可き余地があるには定つて居るが、さて何う進んで行つて好いものか、今の所分らない……
>
> （「求めつゝあるもの未だ与へられず」明41・1）

その結果、秋声が辿り着いたのは次のようなものであった。

初めは文芸は尊いもの、高いものゝやうに空想して、文芸を崇拝したが、中頃、即ち自身で文芸に直接触れるやうになつてからは、然うした尊い所も、崇拝の念も消えて、唯生活の為めに書いた。然し、書く其事は、実生活と何等の交渉もないことを書いたのである。それが、此の頃になつて、文芸と実生活とを密接な交渉の下に置き、従つて文芸にも単なる生活の為めのみではなく、実生活其物と同じやうな意味なり価値なりを見出して筆を執つて居る。

（「生活に鞭撻せられて今日に至れり」明41・9）

これを要約すると、文学は自分の経験した人生の内面を描くものであり、描かれた文学にも実生活と同様の意味や価値を見出さねばならない、ということになる。こういう考え方を秋声は、文壇に発表される諸作品からも勿論学んだが、それらのかなりの物が滋養源とする外国文学からもまた多数、摂取・消化した。得意の英語力を生かして。

具体的に言えば、モーパッサンやユーゴー、ゴールキー、ツルゲーネフ、ニーチィエ、ハウプトマン、イプセン、ズーダーマン、トルストイ、シェイクスピア等々である。当時、英、仏、独の三カ国語に通じる作家はそんなに多くなかったはずで、秋声の場合も、これらの北欧文学や独文学、仏文学、露文学等を通読したり、翻訳したりしたのは全て英語からの重訳だった。その意味では作品の読解に若干の正確さが欠けていたかもしれない。しかし、秋声にとってそれはさほど取るに足らないことだった。むしろ、近松や西鶴や老荘にないエキスをそれらに発見し、自己変革への滋養源としたことの方が遥かに収穫だった。

また、これら作家作品からの摂取は系統立っていないし、その方法にも程度の差が存在する。それらの例証はすでに研究者の論考にみられるので省略するが、ある作品からは人間の本能のまぎれもない恐ろしさを教示され、ある作品からは女性が持つ想像できない側面を学び、また、あるものから中年男性が持つ若い女性への関心を知らされるというぐあいに。それほど、新文学を創造するために秋声は西欧文学からの栄養分を無差別にかつ貪欲に吸収しようとした。

こうして書くべき内容に確信を得た秋声は、同時にそれをどのようにして表現するべきかについても試行錯誤の末に一応の型を完成させる。

その第一は、作者の感情移入をより効果的にするために、視点に工夫を凝らしたことである。すなわち、語り手が時には登場人物に視点を移動させるという方法を秋声は採用した。この方法は場合によって読者を困惑させかねないが、人物の心理をより効果的に伝えうることにもなる。第二に、倒叙法である。出来事の単調な展開に変化をつけるべく、過去と現在とを作中で交錯させて描く方法である。第三に、秋声独自のオノマトペ（擬声語・擬態語）の使用である。これも、時には的確な描写をあいまいにすることになりかねないが、その場の雰囲気を巧みに伝える効果を意図した。

以上のように、秋声は積極的に作家として自己改造を試みた末に、新たな展開を見せて文壇の中心に躍り出る。具体的には「新世帯」（明41）によってその方向づけができ、「黴」（同44）において文壇にゆるぎない地位を築くことになった。以後、右往左往しながらも昭和期まで文名を残すことになる。極限すれば、これも全て英語力のおかげである。その語学力を武器にして他人以上に新知識を身につけ、それを生かしえた故に相違ない。まさに、芸は身を助ける、である。

Ⅲ

さて、それではその英語の力を秋声はどこでどのようにして身につけたのだろうか。次に、このことについて述べて見たい。

「年譜」には、秋声が漢籍塾で学んだとある。が、英学塾で学んだことは記されていない。他の周囲の人物にも教えてもらった様子はない。従って、英語に接したのは学校においてであろう。尋常小学校と高等小学校を秋声は卒業している。あるいは、この段階で初歩英語に接したかもしれないが、詳らかでない。

明治十九（一八八六）年春、六年制の石川県専門学校に十六歳の秋声は入学する。明治二十年代までは教育制度においても変更がめまぐるしく、この学校も数種の学校の変遷を経て明治十三年七月に校名変更で成立したのだが、中学師範学校名の時に、文科、理科、予備科、法学科等にコース分けされていて、上級学校への進学を意識したカリキュラムが組まれていたと思われる。従って、この学校の在学期間に英語に接する機会があった可能性は高い。断言できないのも、そのカリキュラムを確認できないからである。また、秋声の回想文に拠っても英語に関する記述は専門学校時代のものはなく、次に紹介する高等中学校時代のものが殆どである。

秋声が専門学校予備科に学んで二年目のことだが、「中学校令」の公布によって全国五つの地区に各一校ずつ高等中学校を開設することとなり、各地の猛烈な誘致合戦の結果、石川県への設置が決定した。すなわち、同二十（一八八七）年、十月に第四高等中学校が開校。就業期間は本科が二年、予科は三年である。翌二十一年、二年制の予科補充生学科が増設されて、秋声は七月に試験を受けて同科一年に編入。この時の一年は八十名、二年は六十一名が入学許可された。因みに、四年後作家を志して一緒に上京した桐生悠々は予科二年に属した。

本科の授業料は年二十円、予科と補充生学科は同じく十五円であった。

『第四高等中学校一覧』（以下『一覧』）に拠って秋声が学んだ学課を知ることが可能である。補充生学科は一、二年とも「倫理」や「国語及漢文」等全部で十一科目、週二十八時間の授業だが、週当たりの時数が一番多いのは「第一外国語」の六時間である。これが、予科になると、週当たりは三十時間と増え、逆に科目数は九～十と減る。ところが、外国語は週九～十一と増える。二日に一度は日に二時間の語学授業があることになり、予習がかなりきつかったと想像される（資料2、3）。

この外国語重視の方針は旧制中学校が旧制高校に変更、つまり、明治二十七年九月に「第四高等学校」と改称後も変化なく、全時間数の三分の一強を占めている。現在の大学では語学専攻でもない限り、外国語の単位は総履修単位数の一割程度ではないだろうか。

資料2　第四高等中学校予科補充生学科課程表

学科	第一級　毎週時数
倫理（人倫道徳ノ要旨）	一
国語及漢文（講読・書取・作文）	五
第一外国語（読方及訳解・書取・会話・作文及文法）	六
地理（亜細亜及欧羅巴ノ地理）	二
歴史（万国歴史）	一
数学（算術ノ復習・幾何）	四
物理化学（示教）	一
習字（中字・楷行草、細字・速写法）	一
図画（自在画）	二
唱歌	二

体操（兵式体操）	三

（『第四高等中学校一覧　自明治二十一年至明治二十二年』に拠る。）

資料3　第四高等中学校予科学科課程表

第一年

倫理（人倫道徳ノ要旨）		一年間毎週一時	
国語及漢文（講読・漢文）・作文（漢字交リ文）	仝		仝五時
第一外国語（講読、翻訳、会話、作文、文法）	仝		仝九時
地理（亜米利加、澳斯太剌利亜及亜非利加）	仝		仝二時
歴史（支那歴史）	仝		仝二時
数学（代数、幾何）	仝		仝四時
博物（衛生及生理ノ大意）	仝		仝二時
図面（自在画・器具、花果、家屋、草木、山水、鳥獣等ノ臨書）	仝		仝二時
体操（兵式体操）	仝		仝三時

（『第四高等中学校一覧　自明治二十三年至明治二十四年』）に拠る。

それでは、この外国語の授業は誰がどのような教材を用いてどんな内容で実施されたのだろうか。これについては秋声自身の回想がある。

英文法と地理を教へたカナダ人のマツケンヂイと云ふ紳士は、いつも紺の玉羅紗の背広一著を殆んど著通しで、敬虔素朴の好青年だつたが、二学年にわたつた英文法の教課は、等の尤も好きなもの、一つであつた。

その頃教科書はまだ日本では出来てゐなかつたので、ノオトでないものは生理学でも地文学でも、総て学校で貸してくれる原書であつた。

（以上、「光を追うて」）

ここにあるように、当時外国語は日本人教師以外に、二人の在籍する外国人教師も担当していた。彼らが教授する際に使用する教科書について秋声は存在しないと回想している。あるいは、教科によってはそうだったのかもしれないが、『一覧』十二章の「図書器械取扱規則」に拠れば、教科書を買えない場合は、相当の借料によって、一年間貸与されるとあるので経済的に貧困だった秋声の場合はこの貸与制度を利用したのかもしれない。

何れにせよ、外国人によって原書を用いての授業を受けることができたのは、秋声にとって幸運だったといえよう。

「光を追うて」（昭13・1〜12）には「教科のラムのセイクスピヤなどでは、教師に承服しかねるところも、時々あつたりした」とあるが、これはチャールス・ラム（一七七五〜一八三四）が姉のメアリー・アンと著した「シェークスピア物語」（1807）を指す。また、同文では教師のマッケンジーをカナダ人と述べるが、『一覧』には英国とある。秋声にすれば、イギリスの国民的作家でしかも子供向けに執筆された同書は、格好のテキストと考えられたに相違ない。マッケンジーは一年早く着任した米国人のベントンと共に、二十四年に辞任しているので、秋声のちょうど在学期間と重複することになる。

秋声が頼りにした辞書は父親に購入して貰ったウェブスター（一七五八〜一八四三）の『簡明英語辞典』（1808）であった。教師に文法の基礎から習い、辞書を片手に逐一日本語に換えていく作業を繰り返すことによって、秋声は知的好奇心を満たし、英字の背後に潜む異国の文化や風俗に触れることによって、自分の視野が一層広がりを見せて行く思いがしたに相違ない。将来「出来ることなら翻訳くらゐやって見たい」と考えたのも無理からぬことである。

教科書とは別に他の作品も手にするようになる。アディソンやディケンズ、リットン等である。このうちアディソン（一六七二〜一七一九）は新聞紙面に文芸物等で新風を吹き込んだ作家、悲劇を得意とする作家として知られ、ディケンズ（一八一二〜七〇）はイギリスの国民的作家として親しまれ、リットン（一八〇三〜七三）は早くに丹羽純一郎によって「アーネスト・マルト・ラヴァーズ」が「花柳春話」（1878）として翻訳されるなど日本人には馴染み深かった。

もちろん、当時の秋声の語学力や英文学に対する知識から見ても、彼らを十分に理解できたとは思われない。しかし、西洋の小説を読み続けながら、多少なりともその語学力は増して行ったと考えられる。語学力が増したとなれば、さらに意欲が掻き立てられ、次々と洋書へと導かれる。「光に追うて」に次のようにあるのはその一例である。

等は小説を書くことに失望してゐたが、翻訳の稽古をしようと思ひアアビングのスケッチブックのなかから、一つ二つ択り出して、コンデンスと首ツぴきでこつこつノオトに鉛筆で訳しかけたが、こゝへ来てから町で見つけたリットンのものなども、捻くつてゐた。しかしどれも此も生咬みであつた。

（「光を追うて」）

この場面は高等中学校を中退した秋声が上京して硯

友社入門を望むものの、果たされずに、同行した桐生悠々と別れて兄を頼りに大阪に赴いた時のことである。二十三歳の春であった。米国文学初期の代表作家ワシントン・アーヴィング（一七八三〜一八五九）の代表作「スケッチ・ブック」（1819〜20）をどんな経緯で入手したかは不明である。しかし、学校を中退後も、身に付けた方法と知識を活用してこのように翻訳に取り組む秋声の姿勢に注目したい。

もう一例を挙げる。初めて『石川近代文学全集2 徳田秋声』（平3）に収録された、秋声二十六歳時の雑録「秋声録」で次のように語る個所がある。

ドライデンの歴山大王饗応の詩をよむ、始めに英雄の事業を賛して、終に愛情を述ぶ、怪むべきが如しといへども、これ正大なる詩人の筆法。怯にして戦を嫌ふにあらず。正義を尚べばなり。

文中のドライデンを初めて我が国に紹介したのは坪内逍遥で、それは彼の「英文学講義録第七巻」（明27）においてだという研究者佐藤勇夫の説を先の『石川近代文学全集2 徳田秋声』の「評伝」で引用した和座幸子は、続けてこのように述べる。

秋声が〝歴山大王饗応の詩〟を読んだのは、明治二十六年十月のことであり、逍遥の評釈文を読んだのではないらしい。Feastを、逍遥は「饗宴」、秋声は「饗応」と訳しているところからもそのように考えられる。とすれば、彼はどこかで手にいれた原文を、自分自身の英語力で読んでいたことになる。（傍点原文）

本格的に英語を学んだのは僅か三年半にすぎないが、これほど継続性を保っているのは理系の学科が苦手なこともあって、在学中は日本文学や語学に費やす時間が多かったことに加えて、密度の濃い語学の授業の成果とも考えられる。

以上、徳田秋声という一人の作家に限定して外国語の習得が経済的扶助になっただけでなく、文学世界の習熟に大いに預かっているということを述べてきた。

Ⅳ

ところで、一般的に一人の人間が学習するということは最初期には何らかの模倣行為から開始され、その後に独創性が発揮されて行くものであろう。同時にそれはその人間が生きた時代と密接にかかわる問題でもある。我が国が維新後、近代化をめざした体勢を築くべき時に模範としたのは西洋であった。ことは文学の世界においても同様である。秋声が外国語を学び、それを生かして自己の文学世界を築いて行ったように、他の作家においても同様の現象が見られる。

秋声が学校で学んでいた明治十九〜二十四年は近代文学の確立期というべく坪内逍遥や二葉亭四迷、森鷗外、尾崎紅葉、幸田露伴等が創造活動に全力で勤しんでいた頃にあたる。学生ながら荘子や列子、孫子、墨子等の漢籍にも親しみ、近松や西鶴、黙阿弥等の江戸文学をも繙いていた秋声同様に、彼らは中国文学や我が国古典に飽き足らずに西欧文学に新機軸を求めた。

石川県で明治六年に設立された公立英仏学校が翌年には英学校に改名したことが象徴するように、政府の英学重視の方針に従って英語学習が優先されて二葉亭のロシア語、鷗外のドイツ語の例外は別にして、近代においてかなりの期間、西欧文学はほぼ英語からの重訳によって理解されることになる。

逍遥は東京開成学校から東京大学へと進学して英文学を専門に学んだし、紅葉は第一高等中学校から帝国大学へと進んで英語をみっちり習得できたし、漢学に造詣が深い露伴でさえも一時期東京英学校に在学して基礎的学習に怠りなかった。

秋声と同年で、自然主義作家として知られる田山花袋と国木田独歩の場合はどうか。群馬県館林出身の花袋は、田舎で野島という青年に英語の個人レッスンを受けた後、東京の日本英学館で英語を正式に学び、それを秋声以上の「身を助ける」武器にしていく。独歩の場合は、山口で中学校に在学した後も東京専門学校英語普通科に進学して同様に、有力な武器を身につける。

このように、明治時代の文学者はもちろん、以後の日本の文学者も殆どが大なり小なり西欧文学と接触し、その影響を受けながら自身の文学を完成に導いたと言ってもよい。泉鏡花のような若干の例外を除いて。

徳田秋声とイプセン

——附・秋声「エリイダと日本の女」翻刻

日本近代文学におけるイプセン受容と移入について、藤木宏幸はこれを四期に分けて考えるのが便利だとしたが、そのうち第二期はイプセンの没した明治三十九（一九〇六）年から大正初期にかけてで、イプセン全盛の流行時代であるとした（「イプセンの受容」『現代文学講座・明治の文学Ⅲ』昭50・4）。中村都史子はその第二期を象徴したタイトルの研究書『日本のイプセン現象——一九〇六—一九一六』（九州大学出版会、1997・6）を刊行し、森鷗外や上田敏、坪内逍遥、小山内薫、島村抱月、岩野泡鳴、夏目漱石、中村吉蔵等々とイプセンとの係わりについて具体的に考証した。

徳田秋声におけるイプセン受容はどうか。秋声は明治二十年代以降翻訳されたイプセン作品を読み出し始め、近代劇協会の舞台を観、いわゆる「新しい女」について発言したりしている。それに関する発言は明治大正昭和の三代にわたるが、先の第二期に多数見られるところから、以下それを中心に受容の様相を述べてみたい。

I

秋声のイプセンに関する発言は(1)作品評（自作への影響）(2)劇評、(3)いわゆる「新しい女」についてのもの、等に分類できる。

まず(1)から観ると、「予が出世作を出すまでの苦心」(『中央文学』大3・3)に「桎梏」(『新小説』明36・2)をイプセンの影響で「夫人の自覚といふやうな問題を取扱つ」たと述べているのが注目される。では、「桎梏」がそのような作品かというと、女主人公・屋代志津子が弟の学費を工面するため、妾となる。後日それを知った弟・貞也は姉の新出発を願うが、姉は仕舞いに自害し、弟も安定した職を捨ててしまうというもの。秋声が回想するような内容とは程遠いといわざるを得ない。むしろ「夫人の自覚」というテーマならば、ほぼ同時期発表の、私生児をもうけたにもかかわらず自立の道を歩む冬子を造型した「春光」(『文芸界』同35・8)が近い。

また、小田垣憲という強気の性格の人物を中心に子爵家の内紛を描く「少華族」(『万朝報』明37〜38)について「創作生活の二十五年」(同上誌、大9・11)ではイプセンの影響を言いながら「わが文壇生活の三〇年」(『新潮』大15・3〜6)ではニイチェを指摘する。ということは、双方の作家とも決定的な影響ではなかった事を意味する。

早い作家的出発にも係わらず、秋声が自他共に作家として認知されるには明治四十年以降まで待たねばならない。その間、秋声は得意の語学力を生かした多数の外国文学を読み漁る。モーパッサンやユーゴー、ドーデー、ゴーリキー、ツルゲーネフ等々。おそらくイプセンもその中の一人だった、と取り敢えずは言えるのである。

次に(2)について観ると、初めてのイプセン劇の上演「ジョン・ガブリエル・ボルクマン」を秋声は観劇していた可能性がある(「一問一答」『新潮』明42・9)。また、大正元年十月の近代劇協会の「ヘッダガブラー」は初日に観劇している。さらに、芸術座の「海の夫人」に関しては「黴」(新潮社、明45・1)との係わりにおいて記述の都合上(3)で述べたい。ただ、須磨子の演技に関して「上手になつたが最う少し根本的に改造する必要がある」と厳しい批評を与えた(「公開よりも寧ろ内輪な試演が望ましい」『新潮』大3・3)。

最後に(3)について述べる。先の第二期のイプセン受容がちょうど『青鞜』の運動と重なるところから、イプセンは劇作家あるいは劇詩人としてよりも強烈な自我を持ち、偶像破壊をめざす新思想家としての一面が強調された節があり、秋声の人物評も「新しい女」が是か非かという観点から発言されている。中で「イプセンの戯曲中で一番同感のできる性格」(「読後雑感」『時事新報』明45・2・29)と述べたり、「ヘッダのやうな女を好き嫌ひなしに面白い」(「文藝に現はれたる好きな女嫌ひな女」『読売新聞』明45・5・5)と述べて「ヘッダ・ガブラー」中の主人公について好意的発言をみせているのが注目される。この作品については劇を観たり、戯曲を読んだり、メレジュコフスキーのイプセン論を読んだりしているので、かなり理解を深めた上での発言と判断できる。しかし、何故そのように考えるのかという理由についてだが、正宗白鳥「毒」を評した「『毒』を読む」(『国民新聞』明45・7・17)が参考になる。ここで秋声は『毒』の人物の気分がヘッダと通じるものがあるという。ちょうど「黴」の執筆時期に重複するため、同作に影響を及ぼしたと推測される。この辺りのことは小著『秋声から芙美子へ』(能登印刷出版部)で述べたので繰り返さない。

しかし、越智治雄『明治大正の劇文学』(塙書房、1971・9)で考察されたように、明治四十年前後の「ヘッダ・ガブラー」に関する発言は喧しい。それらは、ヘッダを嫉妬心の強い強情な女とだけ見るか、それとも自己の確立という問題を内面に抱えた女と見るかに大別されるが、秋声のものはどちらでもなく、自身の関心で読解しているのである。

II

ところで、「海の夫人」を論じて「人形の家」のノラよりもエリイダに高い評価を与える「エリイダと日本の女」(『台湾愛国婦人』明45・4)がより注目されてよい。ここにおける秋声の主張は次の箇所に要約される。

　自覚といふ事は必ずしも家庭の破壊を意味しないのである。又最愛の夫や子を捨てる必要もないのである。要は心の持方如何にある。エリイダが今までの夫婦の生活を、真の生活ではないと自覚したのはい丶。併し自己の責任を痛感して、生活の改造を企てやうと決心した態度は愈ゝ立派だと云はなければならない。わが国の女性中にも、女子教育が盛んになるに連れて、段々所謂「醒めたる女」が殖えて来たやうであるが、それはどうもエリイダの場合の第一の覚醒だけであつて、第二の覚醒には遥かに遠いやうなのは心細い。お剰にその第一の覚醒でさへ頗る薄弱な根柢のぐらついた奴で、中々突き詰めた処までは行き得ず、稍もすれば元の無自覚な態度に復帰しやうとするのだから情けない。まだ〳〵日本の女は苦労が足りない。精神の試練が足りない。

ここに観られるような考え方はこれ以前のエッセイ「婦人の自覚に就て」(『早稲田文学』明44・11)や同時期の談話「表情ある話振りと雅かな態度」(『婦人画報』同45・5)にも見られる。前者は「新らしい女とか、自覚した女」は思想上の要求から出た幻のようなもので、現実生活ではそれに対応する制度ができていない以上、彼女と生活を共にすることは不可能である、という事を主張する。後者では、ノラのような女に好意を持つ事はできないと言い、女性には「女らしさ」が大切と言う。その場合の「女らしさ」とはたとえ夫に従順な場合でも「女子の天職に対する深い自覚と了解」を持ち、逆に自由開放を叫ぶ場合でも女性として「天より恵まれたる勤めを果たす」ことを忘れない場合をさすと言う。

こうして見てくると、「エリイダと日本の女」での考えが秋声の本来のものと考えられる。というのも、これらとほぼ同じ頃の「小説眼に映じたる現代の美人」(『美人画報』明44・3)において秋声は、自分が好んで描く女は経験上「中流か中流以下の所帯に疲れた寂しい女」と述べているからである。

最後に、秋声はハウプトマン「寂しき人々」とイプセンとを比較して「其後イプセン物なぞも読んで見たけれども、感動させられる度はあれ程強くなかつた」(「大家の翻訳よりは若い人の翻訳」『文章世界』明43・8)とも述べている。ハウプトマンは他にも田山花袋や島崎藤村、三島霜川、泉鏡花等々明治三十年代以降に多数の作家に影響を与えるが、この一文は秋声にとって少なくともハウプトマンがイプセンよりも「大きい」存在である事を示す。もちろん、かといってイプセンの影響を無視するのではない。イプセンとの邂逅が「黴」執筆の参考となったし、「新しい女」のようなタイプを知る事によって自身の女性観の幅を広げることが可能になったはずで、その意味ではイプセン体験が相当の意味をもつのである。

［付記］
小稿は平成十三年十一月十八日に石川近代文学館での発表「徳田秋声とイプセン」の要旨と重複する。その際に配布した資料に「エリイダと日本の女」を一部翻刻したが、今回その全文を紹介したい。なお、これ以外の秋声文は八木書店刊『徳田秋声全集』に拠る。

翻刻　徳田秋声「エリイダと日本の女」

［解説］本文は『台湾愛国婦人』第四十二巻（明45・5・1）二十五頁〜四十頁。二段組、一頁十七行、二十二字。カットを付すのが六頁ある。総ルビ付。所蔵は旧成東町歴史民俗資料館（現山武市歴史民俗資料館）で、同館は同誌を十四冊所蔵している（第二十三、二十五、二十八、二十九、三十一〜三十四、三十七、四十一、四十二、四十八、五十四、五十五巻）。

今回の翻刻に際して、二段組、パラルビとし、カットも略した。また、旧字体は新字体に直したが、仮名遣いはそのままとした。明らかな誤字は正した。

エリイダと日本の女

徳田秋声

イプセンといふ名を我々が耳にし始めてからもう大分久しくなる。この二三年間にはその戯曲の四つまでが新しい抱負を持つた俳優に依つて演ぜられた。特に昨年末の文芸協会所演の「人形の家」は、このノオルヱエの文豪のフェミニストとしての一面を最も顕著に代表してゐる作なるがため、さうして主人公のノラに扮した女優が、近来続々として崛起し来つた女優中にあつて、際立つて優れた技倆を示したがため、この演劇は非常な評判となつた。さうしてこれまで多く机上の人として知られてゐたイプセンといふ人が、一層我々に親しいものとなつて来た。

「人形の家」は、何故にイプセンの作中にあつても特に喧伝されてゐるのであるか。それは作者が今までの寧ろロマンチツクな態度を捨てゝ、所謂社会劇に入らんとした最初の注意すべき作品なるためにもよらう。併しながらそれよりも有力なる原因は、この一篇が提供する問題の意義にある。換言すれば、女主人公ノラの覚醒、及びその結果としての家出が、婦人開放と称する痛切な婦人問題に触れてゐるからである。

「人形の家」が非難されたり攻撃されたりするのは、多くはこれに基因してゐる。併し私はここに「人形の家」に就いて論じやうとするのではない。成程、ノラが今迄夫から愛されてゐたのは、可哀い人形としてゞあつて、決して独立した一個の妻としてゞはなかつた事を自覚して、住み馴れた家を出て行く動機には、痛しい涙が含まれてゐる。けれども、あゝする事に依つて果してノラは自分自身を知る事ができるだらうか。若しくは本当の生活を知る事ができるだらうか。自己を知り、人生を知るには、最愛の夫と子とを振り捨てゝ、「世間」へ走らなければ駄目なのであらうか。よしこれが唯一の手段なりとしても、ノラはいつまでそれに耐へる事ができるだらうか。又考へ直して元のわが家へ戻つて来るやうな事はあるまいか。疑問は続々として発して来る。「或る奇蹟が起つたなら——」ヘルマアのこの詞は、意味と暗示とに富んだ調である。

――どうも日本の女には、よしそれが所謂醒めたる女にしても、ノラ程思ひ切つた事はできさうもない。又さういふ事を私は敢て望まないのである。私は「人形の家」よりも、同じ作者の後年の戯曲たる「海の夫人」に心を引かれる。これはイプセンが夫婦の関係に対する今一つの考へ方とも見られやうか。或は又、前者に於いて解決し尽されなかつた問題を、この作で解決しやうと試みたものだとも云へやう。兎に角「海の夫人」の女主人公エリイダの性格は、ノラの如く直情径行でない、遥に控へ目で、さうして質実である。だからノラのやうに派手な刺戟は与へ得られないが、沁々と味ひながら考へて見させる力がある。我々日本人としてはさうして日本の家庭の現状を頭に置いてはどうしてもノラよりかエリイダの方へ心を引かれるのである。一わたりこの戯曲の梗概を語つた後、女主人公の性格を考へて見たいと思ふ。

全体は五幕から成り、北ノオルヱエの入江に望んだ小さな町を舞台に取つてある。期節は夏。第一幕はワングルといふ医者の庭で、二人娘のボレツタ、ヒルダの姉妹が、今日は亡き母の誕生日だからといふので、旗や草花でその辺を装飾してゐる傍に、バレステツドといふもうい丶加減な年輩の画家が絵を描いてゐる。そこへリングストランドといふ彫刻をやる病身の青年がやつて来る。画家は彫刻家に、自分の描きつ丶ある画の題を「人魚の死」といふのだと告げ、これがヒントを与へてくれた人はこの家の奥さんだと語る。この奥さんといふのが一篇の女主人公エリイダの事なのである。

軈(やが)て画家は行つてしまふ。ヒルダは彫刻家から、なぜテーブルの上を花で飾るのかと聞かれて母親の誕生日だからと告げる。彫刻家はそれをエリイダの事だとばかり思ひ込む。処が娘達の積りはさうではない。エリイダは彼等二人には継母に当るので、二人は継母の目を忍んで亡き母の誕生日を紀念してゐるのである。彫刻家は辞し去る。

その後へ主人ワングルが遠出の診察を終へて帰つて来た。間もなく学校教師のアルンホルムといふのが、エリイダの故郷ショルドキツクから到着した。これは主人が、妻のエリイダが兎角近頃鬱(ふさ)ぎ勝ちなるを見、曾て女を後妻とする際に、女が自分から、私は以前一人の男を恋してゐたと告白した事を思ひ出し、それがてつきりこの学校教師に違ひないと見当を付けて、それでわざ〳〵出向ひて貰つたのである。荒海に臨んだショルドキツクに人となり、「海の夫人」と綽名を取たエリイダに、懐しい故郷の話を懐しい人の口から聞かせたなら、少しは胸の結ぼれも解けやうかと想像して。しかも事実はそれとは全く反対に、教師は曾て自分の意中をエリイダに云ひ送つて、却つて女の方からはねつけられた人なのである。それよりも姉娘の、ボレツタが、曾てこの人に胸を焦した事がある。それは娘がまだ小学校へ通つてゐて、この人がその教師であつた時分に。

　エリイダが濡髪を垂らしたまゝ海水浴から帰つて来る。さうしてこの辺の内海の水の妙に生温い事を不平さうに語る。主人が奥へ行く。エリイダと教師と二人残る。そこへさつきの彫刻家が花束を持つて来て、誕生の祝ひにとてエリイダに呈する。エリイダはそれが何の意味だか一寸解釈に苦しんだが、相手の詞に依つて、二人の娘が自分に隠れて、亡き母を紀念してゐるといふ事を知る。併し彫刻家にはそれに依つて惹起された心の苦痛を現さないやうにして、快く花束を請取る。

　彫刻家は自分が製作(マヽ)しやうと考へてゐる群像に就いて語る。それは或る海員の妻が夫の不在中に不貞な事をした処、夫の姿が女の夢の中に現れて、女がひどく良心の苛責に苦しめられるといふ構想なのである。彫刻家はこれを自分の実際上の経験から得たものだと告げた。エリイダは熱心にその所謂経験を聞かうとする。そこで彫刻家は次の如く語つた。

――

　彫刻家がまだ今の職業に身を献げない頃、一個の海員としてイギリス海峡を通過した事があつた。同僚にアメリカ人と称する一人の男があつた。彼はノオルヱエ語を覚えるのだからと云つて、いつもその詞で書かれた古新聞を読んでゐた。或晩その男は新聞を読みなに血相変へて呟いた「他の男と己の留守中に結婚したら、彼は己の女房だ。女房にしずにおくものか」と。彫刻家を乗せた船はその後難破の憂目に会つた。彫刻家は幸にして身を全うする事ができたけれど、アメリカ人その他で乗り遷つたボオトは遂に今日までその消息に接しない。あの男はきつと死んだに違ひないと彫刻家は語つた。エリイダは思はず戦慄した。

第二幕は町の後方の高台である。ワングル夫婦は同じ日の夜、牧師等を案内してこゝへ来たが、牧師が娘や彫刻家と附近を見物に出来けたので、後には夫婦二人だけが残る。ワングルはエリイダの此頃の憂鬱な状態を心配して、お前には山に取囲まれたこの辺の重苦しい空気が適当しないのだらうから、当分故郷のシヨルドキツクへ帰つて、心の限り潮の香に浸つて来たがよからうと説く。

するとエリイダはもう何もかも包まずお話するとて、あなたから結婚の申込を受けた時、私には一人の思ふ人があつて、その人とは一度結婚の約束まで取交した事があると打明けた事を、覚えてお出でになるだらうといふ。ワングルは、それは牧師だらうと訊く。エリイダはそれを否定して、自分の約束したのは、シヨルドキツクへ修繕のために這入つて来た、或るアメリカ船の二等運転手だつたと語る。

この男はフインランド生れでフリイマン（又はジヨンストン）と呼ばれてゐたが、エリイダと会つたのはさうちよい〳〵ではない。会ふたんびに海の話をした。嵐の話、凪の話、海上の夜、海上の日の出、鯨、海豚、海豹、鷗、鷲、さういふ話が不思議とエリイダの心を蠱惑した。さうして男からお前は私と結婚の契約を結ばなければならないのだと命ぜられるがまゝに、唯々としてそれに従つた。

或日女は男から、某といふ岬まで来てくれろといふ手紙を受取つた。女はその通りそこへ行つた。すると男がそこに待つてゐて、自分は昨夜故あつて船長を殺したから、これから逃亡する処だ、併し自分達二人は海と縁組しなけりやならないと云つて、二人の指輪を抜いて繋ぎ合はして、それを海中に投げ込んだ。

男が去ると、エリイダは初めて正気に帰つたやうに、今までの事が馬鹿馬鹿しくなつて来た。そこで男の行つてゐる先へ宛てゝ、今までの事は夢と諦めてくれと云ひ送つた。併し男の方は丸でそんな手紙は受取らないものゝやうに、お前を呼迎へる支度ができたらすぐ知らせるから、さうしたらすぐ来いと云つて来た。そこで女は折返し絶交のことを云つてやつたが、又同じやうな手紙が来たのでそれ切り何も云つてやらなくなつた。併し男の方からはその後数回音づれがあつた。それに依ると、彼はアメリカから、支那、濠洲等を放浪して歩いたらしいのである。

エリイダはそれからワングルと結婚して、次第にその怪しい男の事を忘れてしまつたが、三年前、子供の生れる少し前から、男の幻が再び眼前にチラつくやうになつて来た。生れた子供は間もなく死んだが、エリイダはそれからといふもの、妻としてワングルと同棲する事を拒んだ。それは子供の眼の色が、怪しい男そつくりのやうに思はれて、恐しくてならなかつたからである。彫刻家の語つた処から思ひ合せて見ると、幻の現れ始めたのが、丁度彫刻家等を載せた船が難破した時分に当るのである。それだからエリイダは、話を聞くや否や、アメリカから来た海員といふのは、てつきりフリイマンだと思ひ込んだのである。幾ら故郷の海気に浴して見たからとて、私の不安が除かれる筈はないと、絶望したやうにエリイダは夫に語つた。

第三幕は往還に面したワングル家の後園である。初め教師のアルンホルムとボレツタだけがゐる。ボレツタは傍の小さな池を指して、私は丁度この中にゐる鯉のやうなものである、すぐ傍に自由自在に游（およ）き廻れる大海がありながら、空しく小さな世界に閉ぢ込められてゐるのと同じやうに、私もこんなけちな町に埋れて、一生広い世界を見ずに終らなければならないのだと喞（かこ）つ。

そこへエリイダがやつて来て、人間は本来からいふと海に住むべきもので、それが誤つて陸上の動物になつてしまつたものだから、永久に悲哀が絶えないのだなどゝいふ、軈てエリイダが只一人になると、往還に面した低い塀を股いで、異様な男がぬつと女の前に立つた。それは十年前の怪しい男だつたのである。さうしてエリイダに向つてあなたを連れに来たのだといふ。女が、今は私も結婚した身だからあなたの自由にはならないと告げても、少しも耳に入れやうとしない。

ワングルがやつて来た。エリイダは夫の蔭に身を隠す。併し怪しい男は相変らず平然として、指輪の件も一種の結婚である。だからこの女は私の物だとて、明晩船が出帆する前に今一度ここへ来るから、女自身の意思に従つて、私と一しよに立つとも立たないともその時までに決定しておくがいいと云ひ捨てゝ、そのまゝ不意と立ち去る。

その跡へヒルダと彫刻家、ボレツタと教師が来る。彫刻家は、たつた今こゝへ来る途中で、昨日お話しゝたアメリカ人を見かけた。死んだとばかり思つてゐたに不思議な事があるものだといふ。エリイダは真蒼な顔をして、あの人には非常に私を蠱惑する力がある。丸で海のやうな人だと呟く。

第四幕は、ワングル家の一室である。彫刻家とボレツタとで結婚の話をしてゐる、結婚は一種の奇蹟ともいふべきもので、女の方が次第に男に化せられて夫に似て来るものだと彫刻家がいふ。ボレツタは、その反対に、夫が妻に化せられるといふやうな場合はあるまいかと聞く。彫刻家はさういふ事はないと答へ、男には事業といふものがある。女もやつぱり男の事業のために生きるので、常に男の傍にあつてその労力を軽くし、男の生涯を愉快に幸福にすべきものだと説く。

彫刻家は更に語を次いで、私はこれから南方の国へ旅立たうと思ふが、たとひ私が去つた後もどうか私の事は忘れないでくれ、この淋しい田舎町で、私の成功を祈つてゐてくれるあなたのやうな優しい人があるといふ思想が、私の心を励まして、どれ程速に私の技術上の進歩を促すか知れないからと望む。ボレツタは優しくそれを諾する。そこへ学校教師が訪ねて来る。

ワングルが居間から出て来ると同時に、若い二人は庭へ散歩に行く。主人と教師はこれからエリイダの事に就いて相談しやうといふのである、教師は既に昨夜主人から怪しい男の事は聞いて知つてゐるのである。主人は教師に、エリイダが教師を慕つてゐるとばかり思ひ込んで、わざ〳〵来て貰つた事まで打明ける。そこへエリイダが出て来たので教師は席をはづす。

エリイダは決然として、かうなつたからにはお互に欺く事はやめませうとて、一体私達二人の一しよになつたといふ事が不幸の原因なので、私達の結婚は本当の結婚ではなく、謂はゞあなたが私を買つたのも同然だといふ。さうして更に、夫の呆れ顔を見ながら、あの時分は私もどうする事もできない境界にゐたものだから、一生扶持してやらうと仰やつたあなたの詞に動かされて、浮々結婚したのであるが、今になつて思へばさうすべきではなかつたのである。結婚してからこの方、あなたは実に親切にして下すつて、私もそれは心から有難いと思つてゐるのであるが、何よりも自分自身の心でここへ来なかつたのが残念だ、二人の今までの生涯は決して本当の夫婦の生涯ではなかつた、あの不思議な人との約束こそ本当の結婚であつたのだ、だからこれまでの二人の関係は帳消しにしてどうか私を自由な体にして下さい、さうして人妻たる桎梏の下から免れて、自分の意思のまゝの選択のできる身分にして下さいと願ふ。

それでもワングルは、どこまでも私はお前を保護して見せると主張する。エリイダは、自分の恐怖は自分の胸の底にあるのだから、あなたの力には及ばないと答へる。ワングルはお前はあの男を愛してゐるのかと聞く。エリイダは、それはどうだか分らないが、兎に角私はあの人が怖くて怖くて仕方がない、それでゐながら、あの人と一しよでこそ自分の故郷にゐるやうな気がしてならないのだと答へる。そこへ教師や娘が庭から這入つて来たので、ワングルは人々に、妻は明日シヨルドヰツクへ行く事になつたと告げる。

第五幕は第三幕と同じワングル家の後園である。エリイダが怪しい男と出会ふべき時間は近づいた。ワングルはこゝでも妻の心を翻さうと力めるけれど、相手はどうしても会ふんだと云つて聞かない。やつとの事で、まだ少し時間があるからとてそこらへ散歩に連れて行く。

その跡へ教師とボレッタとが来る。教師はボレッタに、あなたが世間を見たがつてゐるから、どうかしてその希望を実現させたいと思つてワングル氏とも相談して見たが、目下の状態ではとてもそれは出来ないとの事である、併しあなたさへ厭でなくば、あなたの希望は私の力で叶へて上げたいがどうかと聞く。ボレッタは大喜びである。ひよつとかして、誰かあなたを束縛するやうな人はないかと聞かれると、そんな人は一人もないと答へる。教師は安心して、ではどうだらうあなたは生涯私に一身を託する——詰り、妻になつてはくれまいかと申出る。ボレッタはびつくりして、それは到底出来ない事だと断る。

　教師は失望したやうに、私が今度こゝへ来たのはあなたのためなのである。それはワングル氏から自分へ宛てた手紙の中に、この土地で或る若い婦人が自分の事を思つてゐると書いてあつたが、それをあなたとばかり思ひ込んだのであつたと語る。さうしてよしあなたは私の乞ひを容れてくれなくとも、世間へ出やうといふあなたの希望は必ず達せさせて上げると誓ふ。併しボレッタは、かうなつたからには、どうしてあなたのお世話になる事ができませうと辞退する。教師は色々とこんな処に埋れ果てる事の味気なさを語る。ボレッタは段々心が動いて来て、遂に昔の教師にして且つ秘に心に慕つてゐた人の妻たる事を諾する。

　軈てワングルとエリイダとが帰つてきて、舞台は又この二人だけになる。怪しい男は約束の通りに現れた。さうして出立の用意はいゝかと聞く。ワングルは溜らなくなつて、飽くまでさういふ風にでるのなら、妻から聞いた十年前の船長殺害事件を公にすると強迫する。併し怪しい男は少しも騒がず、静にポケットから短銃を出して見せ、そんな事をされる位ならその前に自ら所決する、自分は死ぬるも生きるも自由な男だと空嘯く(そらうそぶ)。エリイダはワングルに、あなたは私の夫だから、私の体に束縛を与へる事はできるだらうが、私の心まではどうする事もできないと激する。

　ワングルも到頭決心した。そこで、お前を救ふ道は私には尽きたから、私は今即座にお前との取引を帳消しにする、お前は勝手に自分の採るべき道を選ぶがいゝ、それもみんなお前を深く愛する余りだといふ。エリイダは愕然として、あなたはそれ程までに私を愛してゐて下すつたのか、それを少しも私は知らなかつたのでといふ。ワングルは更に、今こそお前は私の束縛から離れた身になつたのだから、自由に、且つお前自ら責任を帯びてどうともするがいゝと云ひ切る。この「責任」といふ詞が女の頭を異常に動かした。「それぢや事情が一変して来ます」とて夫に縋り、決然として怪しい男の申出を斥ける。こゝには私の意志よりも強いものがあるのだと云つて、怪しい男は遂に去つてしまふ。

エリイダは生れ変つた人のやうに喜んで、これからは自分の自由に、自分の心から、責任を帯びてあなたの物となる事ができると云ひ、二人の娘達もまださうではないが、先へ行つてはきつと自分の子供にして見せると誓ふ。そこへ二人の娘を始めとして、教師、画家、彫刻家がやつて来る。ワングルは人々に、妻が急にシヨルドヰツク行を中止した事を告げる。人々は何がなし愉快な軽い気持になる。

これで一篇の戯曲は終りを告げるのである。梗概の方が余り長くなつたから、極く簡短に私自身の意見を述べて、筆を擱く事にしやう。勿論賢明なる読者は、不完全な梗概の中に於いてゞさへ、作者イプセンの深意が那辺にあるかを推測し得られやうから、さういふ人には私の意見などは全く蛇足に過ぎなからうけれど。

一体エリイダといふ女は海辺に人となり、「海の夫人」とまで綽名されたゞけあつて、殆ど海その物の化身かと怪しまれる程に、海洋の気が骨の髄まで染み込んだ女なのである。フリイマン若しくはジヨンストンと呼ばれる男は、えたいの知れぬ怪しい男であるが、イプセンはこの男を以て海の魔力を象徴しやうとしたのではあるまいか。その行動から見ても、云為から見ても、なんだかひどく現実離れがしてゐる。三幕目の終りに「あの人は海のやうです」とエリイダがいふが、この詞には深い意味が含まれてゐると思ふ。海の魔力その物なればこそ、海の子なるエリイダが、全く自己の意思を失つて苦もなくその誘惑に打ち負けたのである。

併しながら海の魔力は、或る事情からして暫時その力を弛めなければならなかつた。この間に陸の力がエリイダの上に働きかけた。女は到頭その方へ引かれて行つた。併し周囲の状態は「海の夫人」たるこの女に適しなかつた。女はどこまでも、「若し人間が最初から海の上に生活する事に慣らされてゐたら、今日ではもつと完全なものになつてゐたらうと思ひます」といふ風に信ずる人であつた。画家バレステッドがエリイダから「人魚の死」のヒントを得たといふ事は、左もありさうな事である。

エリイダはいつまでも海に対する思郷病(ノスタルジヤ)に悩まされてゐた。さうしてその病は益々激しくなつて来て、遂に、断然海へ帰るか、それとも陸に止まるかといふ分界点にまで達した。すると陸の絆を切らう〳〵と藻掻いてゐたのがプッツリ切た。女は今や何事も自分の自由意志で出来る人になつた。海の仕配の下にも、陸の仕配の下にも属しない人となつた。新しい眼を開いて、新しい立脚地に立つて世界を見る人になつた。すると事情が全く一変して来た。海はもう今までの魔力を失つてしまつた。さうして圧迫と屈従とばかりしかないと思つてゐた陸地は、自由と愛と生命とに充ちてゐた。少しも自己を毀損する事なしに、立派に妻たり母たるの道を発見する事ができるやうになつた。

注意すべきはこの点にあらうと思ふ。自覚といふ事は必ずしも家庭の破壊を意味しないのである。又最愛の夫や子を捨てる必要もないのである。要は心の持方如何にある。エリイダが今までの夫婦の生活を、真の生活ではないと自覚したのはいゝ。併し自己の責任を痛感して、生活の改造を企てやうと決心した態度は愈々立派だと云はなければならない。わが国の女性中にも、女子教育が盛んになるに連れて、段々所謂「醒めたる女」が殖えて来たやうであるが、それはどうもエリイダの場合の第一の覚醒だけであつて、第二の覚醒には遥かに遠いやうなのは心細い。お剰(まけ)にその第一の覚醒でさへ頗る薄弱な根柢のぐらついた奴で、中々突き詰めた処までは行き得ず、稍もすれば元の無自覚な態度に復帰しやうとするのだから情けない。まだ〳〵日本の女は苦労が足りない。精神の試練が足りない。

ノラの自覚とエリイダの自覚。同じく今までの生活の無意義であつたのから醒めたのであるが、結果には非常な差違を来した。二人の性格や境遇の異るにもよらう。それから又、ノラの方が夫の愛の真の愛でなかつた事を自覚したに反して、エリイダの方は思ひも掛けぬ夫の心の誠を見たにも依らう。兎に角ノラとエリイダとの対照は、私達に色々な事を思はせるのである。

それから彫刻家のリングストランドがボレッタに向つて、結婚は一種の奇蹟で、妻の方が次第に夫に似て来るとか、或は又、妻は夫の事業のために生くべきものだとかいふ詞も、エリイダの事件とは離れて、別様な味ひのある詞である。この思想から家庭問題を考へて見るのも興味があらうが、暫く他日を期する事とする

（をはり）

徳田秋声と吉屋信子

――附・全集未収文翻刻

徳田秋声をめぐる女性作家達というと、明治大正昭和の三代にわたり、かなりの人数になろう。自ら積極的に弟子を取ることがなかった秋声にもかかわらず、その人柄に魅せられた作家ないしは志望者達が集ってきて、なかには女性も多かったからである。誰しもすぐ思い浮かべるのは山田順子だろうが、ここでは、吉屋信子と秋声との関係に限定して述べたい。

I

吉屋信子が本郷森川町の徳田秋声宅を初めて訪問したのは、大正九（一九二〇）年一月である。この年一月一日から六月三日まで『大阪朝日新聞』に初の連載小説「地の果まで」を掲載することになった信子が挨拶にやってきた。というのも、この小説は前年に新聞社が募集した懸賞小説の一等当選作であり、その三人の審査員の一人が秋声で、しかも出版まで勧めるこの選者にお礼を兼ねて訪ねたのであった。

すでに大作家の名を冠する秋声を初訪問した時の印象を次のように語っている。

襖をあけて一足入ったとたん、庭に面したその座敷の床の間わきにある紫壇の机の前に、初対面のその先生がすでに座って此方を向いていられたのだった。私はその時まだ二十をいくつも出ぬ年だったし、先生がひどく年老いた人に思われた。（たしかその翌年あたり先生は田山花袋と並んで五十歳のお祝いがあった）

文学雑誌の口絵で見たことはあるけれど、渋いくすんだ顔が少し陰気な燻し銀の像みたいな気がした。先生は煙管で、きざみたばこを吸いながらいろいろ話をされた。

①「本郷森川町」『白いハンケチ』ダヴィッド社、昭32・5）

一方、この時の吉屋について秋声は「何といふ色の黒い、暗い感じの田舎娘」②「この頃の心境」『徳田秋声全集23』八木書店、平13・7）と述べている。

学校の教師や兄達の影響で幼い頃から読書に親しみ、雑誌投稿に熱中して次第に作家志望を固めつつあった吉屋にとって、泉鏡花や谷崎潤一郎、鈴木三重吉の作品が主な愛読書であり、十九歳の初上京後に訪問した野上弥生子や竹久夢二、中村武羅夫等も憧れの対象だった。それらに対して秋声は「爛」や「黴」等を読むは読んだが、抒情も詩情も全く感じられず、不満で魅力を覚えなかった。

だから、懸賞小説に応募するに際し、選者の一人に秋声の名を見出してがっかりしたという。因みに、選者は他に幸田露伴と内田魯庵の二人で、両名とも当時の吉屋に無縁の文学者であった。そもそも基督教女子青年会（ＹＭＣＡ）寄宿舎で同室の菊池ゆきえの勧めで応募したのであり、二千円という懸賞もさることながら自分の作品が大新聞に活字になって現われるという歓びを得たいとの動機から投稿したが、それまでいくつかの雑誌で常に入賞していたことによる自信も吉屋を後押しした③「あとがき―『地の巣まで』について」『吉屋信子全集2』朝日新聞社、昭50・6）。

また「徳田秋声」（後記『私の見た人』）においてこの時の様子を、吉屋は次のように続けている。

やがて奥さまにも紹介された。私はただもうむやみとお辞儀をしてばかりでおいとまするると「文壇に知っている人が居ますか」と問われた。残念ながらだれだれの知遇を得ているなどと誇るわけにゆかなかった。「ここへ時折来ると作家たちに会う機会もあるし話も聞かれる、それもまあ勉強の一つかな」と言われた。お愛想の形式的に、また遊びに来いと言われるより身にしみてありがたかった。

その後はみかけによらぬはにかみやの私は先生を訪問することを遠慮しがちだった。それが月にいちどは必ず森川町へ向かうことになったのは、大正十五年の一月早々に奥さまが急逝された翌月から先生を慰めるため、門下の人たちが奥様の命日にちなんで「二日会」と名づけて、毎月その日に先生のあの書斎兼客間に集ることになった時に私もそのメンバーに加えられたからだった。

Ⅱ

秋声と吉屋の交際は吉屋が友人を伴って訪ねたり、秋声が吉屋の新居（大正十五年春に下落合に完成）に遊びに行ったり、外で皆と会ったりで、秋声の葬儀に際して女流作家代表で弔辞を読むほどまでに信頼が置ける仲になった。そんな中からいわゆる「順子物」といわれる小説の「草いきれ」（『新潮』昭2・10）も誕生した。因みに、これは懸賞小説選考の裏話を暴露している。

このように親密になっていく交際だが、ここに述べられるように、「二日会」の成立以後定期的に開始される。

二日会とは、説明があるように秋声の妻はまの月命日を期して知友門下生が集って秋声を慰める会合で、昭和七（一九三二）年に発足する「あらくれ会」とはだいぶメンバーが異なる上に、女性が多かったのが特色である。現在は『徳田秋声全集別巻』（八木書店、平18・7）にその記録が資料として所収されているので、活動はある程度把握できる。

それによると、巻頭の「会員名簿」には五十名近くが記され、うち女性は十三名である。準備会の第一回を経た第二回会合は大正十五年三月二日に開催され、参加者は来賓の正宗白鳥を含めて十六名、うち女性は四名であり、幹事は中村武羅夫と吉屋が務めた。記録には「談論風発大盛会ナリ　幹事又ヨク努メタリ」とある。

秋声は吉屋と数年間接するうちに彼女に対する見方を徐々に変化させて行ったと思われる。引用文②では「聡明な女性である。洋行前後の吉屋さんは又すつかり美しくなつて来てゐる。あの頃のおもかげはどこにもないといつてもいい」と続けている。そういう秋声の信頼が自身の還暦祝賀会で表現された。この会は引用文①で吉屋が記憶違いをした田山花袋との合同の生誕五十年祝賀会（大正九年十一月開催）とは違い、秋声だけのお祝いの会で、昭和六（一九三一）年十一月三日に百余人が参加したものである。その中で菊池寛や有島生馬、佐藤義亮などの錚々たるメンバーに混じって吉屋もスピーチしたのであった。秋声はそのスピーチを気が利いていて感服したと感想を述べている。

秋声は吉屋の短髪に洋装という外見だけに高い評価を与えたのではない。「地の果まで」以降、諸作品にも目を通してその文学にもかなり注目していたようだ。例えば④「神秘的分子に興味がある」（『新潮』大9・11）では女性を書くのにうまい作家として岩野泡鳴と樋口一葉とを挙げ、吉屋と水野仙子の物に注目したいと語る。もっとも、秋声自身が女性描写の優れた作家として定評があったが、それだけにこの評価は興味深い。

ところで、この時点で、吉屋は童話や少女小説以外に『地の果まで』に加えて『屋根裏の二処女』（洛陽堂、大9・1）「ミス・Rと私」（『新潮』大9・3）「姉妹」（『文章世界』同・7）しか発表していないはずである。秋声が童話や少女小説まで目を通していたとは到底考えにくく、一方、単行本は進呈された可能性が高く、『新潮』や『文章世界』だったら自らも作品を掲載する身近な雑誌であり、吉屋のものを読んでいた可能性が高い。その意味でも、引用文③は秋声がわずか数作で吉屋の作品にいかに印象づけられたかを示すが、その内容については後述する。

さらに、秋声は「男と女」（『女性日本人』大10・1）においては女性で良い作品を残した筆頭に一葉を挙げ、「年の若い現代の女流作家で、男性を可也よく見てゐる人に、吉屋信子女史のあることをちよつとこゝに言つておいてもいゝ」と述べて、同様に「地の果まで」

以下数作へ高い評価を与えている。

また、「やす子さんの事」（『報知新聞』昭和7・1・23）という三宅やす子を回顧した文章では、明治以来の注目すべき女性作家を一葉以下、八人挙げ、その中に吉屋を指名している。

こういう評価の根底には特に「地の果まで」に対する高い評価とそれに続く作品への評価があったはずである。一体秋声は吉屋の作品のどこを、どんなふうに評価していたのだろうか。そこでまず作品名を挙げて言及した「地の果まで」についての評価から見ていこう。

先の引用文④では、男の描写におもしろいものがある。それは「男を小馬鹿にしたやうな、喰へないきかない一面が」あると述べられ、⑤「高級通俗小説の典型」（『吉屋信子全集第7巻月報』新潮社、昭10・8）では次のようにかなり詳細に批評されている。

「地の果まで」は今の若い人が読んでも皆んな感心するし、平生余り小説に親しまない年取つた女性が読んでも愛着を感ずるし所謂通俗小説の典型的なものとして、永久に読まる丶ものであらう。これには厭な作品の跡もなく、無理な感傷の押売りもなく、尤も自然な構想と描写のなかに、時代の新しい情感が溢れてゐるのである。しかも作者の怜悧な女性らしいウヰツトから来る皮肉や滑稽が、この作においても、到るところに読者を頷かせ微笑ませる。従つて単に通俗小説とはいへないやうなものであらう。

すなわち、ここでは「地の果まで」が感傷過多で、不自然な構想の、ありふれた表現による通俗小説という型を脱していてしかも、適当な皮肉や滑稽が見られて単に通俗小説と言い切れない言わば「高級通俗小説」とでもいうべきであるとの指摘がなされている。

秋声は大正六年以後、生活のために通俗小説を書き続けることになるが、そんな秋声だけに通俗小脱について一家言を有していたはずである。したがって、その採点もきびしくなったのではないかと考えられる。

Ⅲ

果たして、この批評がどの程度的を射たものなのかを検討したいが、その前に同作について先ずは見てみたい。

『地の果まで』は父と母を相次いで亡くした同胞三人が自力で生きようという、全百五十四回の話である。中心人物は春藤緑という東京の英学塾に通う女性である。彼女には結婚した姉の直子と弟の麟一がいる。三人は父母の死後、菓子屋を営む叔父の浜野隆吉の世話を受けて宇都宮で生活していたが、春藤家の再興を願う三人は叔父の意向を無視して上京する。直子の夫浩二は隆吉の異母弟だが、兄弟の折り合いはよくない。再興に最も熱心なのは緑で、麟一は姉達の気迫と意気込みに押されて上級学校への準備に励むものの、気弱な性格も手伝って余り乗り気でない。

作品は、父と母が生前に世話を受けた園川領事宅の執事である志賀壮介を頼って、麟一をその家の書生に雇ってもらう辺りから進展する。園川家の出戻りの関子と麟一の歪な恋愛、緑と彼女が通う教会の坂田昌雄との恋愛、隆吉との絶縁、麟一の出奔、北海道へ移住まもない出産直後の直子の死、等々の出来事が次々に起こっていく。その間、緑とその学友梅原敏子の恋愛観や人生観、宗教観が随所に散りばめられている。おそらくこれら人物の造型には、信子が二十一歳の頃に、四谷の教会に通い、近くに住む山田わか、嘉吉夫妻の家を訪ねては次第に婦人問題に関心を深めていったという経験が元になっている（吉屋千代編「年譜」『吉屋信子全集12』朝日新聞社、昭51・1）。

作品は、麟一の生存が確認され、頑なだった隆吉が後悔して緑や浩二達と和解するというように、取り敢えずはハッピィな結末を迎える。

タイトルの由来は、関子が信頼する兄の良高夫婦に恋愛の理解者を依頼する際に「お兄様、お嫂様―地の果までもご一緒にお連れ遊ばして下さいませ」（百三十四回）と頼んだり、良高が妻に向かって「千代さん、―地の果までも、共に行こう。そして人間のために何かをしよう」（百三十七回）と述べたりするところから判断して、共に手を携えて前進することを意味する。人間を信頼し、前途に希望をもって生き抜くことを示している。

一方、「努力さえして行けば、行く手の路は開かれる」「真心をもって努力の鍬で、運命を開拓するよりほかに、人間の生き方はない」（五十回）と考え、「自分自身をも捨てて、一つの目的の前に驀進する自分は一個の器械となればいい！」（八十回）と言い聞かせて、前進して生きてきた緑の姿は、まさにその気持ちを「地の果」まで持ち続けることになる。

ただ、隆吉が後悔したように、麟一を叱咤激励して春藤家の再興を期待してきた彼女も、その生存が確認されると、今後は弟に選ぶ道も任せようと考え方を変える。

変身したのは緑だけでない。学友敏子もそうである。彼女は当初、些か投げやりで、虚無的な考え方をしていた。友人ともあまり交わらなかった。しかし、正反対とも思える緑との交際を重ねるうちに、特に麟一のために一心不乱になる姿に感銘して「生き甲斐のある生活に入らせて下さい！　私は、私は貴女の勇ましい生の戦いを見ては、何かをせずにはいられない！　そうです、人間の生がこのままであってはならない！」（百三十九回）というように、変身してしまう。

作品内の時間を明示する記述は少ないが、「男にでも生まれて来ようものなら、それは大変ね、すぐ華厳の滝へ行くでしょう」（五十一回）という箇所から明治三十六（一九〇三）年五月の一高生・藤村操の投身自殺以後のことであることは間違いない。従って、読者は作品内の時間をほぼ同時に共有できるものとして意識できたはずで、その点においても読者に親近感を与えるという点で成功している。

作品は緑が生きいきと描かれ、時には男顔負けの議論を戦わす。もちろん、それは経験の裏打ちに欠けるものだが、余りに的を射ているだけに相手は、特に男が相手の場合は見事さが引き立つ。例えば、麟一に店の手伝いをさせるべく上京した隆吉に向かって、緑は言う。

「え、、叔父さん、どうせ私達は世間知らずです、まだ世の中らしい世の中に出ていません。けれども、どうかして立派に世の中へ出たいという考えはあります。そうして世の中の敗残者にはなりたくないんです。父や母よりも更に善い路を切り開いて進んで行きたいんです。それが後から来る者、人類のなすべき当然の努力ですもの」

「……いくら収入があっても自活していても価値のない仕事をして行く生き甲斐のない人がおります。いくら人の世話になっていても、ちゃんと立派な研究や事業をして行く人がおります。私はそんな程度の低い独立、どうでも御飯が戴ければよいなどというような、そんな卑怯な説には大反対です。麟ちゃんには少なくとも一人で御飯の料を取る以上に、もっともっと貴い仕事をして貰いたいのですから」

（以上、三十四回）

秋声が言う「怜悧な女性らしいウヰットから来る皮肉や滑稽」の一端が窺える部分だが、駄菓子屋の小僧から叩き上げた隆吉にはこのような皮肉や滑稽を交えた正論も通じない。緑が自分達の若い芽生えを踏みつけようとするのは悪魔だと言い切ったため、さすが怒りを爆発させて家を飛び出す。

この緑と隆吉の例で示されているが、この作品は対立項で全て成り立っているといってもよい。家再興にかける同胞でも、緑のような猪突猛進型と意志薄弱な麟一、その中間の直子。園川家でも、生き方において正反対の良文と良高の異母兄弟、その中間の関子。緑と敏子という学友。浩二における妻直子の死と子の誕生。さらに、現代は全ての精神を解放させるべきという観点から、宗教的解放について論じる神学生の坂田昌雄と反対の一教会員との基督教をめぐる論議、等々。

しかし、この作品ではそういう対立が最後までどちらかの主張を通すのではなく、融和によって解決されるという特色を持つ。ここでも、読者は一応の安心を得る。

このように、「地の果まで」は適当な筋の展開と結末の安心感によって通俗小説たりえている。それは、吉屋が同紙上で一等当選の喜びを語った「地の思ひを奏でつゝ地球の上に生くる世の人達と」で「暗い否定から明るい肯定へ狭い自我から広い自我へ」（大8・12・27）と執筆意図を語るのと一致している。

さらに、その文体を見ると、大袈裟とも華麗とも言えるもので、一般読者にとっては読む際の潤滑油のような役割を果たす効果をあげている。全編に満ち溢れるそのような文体を、緑が初めて関子の声を聞く前半とその関子を罵倒する後半からそれぞれ一例ずつを挙げる。

夫人の話す声は綺麗に澄んでいた。

あんまり近い故か、響いて抜け、何を話すかわからなかった。ただ澄み切った綺麗な声調が、ソプラノの唄声のように思われた。時々緑の耳へ遠い世界からの夢の音楽の余韻のように響いて来た。

――いいえ―どういたしまして、こちらこそ……

まあ、早く拝見したいのね――

こちらは、相変わらず……

……え、……

……それから……

……まあ……

それは日常誰でも使う言葉であったが、しかしこの場合、夫人の唇を通して電話機の前で響く時、みな立派な装飾音を振り蒔いて綺麗に流れて行った。

何か、心憎い軽い小唄の節のように。　（四十回）

「悪魔！悪魔！」

緑は、この関子の取り乱して、我を忘れた凄艶な姿を足元に見おろして、きッと睨めて叫んだ、罵った。

「おゝ、悪魔です、悪魔です、私は恋しい方のためならば、悪魔にもなります、鬼にもなります、畜生にもなりますッ……」

関子は身を悶えて泣いた、泣いた。心臓の血を掻き乱して吐くがごとく――

「貴女は悪魔です、毒婦です、妖婦です、淫婦であり、私の大事な弟——掛け換えのないただ一人の弟を、よくも滅ぼそうとなさいました！ 貴女のような腐った貴婦人は、御自分で勝手に堕落して下さい。私の大事な弟までを、その道連れにはさせません、たとえ何でも私の生きているかぎり左様な事は断じて許しません。許しません」（百二十八回）

この例のように、比喩や反復、倒置、言い換え等の表現を多用した比較的短い文章がこの作品の魅力でもある。

以上のような構成や人物設定、文体、緑の造型等が総合的に発揮されて読み応えのある、単なる通俗小説に堕していない作品に仕上がっている。おそらく、通俗小説家の肩書きも持つ秋声の評価はこのような点を指しているのだろう。

また、秋声は「あらくれ」（『読売新聞』大4・1〜7）を発表して、自立する女を描いていたが、まもなく有島武郎が「或る女」を完成に導き（大正八年）、葉子を登場させたし、「地の果まで」連載終了まもなく東西の『日日新聞』に連載された菊池寛「真珠夫人」は、男に瑠璃子が復讐する物語であった。さらに、「真珠夫人」より一年前に刊行されてベストセラーとなった「地上」は二十四歳の信子より四歳若い島田清次郎が執筆したものだが、緑同様に家の再興に燃える大川平一郎を主人公としつつ、瑠璃子同様に男に対して、肉体を武器にして復讐しようとする綾子を登場させる。

果たして、これらの男女同権をめざすというフェミニズムの立場を感じさせる時代的動向を秋声がどれほど意識して「地の果まで」を評価していたのかは審らかにできないが、全く無関心であったとは考えにくい。おそらく、そんな動向も視野に収めての評価ではなかったかと推察する。

Ⅳ

ところで、秋声が目を通したと推定されて、女性像の描き方に高い評価を与えたものに先に見た『屋根裏の二処女』「ミス・Rと私」「姉妹」の三作がある。次にこれらについて見てみる。

『屋根裏の二処女』は、滝本章子を主人公に、女学生の同性愛や不良ぶりを描く作品である。もっとも、主人公とは言うものの魅力的に設定されているのは他の人物であるが。滝本は両親を亡くした後、伯父に育てられ、地元の私立女学校を卒業して推薦により、進学のため上京する。しかし、希望の学校の受験に失敗して今は保母養成学校へ通う。彼女は生きる意味を明確に把握できないため、何事にも集中できず、最初の寮を追われ、恩師にも見放される。

しかし、YWAの寮に移って隣室の秋津環を知るに及んで、一日一日、生の充実感を味わうことができる。終に、二人は同性愛に陥る。作品は、秋津の知り合いである工藤隆子ほかの女学生数人との交遊を描き、集団で出入り禁止の場所へ出かけたり、休息日にその意味を無視した行動を取ったりと奔放な生き方が述べられる。

ある日、秋津の、以前からの同性愛相手のことを知るに及んで、章子の心中は穏やかでなくなり、言動も平常心を失ってしまう。終に章子はその言動を咎められて退寮を命ぜられるが、環が再出発を約束し一緒に退寮しようと語ったことにより元気を取り戻す。

これについては、吉川豊子氏の一『青鞜』から「『大衆小説』作家への選」（『フェミニズム批評への招待—近代女性文学を読む—』学芸書林、平7・5）というすぐれた『屋根裏の二処女』論があり、くわしい考察はここでは避ける。

ただ、その表現について多少言及したい。この作品は全五篇二十八章から成り立つが、最初の二篇途中までが倒叙法であるものの、それ以降は時系列に進行する。また、三人称で語られ、時に語り手が突出することがあるものの、ほぼ章子に寄り添う形で進行する。

行変えが多く、センテンスが比較的短いのも特色だが、「地の果まで」以上に華麗な、というより過度に詠嘆調の文章や倒置法の使用が多い。そのことは「あゝ」とか「おゝ」等の感嘆詞が頻出することとも関係する。また、細密な描写が目立つのも特色である。しかし、「地の果まで」ほどにはキリスト教に関する議論は提出されていない。おそらく、作者の意図が同性愛の顛末を描くことにあったためだろう。

文章の特色の例を示す。最初は、不良っぽい友人の工藤隆子が急性感冒に罹患して、環から死んだ知らせを聞いた場面。章子は環に知られてはならない秘密が工藤から漏れることを恐れていた。

章子は、それを聞いた刹那ほっと安心した。

実際確かにほっと安心した、この秋津さんの涙と声を受け取りながら、章子は自分のためにの安心を忘れなかった。

おゝ！　それでこそ助かったという気持が躍り上った、工藤さんが熱が高くて意識不明——面会も話も出来ぬ——大丈夫あの夜のことは洩れなかった——それでこそ、章子はほっとしてはりつめた肩を落した——その次の瞬間、章子は身顫いがした、わなわなと胸がおののいた、身の毛がよだつとは、あゝこのことであろう——章子は確かに見た、自分の心の中に根深くひそんでいた、この恐ろしい自己観念の強さを——

人の病苦によって、自分の秘密の妨げるをもって喜ぶ、この心念はいったいたれが人類に与えたのだ！　贈ったのだ！

「悪魔！」

章子は自分の髪の毛を両手でひッつかんで、もがいた。　（第五篇四章）

次は、部屋内部や街の様子、服装等の細密描写の例を挙げる。環と章子が連れ立って夜の街を散策する場面の一部。

章子達は、騒がましく気のゆるせない車のゆききの道路を逃れてその裏の通りへ出て行く——角の大きな間口の洋服店の高い飾窓にはその冬の流行を告げる色合いのオーバコートが瓦斯の灯に細長い影を投げている——角を曲るともうあちこちに人が群がって夜の露天がならび合う——四つ角に場席を拡げて何かメリヤスの品々を山と積んだ中で、一人の

商人が双手に毛のシャツをふりあげて、塩辛声を張り上げる――（中略）

巻紙封筒や筆や鉛筆のような文房具のこまごましたものを、ぶちまけたように押しならべて安い値札をつけて置く露天もあった。

石鹸や香水や洗粉を綺麗な紙包みにして飾り立てて情けない安い値札を冠らせるものもあった――その隣りに赤い十字架のしるしをつけた提灯をつつましくつけて小さい台の上に小型聖書をならべて黒紋付の羽織を着た婦人が立っている――（第四篇四章）

秋声がもしこの作品に対して引用文④のように、女性を書くのにうまいと認識していたとしたら、同性愛のことだろう。また、男を小馬鹿にしたような、勝ち気な面を感じたとしたら、皆で寄席に入った時に男の煙草の煙を追い払うべく、立ち上がった工藤が座布団を左右に振ってそれを追い払う場面だろう。

また、先のような文章の待色は引用文⑤で言うような指摘を導かないと思われる。しかし、これらはあくまで推定に過ぎず、先に述べたように、作品名を挙げて批評しているのは「地の果まで」だけなのである。

「ミス・Rと私」は「私」の視点から通学する学校での教師と彼女をめぐる生徒達の心理を描いた短編で、その心理が緻密でしかも、女学生特有のそれが描かれている。その点がもし秋声が読んでいたとしたら、注目した所以であろう。

「私」は女学校の五年だが、講師で赴任したミス・Rをめぐって何かにクラス一の安部さんと「私」との「恋」の駆け引きが述べられていく。その教師はハーフで、身なりからスタイルから新任式で早くも校内の評判を呼ぶ。ミス・Rに対して、安部さんは表面は無関心を装った態度を示すが、思い焦がれる上級生が卒業した後、寂しかった「私」は一目で好きになる。野外見学で先生と親しくなれたので、有頂天になるが、それも束の間、実は密かにミス・Rに好意を持っていた安部さんに出し抜かれてしまい。「私」は強い衝撃を受ける。

「私」の心理はもちろん、安部さんの心理もその言動を通してうまく述べられ、総じて女学生の同性愛がすっきり描かれている。『屋根裏の二処女』と通底する素材である。

「姉妹」も、「私」の視点から進行する作品である。二十二歳の「私」は女学校を出たあと上京して寄宿舎生活をしている。最近しきりに母は自分の写真を送れというが、それが何を意味するかを知っているので、応じない。三歳下の妹がいるが、「私」と違って器量よしでやさしい。夏休みで帰省したが、母は写真のことは言わない。妹から見合いにする写真だと聞かされた後、その相手の家を訪問させられてそれとなく拒否する。

その後、姉や嫂が揃って縁談を勧めるが、断る。休みが終わって寄宿舎へ戻った「私」にある日、断った相手の所へ妹を嫁にやるとの便りが届く。「私」は今回の話は「お姉さんがいけないなら、妹さんの方を」というのではなく、「最初から妹に目的をおいて、ただ姉への礼儀上（まあ、なんという汚い礼儀！）ひと通りの渡りを姉妹につけた」と判断してショックを受けるが、抗議はできない。結婚準備に上京してきた母と妹と会っても「私」はなぜか泣けない。

結婚という大きな問題に絡む姉妹、しかも容貌が正反対の二人が感じる思いを姉の側から細かく描き、さらに、仲人や親威、地域の人達の反応をそれにつけ加えて、それなりの出来栄えになっている。秋声がもし読んでいたとしたら、このような適齢期の女性とその周囲の女性達がみごとに浮き彫りになっている点を指すのだろう。

V

秋声が昭和十八年十一月に亡くなったため、吉屋の歴史物に目を通すことは叶わなかった。生前に発表された「良人の貞操」（昭11）等の佳作についての批評も管見の限りでは知りえない。一方、秋声の「仮装人物」等についての吉屋の言及も知りえない。

それでは、最初に秋声の文学に魅力を覚えなかった吉屋が（引用文①）、「先生は抒情も詩情も感傷も理解されながらごじぶんはそれらを武器とせずあらゆる粉飾をかんぐり棄てて赤裸の人間風俗のあるがままを活写するじみな木綿を織るような文学を生涯貫かれた」（『私の見た人』朝日新聞社、昭38・9、のち『吉屋信子全集12』朝日新聞社）と語ったのは、吉屋が六十七歳という年齢に達したから言いえたことだったのか。

[付記]

秋声の文章は『徳田秋声全集』（八木書店）、吉屋の文章は「ミス・Rと私」は掲載誌、それ以外はほゞ『吉屋信子全集』（朝日新聞社）による。

吉屋信子「地の果てまで」の選評が大正九年一月十八日付『大阪朝日新聞』朝刊の「日曜文芸」欄に掲載されている。幸田露伴「心の底に好い結果を得ん事を祈つた」と徳田秋声「最後まで私の手に残つた作品の数々」と内田魯庵「私の見方は不幸にして他の選者と違つた」の三篇である。

ここでは、八木書店刊行の『徳田秋声全集』に所収されていないところから、秋声の文章を翻刻する。

最後まで私の手に残つた作品の数々

徳田秋声

多くの応募作品のなかで、夫々の特色あるものとして最後まで私の手に残つたものに「地の果まで」「逆縁」「一滴の露」「白夜」「白金の星」「実らぬ畑」「白露の歌」「骸子」「虹」「落日讃」「惑星」の十余篇があつた。その中で新聞の読みものとして不適当若しくは掲載不可能と認められるのは同性の愛を描いた「骸子」断片的の話を集めた「虹」などがあつたが、「一滴の露」なども単調な点と、新味を欠いた点で選に入らなかつたが、作者の真面目な態度には敬意を払はない訳に行かない、「骸子」は近代的人情本として可也豊富な芸術味があり、「虹」は軍隊生活の写生として、軽い滑稽が出てゐる。

「惑星」は上半の筋は探偵ものじみて寸分の隙間もなく巧妙に組立てられてゐるが、情感に乏しく人物にも生命がない。後半は又別人の手に成つたほど新しい気分が出てゐる代りにだらけてゐる。「落日讃」には可也古い理想主義が認められたが、論文と事象とが遊離してゐて芸術的燃焼がない。そして一方肉に堕落した青年が愛人に嚮つて連に理想主義の恋愛を高唱してゐるのが、何等深刻な煩悶もなくて滑稽にみえる。「白金の星」は筋は面白いが散漫に流れ「実らぬ畑」は女性らしい細かい気持ちが出てゐて、すら〳〵と面白く読まれ人物もよく描けてゐるが新鮮味に乏しく、且つ単調に堕してゐる。「白夜」は可也ストライキングな場面を二つ三つ出してゐるが中でも料理屋の場、北海バーの場などは、可也突込んで凄味を出さうとしてゐるが、総て外面的で空虚だ。描写も蕪雑である。

「逆縁」に於て私は頗る文章の暢達した描写の自由さと、新しい問題と、相当に大きな生活背景とを見ることができたが、作者が極力誇張してゐるほどの実質のないのが飽き足りない。人物も作者の都合次第で動いてゐる。作者の才分は認められるが、当て気の多いのが遺憾である。

「白露の歌」は新聞の読みものとしては、事件の発展がなく、現代の空気にも触れてゐないが、善良な家庭的読み物としては批難が尠い。初めは漱石式の思はせぶりが多く事件の進行と共に露骨にホト、ギス派の写生ぶりを発揮してゐるのも可笑しいが、しかし事件の小さい割には興味が多い。社会的に解放された芸術品とはいへないが、風格の温雅なのが悦ばしい。

「地の果まで」は婦人の作と思はれる。是と云つて傑出した点は認められないかも知れないが新時代に可也な理解をもつてゐる点や、構想といふ構想のない中に、自からなる事件の推移と運命の展開を来してゐる点や、殊に多くの人物が、荘介や、主人公の友人の運命論者の敏子と云ふ傍系に至るまで悉く夫々の個性を具備してゐる点に於て十分作者の芸術的天分を見ることが出来ると思ふ。関子と麟一との恋愛は、関子の性格がや丶朦朧に失してゐるだけ、物足りなかつたが、其他の点では或程度の成功を収めてゐると云ふに憚らない。

期日が切迫したので十分書くことができないが、多少でも新聞小説に鮮新の気を注ぐことのできる是等の作品を、無名の人人のなかから得た事を、私は読者と共に悦びたい。殊にも「地の果まで」によつて現今の新聞小説の水準をいくらか高めることが出来れば幸ひである。

（大正八年十二月廿一日稿）

〔付記〕

原文は総ルビ、旧漢字体、旧仮名遣いを用い、一行十四字で印刷されているが、ここではルビを省き、新漢字体で翻刻した。

因みに、露伴は優秀作の筆頭に「地の果まで」を挙げ、続いて「落日讃」「白露の歌」「逆縁」「実らぬ畑」「南国」を推す。また、魯庵は「白夜」を強く推し、「地の果まで」「白露の歌」はツマラヌ作だと述べている。

作家・矢田挿雲の出身地を探る

『金沢の三文豪　鏡花・秋声・犀星』（北國新聞社、平15）を見てもわかるように、近代文学作家の場合、出身地の新聞が大きなかかわりを持つ例が少なくない。というより、近代作家について深く知ろうとするなら、その出身地の地元新聞の調査が欠かせないというべきであろう。

昭和三十一（一九五六）年一月三日付『北國新聞』に掲載された矢田挿雲（やたそううん）「私と金沢」は、正にこの事実を端的に示すものである。詳細は後で述べるが、この一文によって挿雲に関するもつれた糸が一気にほぐれた感がした。

矢田挿雲といっても現在では、近代文学研究者でも知る者が多くないように思われる。おそらく大方の石川県民でさえ郷土の先覚者であることを知らないだろう。ちなみに先の一文は「郷土作家十人集　新春随想」という特集だが、約五十年前の当時、存命中の代表的作家として挙げられたのは挿雲以外に、室生犀星、北村喜八、杉森久英、深田久弥、橘（たちばな）外男、森山啓、山田克郎、陣出達朗、尾山篤二郎である。

I

挿雲（本名・義勝、明治十五年二月九日〜昭和三十六年十二月十三日）は、新聞記者の傍ら正岡子規（まさおかしき）最後の弟子として俳人ないし俳誌主宰者として活躍したが、大正から昭和にかけて主に『報知新聞』を発表舞台とする作家としても知られた。代表作にまず「太閤記」(昭10・2〜12)がある。これは吉川英治や海音寺湖五郎、山岡荘八等の「太閤記」に少なからぬ影響を及ぼしたといわれる労作である。次に、『江戸から東京へ』(初刊大10・3〜14・6、続篇昭17・10〜12)が挙げられる。これは歴史的地誌ともいうべきものだが、単なる考証でなく、言い伝え等も取り入れ、しかも現代の状況をもミックスさせながら軽妙に語るというスタイルを採る。少し長いが引用して、その絶妙な語り口を味わってみたい。

帝国大学は明治以後の本郷を代表するが、夫れ以前の本郷は加賀様と湯島天神に依りて象徴せられ、殊に湯島天神の由緒は前田侯以前、江戸開府以前に発端し、神田明神に亜ぐ江戸の草分神として霊験いやちこに在します。(中略)太田道灌が江戸城を築いて間も無き文明十年の夏の或る日、例の如く月並の歌を考へ〳〵昼寝をすると、枕神に菅公が現れた。然るに其の翌朝菅公自筆の画像を持って来たものがあるので、これ道灌之を歌道奨励の神慮ならめと解釈し、湯島の台の天満宮を大に再興したとあるが、其処には其の百五十余年前の文和四年に、湯島村の村民が矢張り霊夢の告げで高台の北端なる老松の下に些やかな堂を作り道真公を祀ってあった。祠堂は焼けたり再建したりして度々変わってゐるけれど、場所も地名も昔ながらの湯島天神として江戸ッ子とは千代田城築成以前からの古馴染である。(中略)泉鏡花先生の『湯島詣』に描かれたやうな大学生と天神芸妓の色模様が今は白山芸妓にお株を奪はれたとは云へ、矢張りまだ〳〵天神様を中心として渦を巻いてゐる。蝶吉の意地を伝ふる湯島ッ妓の有りや無しや兎も角御手洗に艶な名前の手拭が翻へる。

(第五章——三)

この作品発表後に関東大震災があり、その後に第二次大戦の戦災を迎えたことを考え合わせると、開府四百年という節目の本年、ますます東京をめぐるその記述が貴重になって来たようだ。これは現在文庫本で手に取ることが可能なので、興味のある場所だけでも読まれることをお勧めしたい。

II

先の郷土作家十人のうち、挿雲と橘、山田、陣出の四人を含む計三十人の文学者の作品を所収して『石川近代文学全集14　近代小説・評論』(平5)を編んだが、これは本文と共に作品解説、作家略歴、参考文献を載せている。挿雲の略歴を記した際に実は気がかりな点を残していた。もう十年になろうとしている。

その気がかりなことというのは出身地についてである。一応は金沢の出身と記したものの動かない根拠があったわけではない。作家の年譜作成にあたってはまず戸籍を取り寄せるのはイロハである。しかし、あの時はその手続きを省略してしまった。もっとも後で知らされるが、矢田家の古い戸籍はとうにこの世に存在しない。だから、目を通すことは叶わなかったのだが。

ともあれ、金沢出身と書いてしまったのは現在でも最も信頼できる『日本近代文学大事典第三巻』(昭52)のその項に明白にそのように記されているし、それ以前まで信頼度が高かった『現代日本文学大事典』(昭40)にも尾崎秀樹によって「金沢市生まれ」と述べられている。尾崎は『大衆文学大系8』(昭46)の「矢田挿雲年譜」においてさらにくわしく「金沢市に生まれる。家は秀吉の代からの加賀藩士で祖父の代まで藩医の籍にあった。父は軍人」とまで記述している。この年譜は挿雲の回想類はむろん、おそらく直接取材をまじえてのものと推察される。

このようにみてくると、特に『大衆文学大系8』の「年譜」はかなり信憑性が高いものと判断でき、先のような十年前の処置となったのである。

ただ、一方で『俳句辞典　近代』(昭52)のように「香川県生まれ」とするものも存在したことが引っかかっていた。これは「年譜」にもない「明治三十六年二月『破魔弓』を、四十一年一月『かがり火』」等主宰した雑誌名を紹介するなど新事実を加えていて無視できない文章であった。

　矢田挿雲は前述のように秀れた業績を残した、石川が誇るべき文学者だが、それだけにその出身地を確定できないでいることは何としても心残りであった。

Ⅲ

　ところで、近年挿雲をめぐる調査が進展して少しずつだが活動の軌跡が判明してきた。たとえば、千葉三郎は「『俳星』明治版の軌跡」（平14）を刊行。これは子規の知遇をえた秋田出身の石井露月が、郷里で発行した『俳星』の創刊（明33・3）から休刊時（明45・6）までの状況や動向をていねいに描いたものだが、挿雲が早くにこの一号から登場する。まだ、十九歳である。先の「年譜」では子規に接する以前の、ようやく『文庫』に投句し始めてまもない頃になる。

　さらに、千葉は『俳星』と挿雲の緻密な関係を述べるが、注目すべきは「父が八師団の連隊長時代、一時弘前中学に在学した」とのくだりである。その出所は不明だが、もしこれが事実とすれば「年譜」を補うことになる。

　つまり、これまで東京専門学校（現・早大）に入学以前の挿雲は主として東京と仙台とで生活していたとされるが、弘前に住んでいたことは不明だった。

　なお、尾崎秀樹は『大衆文学の歴史（上）』（平元）において挿雲の「父は師団長をつとめたこともある軍人だった」と記しているが、連隊長と師団長とでは大違いである。これも後でふれるが、尾崎の記述は誤りと認めざるをえない。

　また、小山内時雄は『郷土作家研究』二十七号に「矢田義勝（挿雲）書簡」を、二十六号と二十八号に「俳誌『ハマユミ』（破魔弓）細目」を掲載した。前者は明治三十六（一九〇三）年の書簡三通を紹介したもので、『ハマユミ』発行時の挿雲の動静を知るのに貴重である。

　すなわちこれは福島で挿雲が主宰した俳誌で、この頃、彼は福島民友社の記者をしていた。寄贈交換誌をみても県内外の愛好者と幅広い交際を持っていたことがわかる。
『ハマユミ』の全貌は後者によって現れた。創刊が明治三十六年二月で終刊が同年十二月の、全八冊で終わったことや東京の虚子や碧梧桐、鳴雪、紅緑ら多彩な顔ぶれが揃っていたこと等々。

Ⅳ

気がかりなことが記憶の彼方に追いやられかけていた頃、突如よみがえったのは小山内の依頼がきっかけであった。金沢在住なら当然知っているはずとの文面であった。あわてて「年譜」を頼りに金沢市立玉川図書館の近世史料館に赴いた。もしまことに先祖が藩医の籍にあったのなら、記録が残っているはずだと思ったからである。一方、明治五(一八七二)年に全国的に作られた初の戸籍、いわゆる壬申戸籍にも矢田家は載っているに違いないから金沢市役所を訪ねる必要も感じていた。

近世史料館では係員の方の適切なアドバイスでどうやらそれらしき記述を発見した。一点は明治三(一八七〇)年の「先祖由緒并一類附帳」という綴り物で、矢田周太なる当年四十九歳の人物が記していた。これによると、周太は「御馬廻組津田故右繕家来矢田周左衛門嫡子」で、「弘化四年十月十七日平岡故右近へ抱二人扶持」となった。さらに「父　周左衛門定一　祖父　周伯　曽祖父　養安　六世祖父　良桂　七世之祖父　矢田故周閑　松雲院様御代寛文九年御外科　元禄十四年十一月病死」とある。これに従うと「年譜」に「祖父の代まで藩医」というのは五世祖父つまり周伯の代までというのが正しいことになる。

もう一点の「医師系図」には次のようにあって、七世祖父周閑が欠けている。その代わりに不明だった五世祖父周伝の名が記されていることがわかる。

外科　百五十石
良桂――周伝――養安――周伯恒之
享保元年死
同上享保十八年死
四十四歳
延享四百石
宝暦四年死
実南保玄伯
二男七口
寛政八年死

ともあれ、周太は年格好からみても挿雲の父ではない。祖父と思われるが、肝心の父の名前が不明である以上、ここでの調査は限界である。

父のことは壬申戸籍によって判明する。そう思って市役所市民課に問い合わせた。結果は、残念というしかない。昭和四十三（一九六八）年に封印、廃棄処分にしたというのだ。それより前昭和三十九（一九六四）年に明治十九（一八八六）年から明治四十（一九〇七）年の間の除籍台帳も同様な処置を施したという。壬申戸籍は明治以降の身分差別呼称を残していたために、人権問題上、法務省か何かの指導でそうしたと考えられ、やむをえないとは思う。しかし、一方で貴重な文化財産を無駄にしたとの感もする。

そういうことで調査は行き詰まってしまい、小山内には正直に経過を話すしかなかった。それでも、小山内の執念はすさまじく、もしかして親戚縁者が居住していないか、何らかの手がかりはえられないかとの思いで、市内や近郊の矢田姓の電話番号を次々に控えるほどであった。

V

一年が経過した。以前から『北國新聞』の文芸関係記事年表作成のためにマイクロフィルムに目を通していたが、明治二十六（一八九三）年八月の創刊号から始めてようやく昭和三十一（一九五六）年まで辿（たど）りついたその一月三日と四日付朝刊に「郷土作家十人集・新春随想」特集があり、三日付に挿雲の「私と金沢」なる一文が掲載されていた。四百字詰三枚程ながら読み進めるうちに、思わず声を出しそうになった。それほど衝撃的な内容であった。むろん、それは挿雲について無知なるがゆえであって、本来ならとっくに知っているべき事実であったかもしれない。行き詰まった調査に穴をあけるような内容について、こともなげに挿雲は語っているのだった。

書き出しはこうなっている。

出生地の解釈を、生れた土地ということにすれば、私の出生は金沢であるが、原籍地とすれば、父の代には東京牛込区（旧称）私の代から大森区（旧称）となり、居住の時間でいえば金沢はせいぜい生後一カ月くらいのものだろうと思われる。

まるで、今追求している問題をすでに見すかしたかのような書き出しである。以下、挿雲は金沢と自身とのかかわりを述べて、大正十五（一九二六）年の四十五歳時に初めて金沢を旅行し歩いたが、家庭内でいつも父母の話題に上る場所を見てまわるうちに、普通の史跡巡礼とは異なる感情がこみ上げて来て仕方がなかった、と結ぶ。

　短文ながら当面のテーマに即していえば、この文章はおおむね次のような事実を伝えていると判断される。すなわち、

① 父方、母方の祖父とも前田藩士であったこと。
② 挿雲は母の出産が金沢の実家でされたために、金沢で生まれた。
③ 父は安政二（一八五五）年生まれで、明治十（一八七七）年西南の役に少尉で出征、その後四国の丸亀連隊に配属され、まもなく結婚したこと。
④ 祖父までの代々の墓は金沢の玉龍寺にある。
⑤ 金沢カラーが濃厚な家庭に育ち、金沢にあこがれるようになったこと。

　これらからいくつかの推定が導き出されるのだが、たとえば②と③は従来の四国丸亀出身説の元になっている。挿雲の両親が居住していたのが丸亀で、里帰りして金沢で挿雲を生んだだけだから、出身地はそこでよいということになる。ただ、この場合も現住所と戸籍のどちらを重視するかによって見解が異なる。もし、両親の戸籍が金沢であって、それを第一義と解釈するならば、出身地は金沢となる。もっともこの場合、それを確認する術は前述のようにすでに失われているわけだが。余談ながら、後世に迷いを残さないためにも事典等は単に金沢出身を記すのではなく、金沢生まれ

というようにも述べるべきではないか。

ともあれ、④の事実はうれしいことである。壬申戸籍は無理でもお寺には大抵過去帳というものがあって、運がよければ近世史料館の「先祖由緒并一類附帳」の記述とつながるかもしれない。はやる心を押さえながら玉龍寺へ電話をした。

Ⅵ

曹洞宗の大亀山玉龍寺は市内野町三丁目に所在する由緒正しい寺で、永正十一（一五一四）年に創建され前田長種家の菩提寺として知られる。

いきなりのぶしつけな依頼にもかかわらず快く応じてくれたご住職は、関係部分をわざわざ筆写して手渡して下さった。それは先の近世史料館の記述とみごとに合致した。安っぽいたとえだが、まるで離れ離れになっていた兄弟が再会を果たして涙するような場面を想起した。

それによると、周太は「附帳」提出後まもない明治五（一八七二）年二月二十九日に亡くなっており、その子つまり挿雲の父勝二は昭和三（一九二八）年十月三十日に世を去っている。母「貞松院智徳妙栄大姉」はそれ以前の大正九（一九二〇）年四月六日に死去している。

ご住職は代々の墓と勝二が建立した妻のそれがあると言われたので、早速裏手にある卵塔場をもうでた。道すがら、たっぷりあった敷地も道路拡張にとられ、ために前田氏だけのゆとりの空間へ他の墓も移さざるをえなくなったとご住職が述べられる。なるほど、以前だったら家老様のお傍なぞ恐れ多くてと恐縮するほどの距離にそれらの墓石は安置されていた。

二列のうち代々の墓六基が後列に、前列に勝二が明治二十四（一八九一）年六月に再建した両親の墓と自分たち夫婦のそれとの二基があった。自分たちの墓は大正九（一九二〇）年の妻の死後、生前戒名をもらっていた勝二が翌十年七月に建立したもので、墓の側面に簡単な略歴を記している。

それによると勝二は十九歳で軍人となり、西南の役をはじめ日清日露の戦争にも参加、陸軍中佐まで勤め上げて従五位勲四等功五級を授与されたことが知れるし、妻は旧姓山田、万延元（一八六〇）年の生まれで四男三女を生んだという。挿雲はその長男だったわけである。

先の④によると墓は祖父の代までとあるが、実際は父母の墓もある。この事に関連して、以前住職に父母の墓を東京に移せないかとの相談が挿雲からあったという。結局、実現しなかったが、それと関係があるのかもしれない。

こうして玉龍寺での調査も一段落した。残るは時折同寺を訪れるという挿雲の息子たち遺族とコンタクトを取って、不明な箇所を一つずつ詰めるという作業である。地道にやるしかないが、相手の年齢等を思うとゆっくり構えてもおられない。

それにしても、思いがけないところから問題が解決した感じだが、新聞調査の付録というべきだろう。一時間で一カ月分もフィルムに目を通すことができず、半日も続けると眼（め）がしょぼしょぼになる体たらくだが、今回の経験を励みとしてしばらくやり通すしかない。

犀星の小説

——語りの深化

その前年に『愛の詩集』と『抒情小曲集』の二冊の詩集によって詩人としての地位を確立した犀星が、本格的小説の第一作「幼年時代」を『中央公論』に発表したのは大正八（一九一九）年八月であった。時に三十歳。翌九年一月には早くも第一創作集『性に眼覚める頃』を刊行する。

作家犀星の誕生は数多くの作家を発掘した編集長滝田樗陰の存在なくしてありえなかったと言ってもよい。のちに犀星は初期作品について「たあいない、何も小説というものを知らない間に書かれていた」と回想した。あながち謙遜の言葉とも思われない。樗陰はむしろ彼のそういう素人っぽさにほれこんだのである。その意味で彼は運がよかった。

しかし、与えられた運をさらに持続させたのは犀星の努力である。「出足がかきよいものから書いてゆくという、勉強を無視した出発」をした彼はもう一度「勉強」から始める。果敢でかつ細心な「勉強」を。そうでなければ、どうしてあの『杏つ子』のような大作が生み出せただろうか。

彼が「勉強」というものをどんなふうに考えていたか、必ずしも明確でない、が、その一つに「語り」の問題があったことは確かである。たとえば、出発時の「幼年時代」「性に眼覚める頃」「或る少女の死まで」の三作をみてみよう。

三作とも主人公は「私」だが、語り手とこの「私」の密着度において微妙な差がある。このことはすでに『イミタチオ』十号（平元・2）の共同研究で指摘されている。すなわち三作とも過去の「私」を語り手が回想するスタイルを採る。しかし、「或る少女の死まで」は語り手が過去の「私」をより客観視し、批評の対象とする。いずれ一人称小説から三人称小説へ向かう際に考慮せざるをえぬ問題をこの時点で察知したように考えられる。「不思議なる人物」（大9）や「金曜日」（昭3）等で人称の乱れをみせたのは、彼がそういう問題を「勉強」中であったことを示すものとみるべきである。

犀星が作家として出発してまもない大正十年頃から昭和初期にかけての文学界はまた変動の時期であった。私小説中心のあり方が再検討され、プロレタリア文学と新感覚派の文学があらたに登場して来た。彼もむろん新しい動きに無関心であるはずがない。「浮気な文明」（昭4）の新感覚派風な文体、「鉤と餌」（昭4）の全編会話、「足・デパート・女」（昭5）の新興芸術派的な題名、文体、その他『室生犀星末刊行作品集』（三弥井書店）を繙くことによって私達は彼の「勉強」の痕跡を知ることができる。

のちの王朝物にも言えるが「俳諧寺一茶」（大10）は三人称小説での早い成功例であった。それは素材の特殊性から語り手は人物の内面にくわしくわけ入る必要がないこととも関係する。しかし、作家にとって人物の内面にわけ入る小説こそが本道である。いわゆる市井鬼物はそれまでの「勉強」の成果がもたらした最初の花である。

「あにいもうと」（昭9）を取り上げよう。これは語り手と登場人物が一定の距離を終始保って完結する物語である。語り手は饒舌をおさえて可能な限り描写に徹している。筋の展開と語り手のストイックな態度が巧みに一致した例である。「神々のへど」が同様の素材を用いながら及ばないのは、語り手が人物について説明を加えすぎるからにほかならない。

さて、戦後のそして犀星小説の代表作である『杏っ子』（昭31・11～32・8）は語りの面からいっても集大成と言える。自伝物でありながら一人称体をとらずに作家平山平四郎という人物を設定する。そのことが平四郎を批判的諷刺的に眺めることを可能にした。しかし、語り手は視点を平四郎だけに限定しない。平四郎の娘杏子やその夫亮吉などの視点からも描写する。また次のような特色もある。

それでも、十日にいちどは出掛けたが、平四郎はその日数がしだいに間隔を置かれてゐるのに、注意し出した。もう一つは出かけるときには、大して愉快さうにしてゐないし、けふ雨ふりだから止せといふと、さうね、止しませうねと言つて渋つて出かけなかつた。そろそろお出でなすつた。こんどは何か本物が近づいてゐる。ぎりぎりまで趁ひ詰められ、そこから戻らうとしない傾きがあつた。来る時が来てゐる窮屈さが、沈黙の中にちらついて見えてゐた。

（「唖・本物」）

ここで語り手は平四郎の視点から述べているが「そろそろお出でなすつた。こんどは何か本物が近づいてゐる」の辺りは語り手が平四郎の中に這入りこんでいる。『杏つ子』にはこのような例が多い。このことは先の視点人物の複数化というもう一つの特色とあいまって、この作品に至って技巧的に成熟したことを示す。犀星六十七歳。「勉強」の果てにようやく小説の奥儀にたどりついたのであった。

室生犀星にとっての戦後

——未刊行詩「一つの物から」の周辺

室生犀星が敗戦をどんな気持ちで迎え、また、それをどのような文学表現で示そうとしたかを知る資料はそんなに多いわけではない。それでも、たとえば『逢ひぬれば』（昭22・10）所収の「まめで」が挙げられる。

まめで

あすはお立ちか
おなごり惜しや
敗けたいくさはあひたがひ
まめでおくらしどいつびと

これは民謡調のリズムで、内容もかつての同盟国ドイツへの友誼心を示しているように考えられる。しかし、それは一読した限りの感想に過ぎず、詩人の真意はそこにはない。それは冒頭二行が借り物の表現であることからも知られる。また、三行目で敗戦にふれているが、戦の内容や質について言及を避けている。以上のことから、この詩は敗戦という言葉を使用してはいるものの、全体としては軽いタッチに仕上がっているといえる。

また、未刊行詩「あのころ犬もゐなかった」（『定本室生犀星全詩集第三巻』所収、昭24・4）も存在する。

は「荻吹く歌」（昭15・11）を第一作としていわゆる王朝物の世界に没入することによって、散文の世界では戦争という現実と直接対決しなかった。また、甚吉物といわれる作品群においても時勢を批判するストレートな言辞は少ない。もっとも、「蟲寺抄」（昭17・6）では次のような箇所があって、注目すべきではある。

彼が省線のドアにもたれてゐると、隣にゐる男がしきりに演説のけいこをし出した。その声はほかの客の耳にもはいる程、大きく物々しく、時局とか緊迫とか節約とか困難とかいふ言葉を交へた演説は、何のために稽古する必要があるのか、甚吉はかういふ変な人間の演説を聞いたら、それこそ歯が浮いて危なくて聞けないであらうと思つた。彼は間断なく臆面なく続けさまに演説してゐるので客はみな顔をしかめてゐた。

しかし、そのような散文に対して詩歌の世界では戦争を賛美するかなりの作品を発表している。『美以久

あのころ犬もゐなかった
わしではない
おれでもない
それぢや何かい
戦争といふ奴はひとりで
戦争ごつこをしてゐたのかい
さうかい
それならそれでよからう。

これは戦争の責任をめぐるやりとりを批判したものだが、詩人自身の敗戦に対する見方を深く提示してはいない。第三者の立場から戦争責任が指摘されているように受けとめられる。

I

敗戦をどう迎えるかは、当然ながら戦争中をいかに過ごしたかと深くかかわる事柄だと考えられる。犀星

佐』（昭18・7）や『日本美論』（昭18・12）等々にその痕跡をみることが可能である。

いったい、どちらの犀星が本当の犀星に近いのか。ごく常識的に考えれば家族を抱えてペン一本で生活して行かねばならぬ身であるならば、やむをえず賛美する詩を書いたといえる。

この点に関して中野重治の「戦争の五年間」（『室生犀星全集八巻』後記）が大変示唆深く、身近に接した者の発言だけに説得力を持つ。

中野は、彼は最も観念的な場合にも根源的に具象派であったとした上で、やや愚直に「国のためになるやうな小説を書きたい願ひをもつてゐた」と見、しかし、それができなかった、と判断する。さらに、戦争詩を書いてしまったことが逆に彼の洞察力を深め、より進んだ段階に彼を導いた、と指摘する。

ところで、中野も引用した「文学は文学の戦場に」（昭13・7）において犀星は「先年満州に赴いた時……結果に於てそんな大それた小説などは書けずに相渝らず私らしい小説を書いて了つた」と述べた。さらに「自戒」（『此君』昭15・9）において、それを受けるかのような発言をする。

かういふ事変下にあつて私自身の文学はどう変りやうがなくてもその文学精神にぴりつとした今までにみられないものをひと筋打徹（うちとほ）したい願ひを持ち、そして私はかういふ際にこそ私らしい作品のなかに選びぬいた美しさや善良さに辿りつきたいのである。

正にこの文章の前半は、中野が述べた愚直な願いを感じさせるが、後半は先の「文学は文学の戦場に」にも通じる「私らしい作品」へのこだわりがある。それは、どういう状況にあってもそれを失うまいとする彼の確固たる意志を感じさせるものである。「文士街の裏通り」（『筑紫日記』昭17・6）における「若し、私が文士を廃業してしまつても私のなかにある文学が承知しない、まだ、生きるちからに漲つてゐる肉体からいつても、文学の血と骨は日夜夜啼きをつづけて、私自身が困つてしまふであらう」という言い方も、犀星と文学との不可分の関係を示すと同時に、事変下にあっていかに自分の文学を持続させるかの意志を表明している。

昭和十七年五月、犀星は親友の萩原朔太郎を、その葬儀委員長を勤めた佐藤惣之助を続いて失った。さらに十月には甥で、詩人の小畠悌一が、翌月には師の北原白秋がそれぞれ死去した。時局の悪化とあいまってこれら文学を通じて知り合った心友たちが次々と世を去っていく、その時の彼の心境は察するに余りある。

「庭の見える街」（昭18・4）はそういう心境を反映した作品の一つであろう。[1] 全二連十九行から成るこの詩は、「庭がはるかに見える」との書き出しで、その庭をめざして「おれ」が行く。庭は街のはるか向こうにみえるかと思えば、「龍の双頭」のついた青い旗も前方にみえる。その旗の辺りは雲がかかっている。いつか夜を迎える。宵闇は葉脈のような地図に感じられる。「おれ」はなおも歩き続ける。その最終行は、

　　おれは一匹の驢馬かもしれない、
　　驢馬は鳴くがおれは鳴かない。

と結ばれている。

この詩における「庭」「旗の中の龍」「街中を歩く」「驢馬」等の語句は、これまでにも犀星が好んで用いており、それらを集大成したおそらく初の詩がこれである。[2]「おれ」が求める「庭」は心のよりどころのシンボルであり、「龍の双頭」の旗も同様だろう。もちろん、それへは容易に辿りつくことはできず、歩みも遅々としている。しかし、最終行の「おれは鳴かない」というきっぱりした物言いは、目的を達成するまでの詩人の意志の強さが述べられたとみることができる。

「庭」を目当てに「こつこつ歩いてゆく」詩人、彼は自分のことを「鳴かない驢馬」という。そこに辿りつくまではどんな災難にあっても鳴かないというその意志表示は、打続く心友たちとの別離にもめげず、「自分らしい作品」をめざして前進しようとの詩人の決意を示すと共に、時局への抵抗を含むとも考えられる。

II

さて、戦時中の犀星の「姿勢」の全貌を明らめることは困難だが、それなりの以上の素描を踏まえて、敗戦をいかに迎えて表現したのかという先の問題に立ち帰る。

「一つの物から」(『北國新聞』昭23・1・6付)を対象に考察したい。この詩は『定本室生犀星全詩集』(冬樹社)や『室生犀星文学年譜』(明治書院)にも記述がなく、他にも報告された様子がないようであり、かつ、かなり興味深い内容を持つので、ここで取り上げたい。短いものだから、まず全文を引用する。[3]

一つの物から　　　室生犀星

やわらかい夜明けがある
夜明けは乳のように白らむ
この季節には小鳥や虫や
ほかの生きものは閉息している
人間だけがはたらき
人間だけが福祉の言葉を知る
しかし日本はいま閉息している
日本のすることはこわれた家をつくろい
不具になつた心をなでてやり
歴史のうそをあばき
正直に日本を見直すことだ
人をとがめるな
人をわらうな
傷つけるなかれ
それより外に生きるすべがない
あらゆるものを失つたということは一つ
　の物を積重ねる希みがある
まず一つの物から組み立とう
それより外に生きようがない

この詩が執筆された昭和二十二年といえば、まだ戦後の混乱が治まらず、物価は高騰し続けてインフレ状態を招くなか、初の両院選挙が行われたり、新しい憲法が施行されたりもした頃である。戦争の責任を問う極東軍事裁判の判決は翌年に下った。

そういう状況下、犀星はなおも疎開先に留まっていた。むろん、しきりに上京を願ってはいたが、実現せず、時折上京するだけであった。結局、軽井沢での疎開生活を切りあげたのは二十四年秋であった。この間、戦時中の生活と文学を振り返りながら昨今の状況を凝視・観察して誕生したのが、この「一つの物から」である。

冒頭の二行は、敗戦によって解き放たれた自由と虚脱感とがないまぜになった状況をみごとに表現している。

第四行と六行、七行の文末のリフレイン、第五行と六行の冒頭のリフレインを効果的に用いて、第七行から最終行まで現状とそれを踏まえた打開策が詩人によって力強く語られる。それは具体的に、三段階を踏む。

まず、第七行から十一行までは、なすべき作業が具体的に語られる。続く、第十二行から十四行は、作業を実施する際の留意点が述べられ、残る部分で、全ての作業の基本となるもの——一つの物を積み重ねることの重要性が主張される。十二行から十四行の文末のリフレインや十五行と十八行とのそれもその主張を訴えるのに効果を上げている。

この三段階をさらに検討すると、第一段階では、日本の現状が的確に認識されている。家が破壊されたというのは、現実の家を指すのだろうが、制度そのものの比喩ともとられよう。戦争という非常時だからこそ、人の心は不具になったのである。戦争への経過を正確にみつめ直す必要がある、と主張しているようだ。

しかし、かと言って詩人は戦争責任そのものをきびしく追求しろ、と述べるわけではない。第二段階では、人をとがめ、わらい、傷つけることを禁止している。そんなことよりも肝心なのは正直に日本を見直すことだ、という。そして、具体的には、一つの物を積み重ね、その積み重ねによって新たな物が誕生するのであり、それに向けての希みを抱きながら生きよ、というのである。[4]

この詩の執筆と同じ頃に石坂洋次郎「青い山脈」が『朝日新聞』に連載されて（昭22・6〜11）評判になった。これは価値観が百八十度ほど転換した今後の日本の進むべき方向、特に学校教育のあり方や男女交際のあり方、新しい家庭を築く夫婦の役割などが盛り込まれ、あたかも民主主義の教科書であるかのように受けとめられた。この中で戦争中は、軍事訓練などで校内にのさばっていたある体育教師が、一変して民主主義信奉者に変貌する。作中では彼は徹底して戯画化され、揶揄されている。石坂は「挿話のある手紙」（昭21・4）においてすでに「すべての日本人がこの戦争の責任者である」「国民のそういう謙虚な反省の上にのみ、新しい性格の日本が築かれていく」と述べていたが、当時、体育教師のようなタイプが多く、そのミニチュアとして彼が造型されたのだろう。

そういう石坂に対して、犀星の「人をとがめるな／人をわらうな」との言い方ははるかに寛容である。かつて詩人として出発した頃に述べた「悪い性情を有つ人間にとつて悪い詩が生れ、善良な人人の魂によつて善き詩が生れることは、もはや疑ひもない」（『第二愛の詩集』自序）との物言いが想起され、人間への全幅の信頼がうかがわれる。

おそらく、この詩に示された心情は犀星の偽らぬそれを反映したものに相違ない。戦争中を右往左往しながらも真剣に生き抜いてきた犀星だからこそ、迎えることができた心情であったろう。「まめで」や「あのころ犬もゐなかつた」よりもこの「一つの物から」に注目する所以である。

注

（1）「庭の見える街」は『画論』第二十号（造形芸術社、昭18・4・10）に掲載されたが、以前「未公刊の詩『庭の見える街』を読む」（『北國新聞』昭61・10・7）で紹介したことがある。しかし、それは全文ではなく、その後も全文を紹介する機会を持たなかったので、改めて以下に掲げる。

庭の見える街　　室生犀星

庭がはるかに見える
街をあるいてゐる建物のあひだに
ちらりと見える
それは青い旗
旗には龍の双頭が見える
おれはその旗をめあてに行く
どこまで行けば
龍にあへるのだかも分からない
龍は標茫のあなたに
おれの庭のあるあたりに
雲を呼んでおれを待つてゐる

庭が見える
雲のあひだかも分からない遥かさに
夜は青い地図をひいてゐる
地図は葉脈のやうに引かれてゐる
おれはそれをめあてに
こつこつ歩いてゆく
おれは一匹の驢馬かも知れない、
驢馬は鳴くがおれは鳴かない。

(2)たとえば、詩集『日本美論』(昭18・12)では「庭」と題する八編を収めたが、そこで犀星が重要視したのは「人の心」ということである。庭にはそれを作った人の心、そこに住む人の心が表現されるというのである。また、旗の中に龍がいるという発想は、たとえば「庭」(昭11・5)でも「天には旗のなかで龍が遊んでゐた」とあるし、「街を歩く」というイメージは「街の一廓」(昭11・7)にもみられ、驢馬についても「驢馬」(昭6・5)があり、そこではおもちゃの驢馬が「ノロノロとけふも昨日も歩きつづけてゐる」と表現されている。

(3)「二つの物から」については『北國新聞』平成十二年七月二十四日付「犀星の未刊行詩『二つの物から』」で内容を紹介すると共に、全文も引用した。

(4)敗戦後まもなく、文学界では文学者の戦争責任が問われ出した。その最初は『文学時標』(昭21・1~11)の「文学検察」欄であり、四十名が糾弾の対象となった。むろん、犀星は含まれていない。続いて『新日本文学』(昭21・3)誌上によるものである。これらの筆調は鋭かったものの、尻すぼみ状態となる。「政治と文学」の問題へと重心が移動したこともその一因である。

暁烏敏と島田清次郎

——両者に通う血

島田清次郎が暁烏敏と出会った時期やその契機については必ずしも定かでない。

しかし、諸家の調査によって大正三（一九一四）年四月の県立金沢商業入学後に叔父の西野八次に連れられてか、金商の友人橋場忠三郎の紹介で高光大船を介してか、のいずれかであることは確かである。

以後、昭和五（一九三〇）年四月二十九日の島田の死まで二人の交遊は続く。この間、島田はベストセラー『地上』を世に送って華々しいデビューを飾るものの、わずか四年で作家生活に自らピリオドを打ち、死まで六年間の病院生活を送る。

暁烏にすれば、何万何千と出会ったであろう一期一会の中の一人に過ぎなかったかも知れない。他にも強く印象づけられた人間は存在したであろう。

しかし、両者の生涯を客観的に眺めうる立場をすでにえた私達から言えるのは、こんなことである。島田は暁烏に出会うことによって、いわゆる彼らしさにいっそう磨きをかけることができた。暁烏なくして作家島田清次郎は誕生しなかったのではないか。親子ほど歳の違う両名だが、本当の親子のように同じく流れる血をお互に認め合ったのではないだろうか。少なくとも、私にはそう思われる。

敏の明達寺に出入りする頃の島田は学業成績が優秀であるものの、性格は不遜で傲慢であったという。人類の征服者、島田清次郎を見よ！などとノートに記していたらしい。

そんな彼が敏らが発行する雑誌『汎濫』に次のような一節を発見したら、どんな感想を漏らすか。聞くに及ばない。

自分の国家に自分が住む、天皇は自分の天皇、政府は自分の政府、敏が此の世に存在することが、日本国の存在することである。敏がこの世に存在しなくなる時に日本国は存在しないのである。日本国は二千五百年の歴史を有するが故に尊いのではなくして、この敏が存在するが故に尊いのであります。

（「君主政治か民主政治か」六月号、大6）

おそらく、生意気な言動で周囲の顰蹙をかう清次郎に敏は若かりし日の我が姿を見い出し、まあ、まあ、と言いながら苦情を述べる者達をなだめたに相違ない。一方、清次郎の方も唯一自分を理解してくれる者がこの人だと思い、いっそうわがままを募らせたことだろう。

ある時、寺の講習会に来て話し始めた島田が、「今夜誰の話をきかなくても私の話さへきいたらよいのです」「私は話せと言はれてもめつたに話したことはありませんが、今夜は話したくなつて話します。諸君は今夜私の話を聞くのは幸福です」と述べた。

新聞社などを「私の傑作を買って下さい」と回る彼だから、この程度の言い方は本人にすればごく普通の発言だと認識している。しかし、初めて聞く者は一瞬ポカンとした後、笑い出す。その笑いには自信を無造作にさらけ出したことに対する嘲笑が多く含まれる。その場に居あわせた暁烏はしかしながら、それを痛ましい真実の叫びと理解してむしろ同感する（「北安田たより」『汎濫』九月号、大8）。その自信ありげな発言の裏にあるものは何か。後述するように清次郎も敏も熟知していた。

『地上』第二部を刊行した同月（大9・1）の『文章倶楽部』に島田は「『地上』を書く迄」というエッセイを寄せる。文中で彼は「暁烏君」と記す。すでにこの頃とみに視力が衰えていた敏は直接これを読んでいなくとも、弟子達が黙っていない。

あのみすぼらしい格好をした男の傍若無人ぶりに怒る。あり余る蔵書を読み耽けることができたのは誰のおかげか。『地上』第二部の原型は『中外日報』掲載の「死を超ゆる」である。それを『中外日報』社長の真溪涙骨へ紹介、斡旋したのは誰なのか。『中外日報』にはそれ以外にも多数の文章が採用されているではないか。

今日あるのは暁烏のおかげなのに、それを忘却してしまって「君」とは何事か。

おそらく、弟子達は清次郎の出入り差し止めを敏に要求したはずである。

ところが、暁烏への無礼はこの程度で済まなかった。『地上』第三部が大正十（一九二二）年一月に発行。大河平一郎が、結婚した吉倉和歌子と再会後、新天地の京都へ向けて旅立つ場面で終了する全十章中、第七章に明達寺の講習会が取り上げられる。

ここで講習会は「生活の存在の表示と勢威の拡張と再認が行はれる」だけで「彼の思想や説教は要するにそのペテンの弁護でしかない」と酷評され「宗教家とは最も卑劣な商人」と決めつけられる。

これを読んだ弟子達が以前以上に熱り立ったことは言うまでもない。しかし、敏はどうか。

かつて、『中外日報』紙上（大4・1・29）で女性関係のスキャンダルを暴かれた際に、むしろ「解放せられたやうな豊かな心を得た。総べてに捨てられ、総べてに打たれ、泣きながらも一人で歩まう、と決心した」（「自伝を書けない私」）と述べた彼である。

彼は『地上』の罵詈雑言に続く次の叙述を見逃さなかったと思われる。

> 実に、彼ほど不幸な淋しい生涯をおくつて来たものはなかつた。生れてより今まで、唯の一度もはればれとした目にあつたことはなかつた。彼は生れながらの貧血、貧弱、無能、暗の子であつた。（略）常に彼は警戒した。自分が軽蔑されてゐないか、自分

が馬鹿にされてゐないかを。

ここには、暁烏に仮託しつつ、実は、半ばは自分の責任ではあるものの、駈足で人生を歩まざるをえず、ために、じっくり内省の時間を持つことができなかった清次郎の生の声が記されている。敏はそのように理解できたはずである。

坪野哲久論

――その初期の様相

坪野哲久（明治三十九年～昭和六十三年）は、昭和二年の合同歌集『冬月集』に初めて短歌を収め、昭和六十三年に第十歌集『人間旦暮』を刊行、死後に第十一歌集『留花門』を発刊したが、文字通りに昭和期を歌人として生き抜いた。

そういう坪野に対して、当然ながら様々な見方が与えられる。数ある追悼号の中から『短歌』（平元・10）掲載文より紹介すると、「いつも生命を全的に定型にぶつけるようにして歌った哲久」（沢口芙美）とか「尖端的なプロレタリヤ歌人としての哲久、そして純粋芸術派としての哲久」（三枝昂之）とか「時代への怒りをうたうとともに、生への祈りをうたう。熾烈に自己否定をするとともに、物象のやさしさに至純の声をあげる」（篠弘）など一筋縄では捕らえがたい彼への理解がみられる。

そういう、昭和期を代表する歌人の一人とも考えられる坪野の業績を振り返ってみると、初期のプロレタリア短歌にかかわっていた頃から更にそこを抜け出して独自の歌境を形成していく『百花』（昭14・6）や『桜』（昭15・7）辺りまでの検討が重要であるにもかかわらず、不十分だったように思われる。

そこで、本稿ではその点に問題点を絞って、論述してみたい。

I

坪野哲久は大正十四（一九二五）年四月の東洋大学入学まもない頃、長野出身の学友・高井直文につれられて、島木赤彦を訪問し『アララギ』に入会、赤彦が病気のために欠席するとき以外は毎月の面会日に訪れて、熱心に作品の添削を受けた。時々、『アララギ』誌上に作品が掲載されることもあった。一年ほど経た十五年三月に赤彦が亡くなると、しばらくして『ポトナム』の同人となった。

後年の「わが日々の断章Ⅳ」（『短歌』昭45・4）や若狭駿介「坪野哲久の人間と作品」（『短歌』昭46・12）はその辺の事情を詳しく述べているが、ポトナム社より合同歌集『冬月集』が刊行されたのは、昭和二（一九二七）年十月であった。これには、坪野の「寥心抄」全四十五首も所収されている。その四十五首には『アララギ』時代の歌も入っているが、三年以降の、言わば歌人として本格的に活動する以前の、作歌して二年程経た習作期の様相を見るには格好のものである。

「寥心抄」は「寥心」（①十首）「叔父の死」（②十三首）「能登物情」（③九首）「母とゐる」（④四首）「兄の命日」（⑤四首）「潮来行」（⑥五首）の各章にわかれているが、相互に明確な意識を持って構成されたのでないことは、たとえば、①の「かへり来て心安けしゐろりべに蚊遣りたきて母と夜をふかしつる」は④と同傾向の歌だし、④の「麻をつなぐぶんぶん車の音すなり夕べあかるく時雨ははれて」と⑤の「麻をつなぐぶんぶん車の音きこゆ藪かげふかく灯はともりつつ」は、それぞれ④⑤のどちらかに統合してしまっても不都合ではない、という現象からも知りうる。

また、③の「能登の海の底さへとよみ白濤のうちよするときは魚も死ぬなり」は「わが日々の断章Ⅳ」（前記）で述べるように、茂吉の手が加えられている。他にもあるかも知れない。

以上のように、「寥心抄」は若干の問題を有するにせよ、習作期の坪野の歌の傾向を知るには、格好の作品群であることにやはり間違いない。それを知ることは後の彼の歌境の形成につながる鍵を得ることになるかも知れない。

そこで、まずタイトルの「寥心抄」について、⑤に「雪どけのしづくをきけりゆるしたる人の命を寥しみにつつ」とあることから、「寥心」とは「寥しい心」を示すと考えられる。もっとも、師の赤彦が十三年頃からしきりと口にしていた「寂寥感」あるいは「寂寥所」等の語から示唆をうけていることも考えられる。①はその名のように青年期待有の寂寥感を訴えた歌が多い。⑥は旅行詠だが、②から⑤は能登の風物とそこに住む身内への思いを述べた作品で、量的に最も多い。

歌語の幼さや出来栄えはこの際、問わないにしても、素材のそのような傾向が後年の坪野を連想させる。特に、

能登の海の底さへとよみ白濤のうちよするときは魚もしぬなり
暴風あとの海べに人らつどひゐて流れ来し魚を拾ふかなしさ

この二首にはきびしい能登の外海の高浜に生まれ、勉学の傍ら両親の仕事を手伝う等して過ごした坪野の能登への想いが込められている。前者については坪野も後年、今の歌にも通じているかも知れないと述べる（「哲久に聴く」『短歌』平元・10）。

Ⅱ

それでは以上のような文語定型の『アララギ』的な短歌世界から一転して歌集『九月一日』のようなプロレタリア短歌への転換は、どのような事情やどのような内的外的要因によってなされたのだろうか。次に、このことについて観ていきたい。

○ツルハシ擔いでのつそりはいつたのでびつくらしたかお神さんおどおどすることあねえおれはガス屋だ
○路地裏をほつつき歩く仲間たち！この寒空に仕事

がないのだ

この二首は全百六十二首を所収する『九月一日』の巻頭と巻末の歌を引用したのだが、所収作は全てこのような三十一文字をはみ出したり、口語的表現を採ったりの、いわゆるプロレタリア短歌といわれるものである。昭和五年一月一日発行だが、同月二十七日に発売禁止の処分をうけた（『短歌前衛』昭5・2）。

『冬月集』が二年十月の発刊だから、この間、わずか二年二カ月程で形式・内容とも百八十度とも思える転換を遂げたことになる。一体、坪野はどんな理由によってそれを図ったのか。

このことについて、坪野自身が具体的に語った文章は管見ではさほど多くない。その中から、まず『昭和秀歌』（昭33・1）の「序章 昭和短歌の性格」を見る。

この文章で、坪野は「大正歌壇のゆき詰まりを打破しようとした青年歌人たちが原動力となり、歌壇各派の有志や先輩歌人をもこの運動に参加せしめるにいたった」のが、昭和三年九月に結成された新興歌人連盟である。この歌壇の新動向は、社会情勢の進展や労働階級の自覚と高揚とによって、文学や芸術の上でも無産階級文学運動が活発となり、さらにマルクス主義に立脚する文学運動へと展開する。このような諸情勢によって導きだされたというのである。

この文章は、当時から三十年ほどの歳月を経ており、それ故の潤色が施されているかも知れないが、歴史的認識としてはほぼ正鵠をえたものといえよう。ただ、該当箇所に続いて、坪野は大熊信行主宰の『まるめら』と、それに掲載された大塚金之助「無産者短歌」（昭2・5）を重視する。それはそれで良いのだが、渡辺順三が『近代短歌史』（昭25・5）で指摘するように、西村陽吉主宰の『芸術と自由』による大正十四年以降の口語歌運動も呼び水として無視しえない。

当時、東洋大学生だった坪野は、おそらく青年特有の反応から時代の動向と先端を行く思想に行き当たったのであろう。

さらにもう一点付け加えるならば、坪野の「啄木短歌の大衆性」（『文学評論』昭11・4）の次のような記述も

「泣く子」の力とは根底が違ふ。鍛錬された力である」大した力である。複雑を統合し統一した力であるから、義であることは、「大人が一心になつたら、其の力は述べている。この「全心の集中」とは「一心」とも同したら、終生歌らしい歌を得ることは出来ません」とを作すの第一義でありまして、この一義を過つて出發なすは、全心の集中から出ねばなりません。これは歌

赤彦は『歌道小見』（大13・5）の中で、「自己の歌をに自己流に解釈し、それを確く信じて疑はなかった。ス・レーニン主義の「実践」の道へ通じるといふ風

私は「鍛錬道」の主張を裏返しにすれば、マルクきつけられ、最も深く影響をうけたことを告白する。神を顕現するにあった。私は性格的にこれに強くひて云へば深く短歌の芸道に参入して高邁なる人間精の武士的精神に通じるものがあり、これを一言にし

アララギにおける赤彦の「鍛錬道」の主張は日本

看過できない。

（「一心の道」大5・6）との言い方からも知られ、また「鍛錬」とも密接に関わることは「鍛錬とは、生活力を統率して一方に集中させることであります」（「万葉集の系統」大8・10）との発言からも確認できる。

すなわち、赤彦独自の思想とも言うべき「鍛錬道」は正に実生活上の節制や禁欲を伴って、精神を集中統一することであり、作歌もそのような態度によってなされるべきだと言うのである。

短期間ではあったが、赤彦に心酔していた坪野がその考え方を吸収していたことは、引用文にあるように間違いないだろう。ただ、それを「裏返しにすれば、マルクス・レーニン主義の「実践」の道へ通じる」と考えたのは、彼なりの解釈というしかない。

さて、先の新興歌人連盟は、昭和三年九月に柳田新太郎の提唱によって成立したが、それ以前に、すでにわが国ではプロレタリア文藝連盟が成立し（大十四・十二）、翌年の第二回大会によって日本プロレタリア芸術連盟に改組され、直前の青野季吉「自然生長と目的意識」（大15・9）の発表もあって運動はプロレタリ

ア革命のためという目的を明確に備え始めた。さらに、翌々年の三年三月には蔵原惟人の提案によって四分五裂した文芸戦線の分野統一が図られ、全日本無産者芸術連盟（略称ナップ）がその後に結成された。

　そういうプロレタリア文学運動の急速に変化する状況の中で短歌だけが立ち遅れている感を抱いた柳田が、『詩歌』誌上に度々啓発する文章を掲載し、それに応える形で筏井嘉一、坪野、石榑茂、前川佐美雄、伊沢信平らが九月に歌人連盟の準備委員会を結成し、十月に大会が持たれるということになる。

　しかし、結成された新興歌人連盟は機関誌の発行をめぐって翌月に早くも脱退者をだす。坪野を含む脱退組は無産者歌人連盟を組織し、機関誌『短歌戦線』を発刊した（昭3・12）。

　坪野は早速、創刊号に「プロレタリア短歌の方向」を発表して、運動の行く末に指針を立てようとした。

　我々の短歌はプロレタリアのための——即ち今日の歴史的必然性に順応するための社会的価値を目的としなければならぬ。伝統的作者はかく云ふ我々に対し、微々たる短歌形式によるプロレタリア作品行動を一笑するであらう。然し我々は過去の歴史によつて、革命の尖端に立つたものは何時も端的な「叫び」であつたことを学んでいる。端的な叫び——階級闘争の尖端に立つて大衆に叫びかけるもつとも尖鋭的武器は短歌形式をおいて他にないことを我々は固く信じている。

　この一節からも知られるように、坪野は階級闘争の手段として短歌の存在を主張した。それは全くナップの方針に従った主張である。この考えは、同じ歌人連盟に属する伊沢信平が「定型律短歌の歴史的限界性」（『まるめら』昭3・8）において「短歌によるプロレタリア作品行動は栄えない仕事であり、その役割は小さい」と述べたのとは、格段の意識の差がある。

　坪野の一文は会田毅「プロレタリア表現形式への過程」を生んだ。『短歌戦線』翌月号掲載のこの文章は、短歌形式について内容自身が必然的に独自の形式を生むだろう、との見通しを述べたものである。

この短歌形式をめぐる問題は坪野と伊沢との文章の落差にも感じられたが、プロレタリア短歌を考える際、常につきまとうものであり、新興歌人連盟が発足したときにも「我等のスローガン」と称する五点の一――内容形式の矛盾の揚棄――として問題にされていた。会田は坪野の文章からこの点を特に強調したわけであった。むろん、この時点では解決策とはなりえていない。

さて、会田の論を引き継ぐ形で、浦野敬「新技術理論への発足」が同誌四年二月号に載った。これは、プロレタリア短歌に既に独自の格調や律動が育成されていることを具体例をあげて指摘したものである。

創刊号と同題の坪野の一文が掲載されたのは、その翌月号（昭4・3）であった。

「我々は今、第二の段階にうつらうとしてゐる」との言葉には、プロレタリア短歌をめぐるこれまでの諸状況を見据えてのそれなりの認識が込められている。

坪野は言う。当初は短歌形式を、一息に云い切ることの出来る完了体としての詩型ということで利用したが、次の段階では、与えられた型式を自由自在に駆使することにある。激烈な言語の羅列と抽象的な事件の報告に陥るのではなく、闘争の実践の中から燃焼し、ほとばしり出る感情の結実でなければならない。

太く力強き律格を有し、句と句の間における一種の粘り強さを持ち、感情の凝縮による完了体としての迫力を備えたもの、これがプロレタリア短歌であって、いわゆる自由短詩とは明確に区別される、と。

坪野がここで言う「完了体としての詩型」云々は、すでに大熊信行が『まるめら』三年十月号で使用した言葉であり、以後、これをめぐる賛否が交わされていた。

ただ、大熊や浦野がそれなりの定型を認めるのに対して、坪野は「新しい定型を約束して出発したのではなかつた。自由に、大胆にそして「短歌的」に活動することのみを、一般的な共同的な約束として進んできた」と述べて、定型を認めていない。

それでは「凡てを短歌的に歌ひ上げろ」とは何なの

か。自由短詩との違いは何なのか。このことについて坪野の具体的説明はない。

もちろん、その答えを出すのは、容易でなく、坪野を含むプロレタリア短歌に携わる全員が対決しなければならぬ問題であった。いずれ彼らはそれについて結論を出すことを迫られる。

そのことは後述するとして、四年五月にメーデーを記念して無産者歌人連盟が中心の『プロレタリア短歌集』が刊行された。これを機にプロレタリア歌人達の大同団結がいっそう図られて、七月にプロレタリア歌人同盟が結成され、機関誌『短歌前衛』の創刊をみた（同・9）。歌人同盟は翌五年九月に『プロレタリア短歌集』第二集を発行する。所収された歌は五百九十三首、歌人は百九十人であり、前年度と比較すると格段の差がある（二百九十二首と十八人）。坪野は七人の選者の中の一人であった。

第二集の「巻末記」に「我々の短歌運動に於ても、この作家同盟の左翼化の線に沿ふて新しい方向に歩みを進めた。このことは最近の『短歌前衛』の理論の上に著しく現はれ、又短歌制作の上にも新らしい課題として提出されてゐる」という一節がある。

ここで言う「作家同盟」とは、ナップが改組されて結成された日本プロレタリア作家同盟（昭四・二）をさす。この一節はいよいよ組織化、国際化（昭七に国際革命作家同盟日本支部に）されるプロレタリア文学運動に歩調を合わせる歌人同盟の動向を示していよう。同時に、この一年間、プロレタリア短歌をめぐる理論上、実作上の諸種の問題が俎上に乗せられ、それをめぐって議論されて来たことをも物語っている。

中でも中心になったのは短歌形式を巡る問題である。形式に盛る内容については、革命思想の浸透によって解決されるにしても、封建的残骸とみる三十一文字や音律の問題との兼ね合いをどうすればよいのか、それは先にみたように坪野が言う「短歌的」とは何なのかを考えることでもある。

坪野は、「プロレタリア短歌に関する覚書」（『短歌前衛』昭5・1）において、「短歌的」なるものを三十一文字音律を基準とする「一息に云ひ切ることの出来る完了体としての詩型」と定義づけた上で、これを明確に否定し、「プロレタリアの魂を揺り動かすやうな内容を盛るにふさはしい詩型」をめざすとした。

この考え方で言えば、先に引いた『九月一日』の巻頭歌のような四十六文字の作品が肯定される。しかし、これが短歌ならば詩とどう異なるのか、等の疑問は当然生じる。が、これに対して坪野はこの時点でも答えていない。

それを保留にした状態で坪野は『短歌前衛』や『短歌戦線』その他に発表した作品をまとめて『九月一日』（昭5・1）を発行した。先に巻頭と巻末の歌を紹介したが、それからも察知されるように、全百六十二首は三十一文字を超過するものが多く、文末に断定的言い切りの「だ」を使用するのが約十六%、「働きすぎらあ」等の所謂べらんめえ調が約十二%、命令形で終わるのが約十四%、「！」の使用が約六%、という具合で、口語的表現でも極めてインパクトの強い特色を備える。正に「階級的憤怒の叫びの歌」（大半津啓「歌集『九月一日』」『新興歌人』昭5・2）と評される所以である。

しかし、北村巌「歌集『九月一日』をめぐって」（『短歌前衛』昭5・2）によれば、優れた歌は多いものの「もつと計画的にもつと組織的に」「戦闘的労働者はいかに困難な戦ひを戦ひぬいてゐるか?を、あらゆる角度から戦ひあげてほしい」との注文はつく。

一方、後書「断片的に」によると、岡部文夫が編集に協力したとあるが、その岡部が「咽喉元へ突きあげる歌」（『短歌前衛』昭5・2）において先の坪野「プロレタリア短歌に関する覚書」（前記）を取り上げて、反論した。すなわち、坪野が「準定型」を乗り越えよ、と述べるのは間違いで、「わだかまる事件の重点を引つゝかんで短い歌にたゝきこめ！リズムをもたせろ！」と主張する。

岡部が例にあげて、良い作品と推奨したのは、たとえば「わかつてくれ、わかつて呉れなあ兄弟、俺達より外に味方はねえんだ　大石座三」のようなものだが、『九月一日』にも同様の例がないわけでない。大平穀「俺達の歌集『九月一日』を読め」（新興歌人』昭5・2）でも指摘されているが、

おいらの×、おいらの協議会、おいらの組み合した
土台骨だびくともするかよ

のような例が見受けられる。

ただ、全体としては、「叫び」の表出を目的としたものが多く、リズムの効果等までは意を注ぎきれなかったと考えられる。岡部も、編集しながらそのことに気付いた筈で、あえて反論を発表したのであろう。

山本司氏はこの歌集について「その後の哲久短歌の思想を形成し、又、哲久短歌の表現に現れている定型のなかにあってやむにやまれぬ破調や、口語的発想による憤怒の表出など、いわゆる〝哲久節〟と言われる独自の韻律の形成に、大きく影響していることを重視しなければならない」(『坪野哲久論』平7・5)と述べるが、この評価については『九月一日』以後のプロレタリア短歌やその他の発言も視野に入れる必要があり、後述することにする。

さて、これまで何度となく述べて来た短歌の形式や音律をめぐる、いわゆる「短歌的」なものについては、坪野に限らず『まるめら』や『短歌前衛』『短歌月刊』等々この頃の雑誌上で次々と意見が発表されてきたが、これらの論議に一応の決着をつける文章がついに発表される。

それは林田茂雄「短歌革命と短歌性の喪失」(『短歌前衛』昭5・8)である。これはかなりの長文で、諸家の論評を一々具体例として引きながら批判を加えて結論を導き出している。次がそれである。

一、「短歌性」とは、旧来の短歌を短歌として一般詩の他の範疇(例えば所謂「短詩」や「俳句」等)より厳然区別せしめてゐたところの、五七五七七の韻を踏む三十一音律定型(若しくはそれを基調とするところの所謂基準律準定型)といふ形式的範疇である。そしてそれ以外の何物でもない。

二、旧来の短歌が弁証法的自己否定によつて「短歌革命」を完了するといふことは、短歌がみずからの特性を放棄して一般短詩の中へ解消し了る事に

他ならぬ。短歌は、彼の歴史的発展の幾次目かの比段階に於て、遂に質的飛躍を余儀なくされてしまつたのである。

実に明解な理論である。機関誌『短歌前衛』が翌九月号から作品の一行組みをやめて、行分け組みにしたことから以後、それに統一されることとなった。しかし、新たな問題も生じてきた。急速に九行や十行以上の長さの作品を生み、短詩の範疇を超えたものが出たり、短詩型の連作が書かれたりで、予期せぬ事態を招いた。プロレタリア短歌の、詩への解消論が起こったのである。

むろん、この問題が生じたのは短歌同盟が接触を持ったプロレタリア詩人会側からの示唆があったことも作用している。『短歌前衛』の廃刊後に発刊された新たな機関誌『プロレタリア短歌』創刊号（昭5・11）の「声明書」の「俺達の作品が客観的には短詩以外の何ものでもないにもかかはらず、依然として、「短歌」の名を冠せしめてゐる」という苦しい弁明がすでに見通していたかのように、同誌六年三月号では白石雄二、南正胤、渡辺順三の三名が「詩への解消」問題を賛否両面から論じた。

さらに、作家同盟内の論議の末に同年九月にプロレタリア詩人会と合併することとなった。

このように、同盟としてプロレタリア短歌の詩への解消を決定したことになるが、それを認めがたい芥川徳郎、伊沢信平、渡辺順三らは新たに『短歌クラブ』を創刊し（昭7・1）、のち『短歌評論』と改題した（昭8・4）。坪野も最初からのメンバーである。と言うことは、以前に長さにこだわらない作品を発表していた坪野が、誌への同化には納得できずに、数行のものに限定する短歌を選択したことになる。『短歌評論』誌上の諸家の作品もほぼ五、六行程度のものが大勢であった。

これら『短歌評論』に拠る者の考え方は渡辺順三の「新しき出発への道標」（同誌、昭8・11）にほぼ統一される。

ところで、坪野は『短歌クラブ』参加と時期を同じくして喀血し、以後三年ほどの病臥生活を余儀なくされる。そのために、評論や短歌の発表数は極端に少なくなる。

そういう中から生まれた数少ない評論のひとつに「子規の短歌は如何に発展したか」（『正岡子規研究』昭8・11）「啄木の歌とその生活」（『石川啄木研究』昭8・12）がある。

前者は、子規における文学形成期をその履歴と絡めて述べた後、初期からの短歌を辿りつつ俳句との関連、評論とのかかわり等を述べて晩年に至る。中で、病中の作品について真摯な感情の発露をみているのは、同じ境遇にある坪野だけに、いっそう共感を覚えたと考えられる。

後者では「明確な思想的立場を示してゐるものは稀れであるが、それだからと云つて啄木の進歩性を抹殺し去り、単なる生活愚痴であるとなし、低調平凡であるの一言をもつて批評し去ることは、正しい評価の仕方ではあるまい」との視点から啄木の文学と生活を再評価しようとした。「啄木の思郷の歌」（『詩精神』昭9・4）も、その延長上にある。

ここで確認しておきたいのは、以前『九月一日』の「断片的に」の中で「プロレタリア短歌を大衆の中へ！プロレタリア歌人はあらゆる組織活動と緊密に結合せよ！プロレタリアの拡大強化に対する最大の関心」を訴えた坪野が、啄木の「空想的な詩境」よりも「自分の生活の忠実な報告を歌に」したことに積極的意義を見出していることである。ほぼ同時期に発表された渡辺「新らしき出発への道標」にみられるような考え方にシフトしていったという事実である。

おそらく、三年の病臥生活の中で坪野は種々考えさせられたはずである。その結果、「個々の作家の現実的な立場」を重視するようになったと考えられる。そのことは啄木短歌との接し方の変遷によっても知られる。「啄木短歌の大衆性」（『文学評論』昭11・4）によれば、坪野は自身の啄木受容を三つの時期に分ける。第一は熱病に取り付かれたように夢中になって読んだ少年の頃、第二はその感傷性や誇張癖が鼻についてきて嫌でたまらなかった時期、第三がこの三年ほどで、啄木を批判的に研究し彼の内臓している真実性を読み落とすことなく、それらを身に付けて啄木短歌の大衆性、芸術的魅力、大衆への浸透力の強大さ等を摂取しようと努力している現在の時期、である。

啄木は、大正期においても多くの読者を得ていたが、昭和になると改造社版の全集全五巻（昭3・11〜4・3）が刊行され、知人友人の回想書が出され、明治文学談話会で特集を組む等いっそう言及が増した。その結果、社会主義文学の先駆的詩人であり、夭折の天才歌人であるとのイメージが固定化される。

坪野の一連の発言はそういう再評価の流れに位置附けられるが、特に啄木の持つ大衆性に注目しているのである。そして坪野はその大衆性とは真実性だと理解する。その真実性とは、

わが病の
　その因るところ深く且つ透きを思ふ、
目をとぢて思ふ。

を歌集中の秀歌例としてあげて、「作者のぬきさしならぬ感情の湧出からきてゐる」ものだと説く。先の病床にある子規の作品を真摯な感情の発露と見たのと同様である。

Ⅲ

以上、坪野の昭和三年から十一年頃までの発言の変遷を辿ってきたが、それではそのような発言を支える実作として彼はどんな歌を作っていたのか。

まず、林田「短歌革命と短歌性の喪失」（前記）以後だが、短歌連盟の方針通りに行分け三行ないしそれ以上の作品を作っている。例えば「貧窮の中に」（『短歌研究』昭8・10）の六首から最初と最後を引いてみる。

つきづき十四五円の生活たてて
　妻の鋭つた頬よ、
いたはつてやる。

○

久しく逢わぬ母よ！
お前さま、今はもう耳が遠くなつたであらう。
さうさうと青葉わたる風きけば
お前さまの顔が灼けついてくる。

後の三首を除くと、ほぼ三行で、三十一字をさほどはみ出さないものばかりであるし、『九月一日』と比較しても割と穏やかな止め方で、叫びの要素は減少している。「俺はねちねち斗つてやる」（『短歌研究』昭8・6）や「希望に燃えて」（同上誌、昭8・7）のように詩と誤解されかねない作品を除くと、昭和十年四月頃までのものはほぼ同傾向と言える。一方、素材も、父母や姪、甥などの身内を対象にした作品や病中の自分と看病の妻を凝視した作品が多くなるし、自然詠も増えてくる。

もちろん、素材がそのように変化した理由として、病気のために行動が制限を受け、そのために身辺を見つめ直さざるを得ないことがあげられる。しかし、九

年二月の日本プロレタリア同盟（ナルプ）の解体以後、急速に力を弱めるプロレタリア文学運動の流れの中で、

追ひつめられ、
いまは手も足も出ないが、
この地区に骨さらす気だ。
胸張つて来た！

（「海猫に寄せて」『文学評論』昭10・9）

「俺達はきつと勝つ！」と云ふ真実を
この眼でみてやらう。
三十年、五十年生きて——。

（「嵐雲断想」『短歌評論』昭10・9）

のような『九月一日』の作品世界を彷彿させる歌をなお作っているのは注目される。ちょうどこの歌と裏腹にある評論が「短歌と生活意欲について」（『ボトナム』昭11・4）であり、この一文で坪野はなお、思想としてのプロレタリア短歌の不滅を訴えている。

次に、行分けから一行書きの短歌への変遷を見てみる。管見では一行書きを再開したのは「野祠に対す」（『短歌評論』昭10・9）以後のことである。もっとも、この時期は一行書き短歌だけでなく、行分けのものも平行しているのだが、一行書きだけになるのは十二年一月の「秋・不平あり」（『短歌研究』）位からだろうか。

では、何故に坪野は一行書きに復帰したのだろうか。次にそのことを見ていく。まず「プロレタリア短歌最近の動向」（『短歌研究』昭9・6）は無産者歌人連盟の頃からを回顧、自己批判した後に「我々は短歌形式のもつ簡素にして安直なる性情を愛するが故にそれを作り、又発表するのであつて、短歌に宣伝煽動の重荷を担わせようとするものではない」と述べ「伝統的短歌の再批判とそれらの「秀れた遺産の継承」に留意し始めた」と記す。

また、「プロレタリア短歌における定型観」（同上誌、昭9・11）、「短歌に於ける思想性」（同上誌、昭10・5）、「短歌と生活意欲について」（前記）、「歌壇時評」（『短歌研究』昭11・7）「短歌の完成美と未完成美」（同上誌、昭11・10）、等々の発言を通観して見ると、おおよそ次のようなことがまとめとして言える。

すなわち、坪野は、かつて短歌を啓蒙の具としたり宣伝煽動のために使用し、作歌していたことを反省し、本当の短歌とは、自分が真実と思い、あるいは受けた感動を真率に表現すべきと考えるようになった。短歌は文学の特殊な一ジャンルであり、短歌形式特有の瑞々しい生命感を備えている。優れた短歌は内容と形式が融合したものであり、そのためには過去の遺産も継承する必要がある、と。

このような坪野の考えからは当然三十一文字という定型や五七五七七の音数律が重視されることになる。一行書きより行分けの場合が少なくとも音数律効果の上では障害を生じる。坪野は棒組みの方が自然とリズム感が定まり、同時に内容も把握できるわけで、行分けをしなければならぬほど内容が難解ならともかく、そうでないならば、従来通りの棒組みが有効であるとの自明の理に気付いたと考えられる。

さらに付言すれば、棒組み定型歌を採るようになった坪野は同時に可能な限り、口語より文語を重視することともなる。その方がリズム感を出しやすいと考えたからであろう。九、十年と次第に文語の使用が多くなるが、例えば、

労働者の精根搾つた煤煙は、
天に昇れども
雲に交はらず。　（「嵐雲断想」『短歌評論』昭10・9）

の歌は十四年に歌集『百花』に所収する際、次のように文語的に訂正されている。

労働者の精根しぼりし煤煙は天に昇れども雲に交らず

以上のようにして、十一年末頃までに坪野は文語定型という先人の遺産を器として、その中に自分が真実だと信じたことや受けた感動を真摯に詠み込むことを自らに課すようになったと考えられる。

ところで、坪野の以上のような発言や実作に対しては、当然『短歌評論』内部からも批判が出た。たとえば、森谷茂「芸術としての低さ・形象の方法について」（昭10・6）では、坪野の作品が伝統的短歌に逆戻りしていると指摘され、雪寿夫「短歌制作における世界観と技術」（昭10・9）でも定型歌への後退が非難された。

しかし、生き死にを賭けた病気と闘いながら、一歩ずつ歩んで試行錯誤の末にたどり着いた彼の信念をそのような批判は覆すことは出来ない。逆に、坪野は己の行き方や考え方がもはや『短歌評論』と相容れないと知る。結局、坪野は独自に雑誌『鍛冶』を十一年十二月より発行する。

文語定型の採用は約十年ぶりの『冬月集』の作品世界への復帰と言えるかもしれない。確かに表面的にはそうである。しかし、今まで見てきたようにそこには坪野の懊悩した生き方の軌跡がみられた。歌を作るとは何なのかを常に問いながら、自己反省を重ねながらの絶え間ない前進があった。短歌形式へのこだわりがあった。『万葉集』や子規、啄木等等先人を逐一検討し

した結果得られたものであった。病に冒されながらも、そういう内的葛藤と戦いながら内容と形式との融合を目指した末に漸くたどり着いた「文語定型」である。

「現下の諸問題」（『短歌研究』昭13・9）という座談会で坪野は「この頃、自分の古い時の歌を続み返してみてゐるんですが、どうも面白くないんです。殊に観念を露骨に歌つた歌は面白くないんですね」と語っているが、「観念を露骨に歌つた」歌集が『九月一日』であることは言うまでもない。しかし、ここで注意すべきは「露骨に歌つた」と言うのは短歌の定型を無視した口語歌をさすのだが、「観念」を歌うことまで否定しているわけではない。

先に指摘した「海猫に寄せて」や「嵐雲断想」に込められた「観念」は定型に込められて詠まれることになる。そして、それこそが以後の坪野の特色の一つに数えられるものである。

先に山本司氏の『九月一日』に関する発言を引用したが、確かに坪野は一度は口語短歌の波をくぐる必要があったし、そのことによって改めて定型をめぐる諸問題について再認識できた。しかし、一方で、『九月一日』以外にも多くのプロレタリア歌集が発行された中にあって、例えば後輩の岡部文夫もそうだが、なぜ坪野がその後独自の韻律を形成できたかは、山本氏が指摘する以外に今まで観て来たような経緯にも留意する必要がある。

昭和十四年六月、坪野は第二歌集『百花』を刊行、翌年七月に第三歌集『桜』を発刊した。それぞれに八年から十一年までの分かち書き短歌をまだ作っていた頃のものも所収している。所収に際しては、既に若干の例をあげて指摘したように、一行書きにしたり文字の訂正を行ったりしている。

しかし、両歌集の十二年から十四年までの作品は正に坪野独自の世界が構築されている。それに加えて『新風十人』（昭15・7）所収の百五十五首も同様にまぎれもない独自の作品世界が形成されている。はたして、彼が漸く到達できたその世界とはどのようなものであったのか。

男坂と女坂と

――坪野哲久の初期小説

たとえば、不識文庫本『坪野哲久歌集』（1989・1）付載の「年譜」に「矢口洋三らと同人雑誌『樹々』を創刊、小説を発表」（昭11の項）とあるが、その小説はどんなものなのか、それ以降もそれ以前も単行本に所収されることなく、そのために一般の読者は哲久の小説を読むことができなかったのである。

ところが、石川県志賀町が生誕百周年を記念して『坪野哲久小説集』（平18・2）を刊行し、ために同年の物のみならず未完小説を含む十一作を私達は容易に閲読することが可能になった。以下の叙述もこの学恩によるもので、この企画を敢行した志賀町に敬意を表する次第である。

I

『坪野哲久小説集』の十一作中、戦前に発表されたのが二作、戦後のものが九作だが、ここでは戦前の二作を主に論じてみたい。

「商京錠」（『樹々』第一号、昭11・10）は間借り生活にピリオドを打ち、初めて一軒家に住むことになった夫婦の話である。一軒家といっても、二階に四畳半が一部屋あるものの、家の造り自体が人が住むようにできていない物置同然の建物である。梅雨前に新居に移転した二人の、梅雨明けを迎えるまでの様子が三年前からの回想を交えながら展開される。

　夫の安昼浩蔵は三年前、Tガスの人夫をする傍ら、収入の全てを非合法組合の書記局のために使用していたが、一軒家に移ってからは病気で働けず、妻千代の裁縫による収入に頼っている。熱が昂ぶったり、血痰が出たりの健康との戦いが続く日々を送る。かつての仲間には獄中で死んだ者や発狂した者などがいたが、消息が断たれたままの者がほとんどである。

　結婚五年目の夫婦は一軒家以前、駄菓子屋の二階に住んでいたが、今度は共同便所を使用する必要がなくなったので、千代はゆっくり大便をすることができること等にも幸福を感じる。とはいえ、薪がきれた後購入できずに古新聞で煮炊きをする始末で、生活は相変わらず豊かでない。

　しかし、裏長屋に住む女房達の話を聞き、実情を知るにつれて自分達の苦労はまだ大したことではないと二人は思うようになる。

　浩蔵の主義と行動を理解する妻千代だが、かつて自分の妊娠に対して堕胎を勧める夫の要求を結局は受け入れた経験を持つ。当初千代はもちろん、それを勧める浩蔵にも懊悩はあった。組織内の自分の立場を考えざるをえなかったし、「女の本能的な欲求」を無視しているとの思いも捨て切れなかった。夜遅くまで話し合ってついに千代が折れたのである。

　そんなことも忘れたかのように、二人は一軒家に住むささやかな幸福をかみしめる。特に千代は初めて人に気兼ねの要らない水入らずの生活ができるというので、のびのびと自由に振る舞うようになる。タイトルの南京錠はそんな千代の気持ちを示すシンボルである。いっぽう、浩蔵は「今に見てゐろ」と気概だけは忘れないものの、「女に食べさせてもらつてゐる」との卑屈な考えが頭をもたげて、日常の些細なことにも腹を立てて千代を泣かせる。もちろん、彼は病気のせいで自分が妙に怒りっぽく意地悪になっていることに気づいている。

　「あんたは物を言ふときはもう怒つてるときなのね。」

千代は浩蔵の怒つた時の形相を何よりも醜いと思ひ、顔を伏せたまゝ情けなささうに云つた。

ああ、又始つた。――とそんな時浩蔵は自分で意識してゐるのである。意識しながらも、千代の仕事から受ける、野呂間くささ、渋滞、繰返し、無テンポなど、どうにもまどろしく、衰弱した彼の神経に重苦しく苛々とからみついて来、つひ怒鳴りつけないではゐられないのだ。

また、浩蔵は、

職場にゐた頃、限られた範囲ではあるが、そこでは仲間達や生きた社会との緊密なつながりがあり、個人生活の些末な問題に心を労する暇もなく、また自分をつきつめてみる深い自己省察の時間も与へられず、いつぱし自分では「人間が出来」てゐるつもりで、でかでかと振舞つてきたのだ。ああ、それが如何に地べたに足のつかない、一人合点な思ひあがりであつたことか、

というふうに、自己省察を重ねて現在の生活態度を見つめ直したりもするのである。

この作品は一行明けの固まりを一節とすれば、全六節から成り立つ。今まで概ね述べたのは五節までだが、六節は「つゆ明けの、いかにも夏らしいすつぱりと晴れあがつたある日の朝だつた」との書き出しを持つ。以下、わずか十数行の長さだが、重要と思われる六節について述べる。粗末な一軒家にふさわしく、みすぼらしい便所は母屋から離れた場所に設置してある。そこを訪れた浩蔵が敷板の上に紙の折鶴を発見する。このあと次のように本文は続く。

「仕方のない奴だなあ! 呑気で……」と思はず口に出して云つた、が何故か笑へなかつた。

――彼奴には負けた、浩蔵は久しぶりで神妙な気持になつて二階に上り、乱雑にちらかつてゐる机の上を片附けなどするのであつた。

なぜ彼は笑えないのか、どうして負けたと感じたのか。それは先に指摘したように千代との共同生活が開始されて以来の歴史を浩蔵が振り返り、現在の有様を凝視した結果、もたらされたものである。

もちろん、浩蔵と千代は互いに刺激を与えあいながら生活を送るわけで、この「負けた」との浩蔵の感慨は千代の側からも考えられなければならない。

まず、千代は不平や不満が募るとニッケルの足のこわれた鏡を取り出し、ガラス戸にもたせかけて髪を梳きだす癖を持つが、浩蔵はこの仕草を、こんなことをしていては正当なことに対しても本心から腹を立てられなくなるからやめろと注意してきた。しかし、この動作を一軒家に移ってからも千代は意に介さず継続する。彼も以前のようにやかましく言わない。

また、間借り生活のために執拗な便秘に悩まされていた千代に対してその都度、人を気にせずゆっくり用を足すように浩蔵は叱りつけていたこともあった。

さらに、引越し後の千代の内職が意外にも繁盛し、本当は喜ぶべきところを逆に病気でイライラしているせいもあって、彼は長時間続ける彼女に「いい加減にしてよしたら」と文句を言う。しかし、そんな場合も彼女はさして反論しない。

しかし、それが度重なると終に彼女は閉じていた口を開く。

「あんたのその顔、鏡に映してみたらいいんだ。……そんなにわたしが憎いの。」

「莫迦ッ！　話がちがふ、――おれは今、憎いとか、憎くないとかを問題にしてるんぢやない。」

「ほかのことなんか、どうでもいいんだ。わたしにとっては、憎いかどうかが一番大事なことなんだ。」

これは、おそらく彼の口からこれまで何度も理論から割り出した言い方を吐かれ続けてきたはずの彼女が精一杯の抵抗をみせ、本心を語った発言である。

こうしてみると、千代は浩蔵の主義主張に敬意をいだきながらも、それを踏まえて共に歩む、つまり自分を変えていくという生き方よりもむしろ、最終的には彼に対する好悪の是非を判断基準にしてきたらしい。したがって、理論を優先し、それに従った人生を実行して生きてきた浩蔵にすれば、この発言は余りにも意外で、「―女のこんな―無自覚と云へば余りにも無自覚な―ひたむきなはげしい言葉にどう手をつけやうがあらうか」と当惑せざるをえないのである。

しかも、浩蔵が活動を離れ、自身も病を得て妻の収入に頼る日々を送るうちに、妻への負い目も加担して浩蔵は理論よりもむしろそういう好悪を判断の基準にする生き方にも目を向けざるを得なくなる。一方、妻は相変わらず夫の叱責を受けながらそれにめげることなく、また、困窮な生活を続けながらも初めて一軒家に住めるという幸福を十分に噛みしめている。いわば、「余りにも無自覚な」生き方に磨きをかけることになる。

折鶴はそういう妻が到達した心情のシンボルだが、浩蔵が、それを呑気でと言いつつ笑えないのはまさにこれまでの自己の生き方に迷いを感じた、あるいは極端に言えば、敗北を認めたからに他ならない。「彼奴には負けた」ということになる。

こうして、浩蔵は引越し以来荒れるに任せていた自分の机の上を片づける。

ところで、この作品は浩蔵夫婦の描写はもちろん、以前住んでいた駄菓子屋の夫婦や現在の大家である八百屋の一家、隣接の長屋の住人達それぞれが生き生きと描かれている。たとえば、駄菓子屋の爺さんの、婆さんに叱られるのを恐れながら将棋をさすその様子や、客には無愛想だが、子供をかわいがる八百屋の主人と人のよいお上さん、おしゃまな女の子等々に対する叙述、長屋の、薬屋の外交をする夫をもつ妻の愚痴話の的確な描写等、である。彼らの姿に反撥したり、共鳴したりしながら浩蔵達は今まで以上に未知の世界を知ることになり、人間として「成長」する。

また、冒頭に近い次の例からも知られるようにオノマトペが有効に使用されているという特色も見られる。

と笑ひながら云ひ、上へあがつて三歩ばかりあるいたかあるかぬうちに、黒く汚れたうはしき諸共ミシッと踏抜いてしまつた。木の屑だの紙屑だのがごみごみと爪先にからみ、泥臭くて無気味に冷たい空気がスーッと鼻つらをかすめた。

Ⅱ

「雷雨」(『樹々』第二号、昭12・4)は前作とかなり設定が類似する。夫・荒谷英助が病気のため、変わりに妻・ぬひ子の収入によって生活を賄われること、夫が道路工夫をしていたが、ある運動に関係したため馘首されたこと、さらに子供がいないこと等々大前提が類似する。のみならず後述するが、結論を先に言ってしまえば主題すらそうである。

この夫婦はどんな小さな問題でも話し合いの相談をもち、納得の上に実行するようにしてきた。しかし、彼が仕事を首になったある日、突然喀血して二年ばかり寝込んで、その間妻が生活を支えるようになってから微妙にその生き方に差異が生じるし、彼の物の見方も変化してくる。

英助が最初に病臥生活を送ったのは玉川近くの百姓家の離れだったが、五月末に海辺に近い新開地にある炭屋の二階に引越ししてきた。辺りは自然に恵まれている。散歩に出る彼は人間生活と自然が密接な状態にあることに気付き、古人の歌や俳諧や茶の湯や禅などの境地も何となく理解できるようになる。玉川近辺の武蔵野つづきの自然とは異なって、自分をドキッとさせる侘びしさが潜んでいるようにも感じる。しかし、一方ではそういう自分に対して「譬へやうのない厭やな気持」を感じる。というのも「広大無辺な自然を切り拓いて行く人間の力に対し」絶大な信頼をまだ寄せていたからである。徹夜で道路修繕をしていた頃は、風流どころかむしろ吹く雨風にやりきれなく苛立ちを感じていた。

夜遅く帰宅する妻を出迎えに、途中の神社の境内で腹をこわしてしゃがみこむ彼は次のように感じる。

さうだここは神聖な場所なんだ、とハッと自分を

> 省みた。こう云ふ突さにおこつた感慨は、英助が平常いだいてゐる思想や感情とは別個に潜在してゐたのであらうか。常には理論や感情の上で明確に否定してゐながらこんな時になればドキッとした気持にひきずり込まれるのは一体どうしたわけであらうか。古いものや非歴史的なものの存在を一応は否定しながらも、人間と云ふ奴は案外な古さを、過去の長いしきたりを全然否定出来ないのではあるまいか。感情の上で否定してゐるといくら力んでみても、一皮剥けば潜在意識と云ふ奴が強靭な網を張つてゐて人間の突ぴな振舞を喰ひ止めてゐるのだ。物わかりのよい人徳のある男などと云はれてゐる人間に限つて、この潜在意識の働きが旺盛なのではあるまいか。

この神社観の見直しも、先の自然に対する新たな発見と共にいずれ英助の世界観や人生観の変更につながっていく可能性を持つ。

自然や神社だけでない。人間についても視界が開けてくる。たとえば、大家の炭屋は三男四女を抱える家族だが、十六歳の長女は母親代わり役を立派に果たしている。しかし、健常児とは程遠い体形の持ち主だけに英助達はいっそう哀れを誘われる。また、母が双子の子に授乳する姿を目撃しても、英助はいやな感じよりもむしろ心に豊かな情感をわきたたせる。

また、ぬひ子に関しても、バー「灘一」に勤めて初めて酒に酔っ払った姿をみた英助は帰宅が遅い時、店の前まで行き、そこで主人と二人で自宅と逆方向に歩く姿を目撃して妻に裏切られたと思い込み、あいつは「売笑婦」とまで言い切る。しばらく後をつけて、主人と別れて一人になった妻を罵倒し、殴りつける。二人はその後口をきかなくなるが、寝込みながら彼は考える。

> 四年余りの協同生活の間に、あの夜ほど自分の低さ醜さをぬひ子の前にさらけ出した事はまだ一度もなかつた。—女と対等にふるまはねばならぬとこれまで努力してきたことも、いよいよとなるとやくたいのない男のエゴイズムがのさばり出すのだ。

と。さらに、

日が経つにつれ忘れるどころかこの間の夜のことが頭にかつきりきざみ込まれてゐて、長い夫婦生活の間に誰だつてぶつたり叩いたりすることはあり得るのだ、そんな事を重大に考へ過ぎることはこれも病気のせいかも知れない、しかし、ぬひ子が男の暴力に負けないで武者振りついてくるやうな女であつたら自分の今の気分はもつとさばさばしてゐるに違ひないと英助は思ふのであつた。

というように、これまた男のエゴを剥き出しにする。

しばらくしたある日、彼の方からまともな口をきく。すると、それを契機に彼女もあの夜の仕打ちの結果「今まであんたを偶像視し過ぎてゐた」ことがわかったと自分の感想を語り始める。

その十日後くらいに彼女の走り書きしたメモに従った英助は「灘一」を訪れる。店内の様子を観察し、主人と応対するうち、彼は大した店でないし、さほどの男でないと知るや、こんな店では長く保つまいと傲慢な気持ちが湧いてきて早々に辞するし、帰途も今までの沈んだ気持ちとは裏腹の明るい力強い気分を感じる。こういう感情の変化はこの時点でもまだ主義を第一義に置き、それ以外を認めないある意味では偏狭な考えが英助に残存していることを示している。

こうして、久方ぶりに昂揚感を味わった英助は病気であっても、暗黒時代であっても何もしないのは卑怯だと思って、地図を購入して「工場調査」の仕事を始める。

作品はこのような英助夫妻を中心に展開するが、「南京錠」と大きく異なる設定は英助の甥と新興宗教家を登場させていることである。

甥の良一は、田舎から彼を頼りに上京し、最初は文輝堂という印刷屋に勤め、そこが倒産したため、次に小高製作所に世話になっている。小高への就職は文輝堂の隣家に住む大熊市五郎が良一をえらく気に入って、自分の実家に近い小高を取り持ったのである。

当初、甥に対して英助は肉親という意識を捨てて、階級意識の洗礼を受けた労働者と未発達の少年工という関係に限定して彼を階級的に訓練し、自分も共に高まりたいと考えていた。ただ、それには文輝堂が熱心な天理教信者であるため、その誘惑に負けないことが大事だとも考えている。しかし、言葉巧みに勧誘された甥はそれにも興味を示し始める。この新開地に引っ越してから訪ねて来た甥には懸念したように天理教とかかわっている感じを受けた。

しかし、半年前はおそらくそんな良一に対して激怒したろうが、久しぶりに会った今は彼への怒りよりも自分がそのことを科学的に解決する自信を持つことができない辛さが先立つ。その心中を次のように述べる。

> 有害無益な公式理論を振りまはす術は知つてゐても、たった一人の少年にさへも物事をかんでふくめるやうに理解させることが出来ないのではないかとおのれの無力を省みて暗い気持ちになつた。

この引用箇所による限りは、無力を感じた彼が今後はその理論により磨きをかけてどんな状況にも対応するべく、決意を固めたのか、それともその理論の限界を感じたのかのいずれにも読み取ることができる。しかし、先に見た自然や神社、身近な人間観察等に対する彼の再認識を勘案すると、前者よりも後者を採った方がより自然であろう。

文輝堂が新開地の家を探し当ててやってくる。印刷屋を廃業して天理教の布教師になったという。英助をも勧誘にきたのだ。脈があるとみたのか、その後も何度か来る。会うのが厭な英助は居留守を使ったり、外出したりした。

秋風が吹き始める頃、妻が出かけた後である。英助は見覚えのない少女の報せを受け取る。良一が大怪我をしたという。道すがら、一月も会っていない甥のことをあれこれ考えながら向かった先には、大熊と文輝堂がいた。怪我に対して責任逃れのような言い方をする上、半日も連絡を怠っていることを知った英助は雷雨轟く中、雇い主と交渉すべく工場へ向かう。その最終場面である。

頭の真上で雷が震動した。雨あしが白ッぽく光つて横ざまにぶつつかつてくる。英助は幾年ぶりかでぬきさしならぬ現実の前に立たされ、「糞ッ！俺一人だつてやつてみせるぞ！」と捨身になつて走りつづけた。

英助が「俺一人だつてやつてみせるぞ！」というのはこれが作業中の怪我で、明らかに公傷にもかかわらず、工場に世話した大熊が早くも係わりを避けて「叔父さんが交渉してほしい」と責任逃れをし、それに腹を立てたからに他ならない。会うまでは宗教に走った甥を怒鳴りつけ、殴りつける積もりだったが、今は甥のためになんとかしてやらねばという血の濃さがそう仕向けたということだろう。

この作品は以上で閉じる。前作同様に新居に移ってから数カ月の様子が回想を交えながら展開する。ただ、かつての運動家が病を得、かつ妻の収入に頼るようになって、また、新住居の隣人達に種々学びながらそれまでの指針としてきた生き方に疑いの目を向け始めるという点で「南京錠」とは共通するものの、身内の存在と宗教がそれに絡む点では異なる。

身内とは甥のことだが、彼に対しては病気以前と以後では接し方が異なるが、このことはすでに述べた。もう一点は文輝堂である。文輝堂に対しては「虫が好かない」とか「話が退屈だ」とか本人の前で明白に言えない彼は一度居留守を使うと、今度こそは態度をハッキリさせようと心構えをしているものの、いざとなるとまた居留守を使う破目になる。ならば、対抗する理論武装をすれば道が開けるかもしれないのに、それもできない。また、それができない故に甥が立派な信者であることをぬひ子の前では言えずに、腹に収めてしまう。さらにそれがストレスを溜める理由ともなり、夫婦間に会話が少なくなるということになる。

果たして、英助は以前のように運動に復帰するだろうか。確かに、「工場調査」の仕事はしている。自身とぬひ子の関係に加えて大熊や文輝堂達の実態を知るようになり、「ブルジョア対プロレタリアといふやうな大雑把な分析だけでは複雑多岐な人間生活の秘密を掴むことが出来ないのではないか」と考えるようになったし、近代的な生産工場に憧れる自分はそこで働く者は皆高い意識水準に達していると思い込んでいた。しかし、同様にそこで働く良一が新興宗教を信じている事実を勘案すると、「存在が意識を決定する」との命題が我が国の現実にそのまま適応されないのではないかと思うようになる。

こういう記述から敢えて推定すれば、英助は少なくとも以前のような意識では参加しないだろうし、あるいはもっと現実に合ったものと認識した上で参加する可能性がある。

Ⅲ

両作とも作者の経歴にかなり負うて執筆されていることは、坪野哲久に馴染んだことがある読者なら容易に気づくはずである。

例えば、「南京錠」で車庫近くに住んで、米の一升買いをしたり、新聞紙で煮炊きをしたりする場面があるが、第二歌集『百花』(昭14)中に次のような歌が所収されている。

車庫裏にて
其の一

夕土間に薪割るきけばいささかの米を購ひきてつまは炊くらし

行水の湯わかす反古に故郷からの無心の手紙あり焼きすてがたし

入車庫のパンタグラフも赤錆びて車庫労働者着ぶくれてみゆ

昭和九年の作とある。また、「雷雨」で甥が上京するが、「康吉」との見出しで次のような歌がある。

少年のあこがれごころを訴へず印刷工見習の仕事に励む

時間のぎりぎりまでゐて疾足で帰つてゆく子よ霜どけの道を

これも、昭和九年とある。ただ、一方に「甥」と題する十三年のものも所収されているが、「雷雨」発表後だからそちらは参考にする程度でよいだろう。

また、「雷雨」で英助が二階の出窓から海猫が飛ぶ様を見る次のような場面がある。

街空に淀んでゐる煤煙の層を突つきり、海猫が二羽わが物顔に飛んでゐる。力溢れて羽搏く翼が、急に角度を切るとき、キラキラと輝いた。英助は海猫の飛ぶさまをいつまでも飽かずに眺めてゐた。

これも「海猫に寄す」と題して十年の歌が所収されている。

地区の空をわがものがほに飛び翔ける海猫の自由をわれらは持たず

煤煙の層を突つ切る夕鳥の羽搏き放つ銀いろの光

前記「年譜」によれば、妻あきとの結婚は六年三月であり、昭和七年に東京ガスのストライキ中に喀血、とある。十一年に執筆された「南京錠」では同じく二人は結婚五年目、Tガスの人夫をして後喀血と設定されている。

さらに、組合活動や会社馘首、検挙に関しては「年譜」の昭和四年から六年の項に記述されている。つまり、四年に大学を出た哲久は東京ガスの人夫となり、組合に加入。のち、共産派の労働組合全国協議会（略称・全協）の運動に従う。全協は非合法の運動に突進した団体で、昭和五年には全協刷新同盟が組織されたが、まもなくモスクワからの批判によって解散している。また、哲久が所属した化学その他の金属、交通、電気、繊維等々の産業別の組織に整理して運動が続けられた。五年には『戦旗』（三年に日本無産者芸術連盟の機関紙として創刊）の発行に従事するが、翌年夏に戦旗社員として検挙、不起訴になるが、東京ガス社外工として働いている時に再び検挙された。

　こうして見ると、もちろん虚構を含むものの両作とも昭和四年から十年頃までの作者の体験を濃厚に採用しているということがわかる。私小説と言ってもよいだろう。つまり、同作は焼き鳥屋（十年）や編集スタッフに就く（十一年）以前の自身を改めて観察、点検して執筆されたものである。おそらく逼迫していく現状をいかに生きていくべきかのためにそれはなされたに相違ない。

Ⅳ

　ところで、両作が発表された昭和十一、二年の文学界はどんな様相だったのか、ここで改めて確認しておく。日本プロレタリア作家同盟が解散したのは九年三月であったが、以後いわゆる「転向文学」が発表されることになる。社会的事件としては二・二六事件が起こったのは十一年であったし、盧溝橋事件は翌年七月に勃発している。

　こういう動向に坪野が無関心であったとは思えない。実生活では三年に及ぶ病臥生活を終えて練馬街道に焼き鳥の屋台を出して、その後平凡社の社外スタッフとして編集の仕事に携わっている。長男も誕生した（昭和十二年一月）。しかし、胸部疾患が再発し（十六年）、その病臥中に治安維持法違反で昭和六年に続く検挙を受けた（十七年三月）。

　こういう履歴を見据えながら改めて両作を見てみると、どのようになるか。「南京錠」は浩蔵が主義を捨てたというよりも、千代という主義を持たない人間を再評価し直したものといえるし、「雷雨」もそれまで主義を第一義に生きてきた英助が種々の場面に遭遇してその主義以外にも意外な価値を新たに発見するものである。両作とも主義は最上位の地位を脅かされる点で共通する。しかし、これらでは主義を捨てることは明白に述べられていない。主義以外のものにも同等の位置付けを与える。その結果、相対的に主義の価値は下がったかも知れないが、まだ捨てることは宣言されてはいない。また、浩蔵も英助も主義の価値が下がることにひけ目や痛みを感じているわけでなく、そのことによって、主義を第一義に考えていた頃の自分を極端に憎悪しているでもない。

ここで、哲久の短歌に目を通すと、『百花』に所収していない昭和十年九月発表の二首がある。

いまは手も足も出ないが、
この地区に骨さらす気だ。
胸張つて来た！　（「海猫に寄せて」）

「俺達はきつと勝つ！」と云ふ真実を
この眼でみてやらう。
三十年、五十年生きて—。　（「嵐雲断想」）

また、「短歌と生活意欲について」（『ポトナム』昭11・4）をこれに並べてみると、先の小説二作の「主義」がなお堂々と主張されていることに私達は気付く。

つまり、ここでは運動の萎靡沈滞やジグザグな歩みがあり、「転向文学」なるものの蔑視的な出現、日本ローマン主義の運動等々、運動全体が懐疑の淵へ投げ込まれた感がある昨今、重大な打撃から受けた自分達のさまざまな経験を色相豊かに貯え、それを真実な姿で打ち出すことが必要である。客観的真理に肉迫しようと身構え、ひたむきな実践（自己鍛錬による）によって自己の把持している思想の真実性を裏づけようとするプロレタリア的進歩的な態度が重要である。より高度の世界観の把握と逞しい生活意欲によって、現実社会の諸矛盾を芸術的形象性を以て創作する努力が肝要である。このようなことが主張されている。

もっとも、先の二首は第一歌集『九月一日』同様に分かち書きだが、同月発表の「野祠の対す」以降は一行書き短歌が多くなり、十二年一月「秋・不平あり」以後はそれのみと見られる。

形式だけではない。内容においても伝統的短歌に逆戻りしたとしてプロレタリア短歌の牙城『短歌評論』誌上で批判された。しかし、坪野は観念を露骨に詠った昔の自作プロ短歌をおもしろくない、と言い切って『百花』冒頭と同世界の歌群達を読み続けていく。この辺のことは小稿「坪野哲久論—その初期の様相」（本書二章）で述べたので、繰り返さない。

哲久は合同歌集『新風十人』（昭15）の「断片的に」において「つまるところ、作家はとことんまで個に執着しなければならない」「個を極め個に徹底すればするほど自然的に社会なり時代なりに繋がりをもち、ふかく響きあふに相違ない」と述べる。この発言は、乱暴な言い方になるが、それまでの個を主張せずに個を犠牲にして組織をとおして社会や時代と繋がりを持っていた生き方を脱して、それとは異なる方法で同じ目的に達する道を見出したことを意味するのではないか。「南京錠」「雷雨」の二作はそういう哲久の、「断片的に」の発言への途次を示すものと理解できよう。主義は捨てないが、それと同様、あるいはそれ以上に個に執着した生き方を重視するということを発見する過程を述べた作品である。

坪野哲久『百花』論

『歌集 百花』（書物展望社、昭14・6）は目次を見ると、昭和十四年の百花禱（三十一首）花紋（二十一首）春雷（十三首）、昭和十三年の伊豆山河（十一首）折にふれ（七首）秋立つ（五首）等々、以下昭和八年の木々の芽（七首）秋刀魚（八首）に至る七年間の合計四百四十二首を所収している。逆編年体を採用する。歌集名は〝びゃくげ〟と読むが、集中の「死にゆくは醜悪を超えてきびしけれ百花を撒かん人の子われは」による。『九月一日』に次ぐこの第二歌集を坪野がどのような意図で編集したのか。たとえば、巻末の「小記」では口語歌自由律作品は省いたとあるが、それ以外にどんなねらいがあったのか。今日見るこの歌集はどのようにして完成したのか。そしてその結果読者はどこに魅力を感じて読み続けることになったか。これらについて知るには当然ながらまず四百四十二首を丹念に読み解くことから始める必要がある。

I

まず、逆編年体を採ったことについて考察する。たしかに、坪野がこの七年間の軌跡を読者に知ってもらいたいならば編年体を採ったほうが無難だし、それが普通の方法でもある。したがって、山本司『坪野哲久論』（短歌新聞社、平7・5）が歌集の後ろの八年から九年、十年と読み進めることによって作品世界を解読しようとしているのは正当な手順である。その結果明らかにされたことについては以下で折にふれて言及するが、それにしても、なぜ坪野はこの方法に従ったのだろうか。

本を手に取った読者は通常、前から順にページをめくる。そこに魅了されれば、さらにページをめくって読み進める。したがって、小説の場合はもちろんのこと歌集においても巻頭は全体の評価を左右する大事な部分である。そう考えると、彼はこの七年間の軌跡を編むに際して、未熟な八年の物よりも編集現時点での到達度を示す十四年の作品六十五首を最初に置く必要をまずは考えたのであろう。この六十五首は先にみたように三つの見出しがつくが、約半数を占める「百花禱」が特に重要である。

全三十一首から成り立つ冒頭の「百花禱」は次のようなものである。

其の一

家ゆきてあくなき母の顔をみん能登の平に雪あかねすも
母のくににかへり来しかなや炎々と冬濤圧して太陽没む
雪みちに立ちつくしたるかくまきの郷人さびてわがものならず
昏れふけてこな雪しまき西方に群落なせる星みだれたり
母よ母よ息ふとぶととはきたまへ夜天は炎えて雪零すなり
わが母よ稼ぎうまざりき病みつつもわらべのごとく丹ほほ保つ
天地にしまける雪かあはれかもははのほそ息絶えだえつづく
ものなべて天地に還るべきなるを母は求希すも浄土荘厳
桑の根の尉となれるをかきならしなにをおもへるわが父なるか

こころ堪へて大戸を繰ればくろぐろと欅かげさすわが深夜門

空ふかく星をとどめてありしかばこころのみだれ極まりにけり

母のいのち短かからめや凍土に欅は息吹きその影おとす

ははの家とともにあり経し欅かも樹ぶり寂かに霜夜さやげり

其の二

風白む冬のおどろに一匹の虫だになけよ天地冥し

牡丹雪ふりいでしかば母のいのち絶えなむとして燃えつぎにけり

いのち細れる母のくちびるうるほさん井桁に高く雪ふりつもる

煤けたる梁の腕木に紐をたれ戯べるわれや母の子にして

病む母の枕がみにて泣きにけりはらから三人寄り集ひきて

暁しじま零りくる雪はちりぢりに井底に青きひかりとなりて

かうかうと空むらさきに霜けだち更けしづみたり一樹そよがず

能登ぐにのやさしき地をおもふゆゑ身に沁みにけり霜万朶の声

冬潮に母のしかばね皓として運ばれしゆめうるはしかりき

おぼろなる雲をせばめて大き雲ひた圧しにけり月さへなしも

雲うつりおぼろに月はてりながら真竹の藪に雪もみあへり

寒潮にひそめる巌生きをりとせぼねを彎げてわが見飽かなく

沖雲にまぎるる澪のひかりにぶしわがくに人は冬漁りすも

暮れおちて雪路を行けるかくまきが沈めるごとくまなかひに消ゆ

山畑の桑の梢が藁しべにて結ばれあるが涙ぐましも

能登のくにいかつきもののあらざれば雪をかぶりて

地の親しさ

にほひだち豊雪ふれり椿樹かげわが家の墓石幽かにあれや

死にゆくは醜悪を超えてきびしけれ百花を撤かん人の子われは

これら三十一首を読み通してみると、かつて「せい一ぱいの体あたりの仕事」(「小記」)と比較して雲泥の差ほどに詠みぶりが違うことに気付く。その後精進を重ねた坪野の、第一歌集『九月一日』と比較して雲泥の差ほどに詠みぶりが違うことに気付く。

そして以後形成される歌風の原型ともいうべき体がこれらにはみられる。その語彙や対象をみるまなざし、声調や音律などに関していえるのである。そのことは『九月一日』との比較だけでなく、『百花』内のたとえば終わりに置かれた昭和八年の秋刀魚(八首)から同一素材と思われる二、三首を抜粋して比較してみてもより明確になる。

桑畑に秋蚕の腐り捨てにゆきふかぶかと息づきなげけり母は

父と母老い衰へてゐろりべに焚火する頃か眼に沁みて感ず

欅の落葉田舎の家の便壺に浮ぶ秋の日わが父と母よ

対象に対する悟入の深さや心象を言葉に定着させる際の厳しさ等においてかなりの差異があることを認めざるをえない。

さらに具体的に述べると、三十一首は初句切れや二句切れ、三句切れなどじつに多彩に声調を操っている。また、末尾も「たり、けり、なり、り、も、つ、や、」や体言止、等々鮮やかに使い分けている。語彙においても「求希(くけ)、浄土荘厳、百花(びゃくげ)」など坪野特有の仏教語が使用されたり、第五首目や第十四首目などに特に顕著な、大仰ともいえる、のちの坪野の特徴ともいうべき詠みぶりが見られたりするのである。歌集を編む際、自己の現到達点を読者に示すべく完成度の高い十四年の作品を巻頭に置いたのはこのような進歩の跡を自他共に認めたからではないだろうか。

ところで、この三十一首を通じて読者に訴えかけるものは何か。それは母に対する想いであり、故郷能登の自然や人々に対する愛情である。父に対しても九首目の一首だけ思いのたけを詠っているものの、母に対しては三十一首中十三首を占めるほどである。「小記」にあるように十三年十二月に母危篤の報せを受けて十年ぶりに帰省し、それが素材になったという偶然があったにせよ、帰省にあたって能登を詠んだ十首とあわせて三十一首中二十四首が故郷とそこに住む両親特に母を対象に格調高く詠み上げられている。おそらく坪野は以上のような内容面の特色を持つ三十一首を意図的に巻頭に置いたのであろう。その結果、本人が想像する以上にこの歌集の評価を高くすることになった。なぜなら、多くの読者は次のような歌を想起するはずだからである。

みちのくの母のいのちを一目見ん一目みんとぞいそぐなりけれ
死に近き母に添寝のしんしんと遠田のかはづ天に聞こゆる
母が目をしまし離れ来て目守りたりあな悲しもよ蚕のねむり
（斎藤茂吉『赤光』）

『百花』同様に逆編年体を採る『赤光』の有名な「死にたまふ母」から一部引いたものである。坪野が新進の歌人だとしても、茂吉はこの時点で『アララギ』の大家として著名であり、『赤光』は広く歌壇内外の支持を得た茂吉の代表歌集としてあまねく知れ渡っていた。そのような歌集だからこそ読者はこの三十一首に『赤光』との類似性を感じ取ったはずである。同時に哲久歌の水準の高さをも。

坪野にとって『九月一日』の頃は敵対視していた『アララギ』や茂吉でも、元来師の赤彦の弟子である上、その後『万葉集』を再評価するようになってからは特にまともに茂吉を詠み始めた可能性が高い。たとえば、「『アララギ』の指導精神とその業績について」（昭10・10）で好意的態度を表明した坪野は、『百花』直前に発表した「歌壇長老論」（昭15・4）において茂吉に対して「われわれ若き世代のものに納得の出来る作品を示しつづけてゐるのは斎藤茂吉氏である」とエールを送り、二十三首について鑑賞を試みている。さらに戦後になるが『昭和秀歌』（理論社、昭33・1）においても最大級の賛辞を送っている。この中では「死にたまふ母」からも引用している。坪野が『百花』編集の段階で「死にたまふ母」を意識していたことの決定的証左は今のところ得られないが、読者がこの三十一首からそれを連想するのは間違いない。

作品に戻る。「死にたまふ母」と同じように「百花禱其の一」も故郷を歌人が訪れ、なつかしい家に入って母と対面するというドラマ仕立てを取っている。

まず一首から四首は久し振りに帰郷するまでを詠み、五首から九首は家の中での母との対面を詠い、十首から十四首は家から外に出た歌人が周囲を見わたす、という具合になっている。「其の二」もそれを受けて、十五首から十八首が家の中に視線を置く。そして、十九首から三十首は再び戸外に出て、情景を詠む。ただ「其の一」と異なって歌人の眼は我が家だけでなく、視野を広く取って能登の自然や人々をも捉えている。ちょうど「其の一」の一〜四首に回帰するかのようである。そして以上の総まとめとして三十一首目が置かれる。

三十一首目について山本司氏は次のように述べている。

〈百花を撒かん人の子われは〉の作品から『碧巌録』・第五則の中の「百花春至為誰開」（百花春至って誰が為にか開く）も想起される。それは、百花は誰のためでもなく精一杯にただありのままに咲いているのであって、この自然の大道にしたがって、〝無心の世界〟に生きることを頌しているのであるが、〈人の子〉である哲久はそのような悟った心境ではなく、狂おしく〈百花を撒かん〉としているのである。（前記）

たしかに坪野は〈百花を撒かん〉と決意したと読むことが可能である。とすれば、彼をしてそのように決意させたものは何か。そのヒントになる歌を例えば二十五首目に見出すことが可能である。ここで歌人はなぜ巌を見続けているのか。おそらくその巌は都会という荒波に揉まれる自身と二重写しになっていたはずである。しかし、今故郷に戻って新たなエネルギーを与えられて、改めて「百花を撒かん」と決意できたはずである。

さて、このように母への想いと故郷への愛情、自己凝視この三者が一体となって「百花禱」は「死にたまふ母」とはまた異なる独自の世界を形成している。むろん、それは坪野特有のものではあるが、同時にそれは読者を惹きつける別の要因を備える。その要因とは茂吉の歌も有するもので、同時に日本人独特のものといってよい。

神島二郎『近代日本の精神構造』（昭36・2）や山村賢明『日本人と母』（昭46・3）等でも指摘されていることだが、明治以降、農村から上京してきた人々は都会での焦燥や疲労を癒すものとして故郷を基底においている。その故郷には常に自分を暖かく見守り、支えとなり、励ましてくれる存在の母がいる。まさに日本人の母子関係は特別なものなのである。翻って、坪野の場合も例にもれない。「百花禱」三十一首中、二首目で「母のくに」といい、十三首目で「ははの家」と述べるのはその証左といえよう。

以上冒頭の三十一首について見てきたが、それは一つのドラマと主張を形成する独自の世界である。その声調の厳しさや多様性、格調の高さや素材の普遍性等々において魅了された読者は、さらにその延長上の「花紋」「春雷」や十三年以下の世界に引き連られていくだろう。それは坪野の意図どおりだったかもしれないが。では、それはどのようなものか、次に見てみよう。

「花紋」は冬一～三に分れているが、冬の季節をバックに「天窓の玻璃にうつれる星の座はうつくしくしてみだるるなしも」のような叙景歌を四、五首は含むものの、半数以上は歌人の欝々とした心情ないし煩悶、やるせなさ、怒り、といった感情を詠ったもので占める。

いとけなくうるはしとのみいはめやも子の面上にわれのいかり捺す
いづかたにやすらぎありや心ふかくはびこりゆける孤つなるもの
くるほしくなりゆくきはもおとしめず花紋をゑがき死なば死ぬべき

「春雷」はタイトルどおりに春を詠んだ「をとめらは虹のごとかりさざめきつつ春のちまたにすがた消しゆく」のような明るい歌を巻頭に三、四首並べているものの、そのあとは「花紋」同様に自身の心情を吐露した歌が続く。

ほそぼそき暈をゑがきて近づけずいのち果てむとおもへるなるを
かぐはしき遺響といふもひそかにてわがうつつなるすがたはゆけり
くずれたつこころはいかにいたきまで和にぎしかるすがたひき放つ

しかし、「花紋」ほど調子は激越ではない。いずれにせよ、「花紋」も「春雷」もドラマ性に欠けるものの、先の三十一首と比較してなんら遜色ない声調と語彙力と素材の普遍性とを備える。では次に十三年以前の作品についてみていく。

II

まず、十三年の五月に父が上京して十年ぶりに再会した哲久は、それを歌に詠む。集中の十三年作百八十五首中、母を詠んだのがわずか二首なのに対して父のそれは三十九首と断然多い。七十五歳をむかえた父と十年ぶりに会ったことのなつかしさ、老いへの驚きや同情、哀憐、感謝等々の感情が述べられる。

老父よ息まじへたりこの年月くもりに立ちて吾はわれならず
生き凌ぎて卑吝におちずある父をなげくがごとくわ

れつぶやけり

隣室に煙管のほそくたたくおと渇けるわれの胸をうるほす

ただ注目すべきは先と同じようにその数と同数ほどの自己凝視の歌がみられることである。それは時に自然描写と自己を一体化した歌であり、人間観察の折に自己を重ねあわせたものであったりする。

鳴沢の玉走る水ここにしてわがかげ黝くもみたぎちたり

にごりふかきわれのいのちか口かわき山棟蛇の尾を断ち切らむとす

軍馬どもアスファルトの坂をくだり来て大粒の汗を惜しみなくたらす

前の二首は多少大仰ではあるが、歌人の欝勃たる内面と叙景がみごとに二重写しになっているし、後の一首は叙景の背後に軍部への怒りや抵抗の念が込められていると見られよう。

十二年一月に長男荒雄が誕生する。したがって、十二年の作品に子どものことが多く詠まれるのは当然である。六十一首中、二十四首を占める。それらには子を得た喜びや驚き、新たな生の発見、そして責任感等が詠みこまれている。

夜のふけを物書く机のまうへにもむつき垂れさがりゆたけしこの冬

坂の上にかうかうと光る冬木かもまだ眼のみえぬ子の声ひびく

また、出産前の妻へのいたわりの気持ちは十一年頃からの歌によく見られていたが、それは十二年にも続く。

うつうつと目覚めてなげけり母と児がとなりの蚊帳にむつびをる声

土間の冷え素足にひびくこの夜ごろ胎動しきりなる

　妻を早寝さす

このように妻子を素材にすることが多い十一、十二年だが、以前同様に自己凝視の歌が一方でかなりの割合をしめていることに注意しなければならない。

　たまさかに捨てぜりふの舌を吐くのみにて激語することなしにこの幾年を
　地の霜に両手支へて神経のたかぶりおさへたり諍ふなかれ

病が癒えた後に練馬街道で焼き鳥の屋台を出した哲久だが、商売上の悩みや仕事への不満足感、あるいは必ずしも納得がゆくわけでない世情、そのような気持ちが吐露された歌である。

また、八、九年は喀血をみた彼が病床に伏せることを余儀なくされた年であり、この両年の歌は当然ながら病中のわが身を託つ歌が多くなる。

　一尾の秋刀魚つつきて深く想ふ働くことなく生きて今年の秋は
　西行の出家遁世はうなづかねどこころしづかになりにんにく剤を噛む

しかしながら、『九月一日』を色濃く被っていた権力への抵抗姿勢は病床にあっても薄れることはなく、なお歌に詠まれている。

　真夜なかを分電作業のとどろけば電鉄職工痩せると思へ
　凶作地帯の被害細目を読みをれば軍馬の列は街道を疾駆す

以上十四年から八年までの年毎の、主に素材面に焦点をしぼって歌の特色を見てきた。その結果、最初の三十一首に引き続いてさらに読み進めると、故郷とそこに住む両親だけでなく、さまざまな素材を対象にして作品世界が展開していることが判明する。すでに見たように、その年々によってそれらは多寡があり、アンバランスを生じている。しかし、全編をつうじてみると、両親や妻子、故郷、動物や植物そして自然、権力への抵抗姿勢等々の素材がバランスよく詠いこまれていることに気付くのである。その割合をいえば、子ども（十二％）自然（十一％）権力への抵抗姿勢（十一％）父（十％）と続き、次に故郷（七％）動植物（七％）母（六％）妻（六％）の順になる。あまりにバランスがとれているのだ。もしかしたら坪野は歌集を編む際、意識的にその配置を考慮したのではないかとさえ推察される。バランスを考えて歌の取捨選択をしたのではないかということである。そのように考えざるを得ないほど素材の配分がみごとだからである。

しかし、一方で注目すべきは、それら様々な素材より自己凝視の歌の割合が断然多いことである。私見によれば、二十二パーセントを占める。純粋に自己と向き合った歌がこの割合だが、他の素材を詠んだ際のかかわり方を勘案するとさらに高率になる。「小記」で「歌を生活のなかから咲き出る花群とみてゐるので、自己の生活に執着しながらあれこれと努めて来たつもりである」と述べたが、まさにそれを裏付ける。この自己と周囲との関連にあくまで拘泥した作歌態度が歌集のスタイルであり、その自己凝視の深さという点に歌集の魅力があると考えられる。

ところで、歌集を読み終えた読者はさらに次のようなことも感じるだろう。先の三十一首で格調高い音律に接し、厳しい語彙の選択に驚嘆したあとで、たとえば次のような歌に接して戸惑いを隠せないかもしれない。

木々の芽の一粒ひとつぶが光を放ち病み臥すわれをさびしがらせる
愚痴ばつた考へもたねど熱のあがる日の昏れどきは心鋭つてくる
薬のめと友のくれたかね味噌醤油たらぬものばかり妻に買はせる

巻末近くになるほど顕著であるこれらの口語的短歌

は『九月一日』からの名残を残すものだが、坪野の意識では作品を生む歌人の精神が同一の基盤に立つ以上は捨てきれない、ということだったのだろう。このことは、以前は三行書きだった歌を歌集に収める際一行に改め、さらに表現にも推敲を加えた例「労働者の精根しぼりし煤煙は天に昇れども雲に交らず」があることからも、納得のいくことである。読者にすれば十一年以前の作品に多いこれら口語的短歌に対する戸惑いはあるものの、逆にこの間の歌人の精進ぶりを発見することになるのではないだろうか。

先の山本司氏は八年から逆に歌を解読して、当時の社会状況や坪野の生活ぶりなどがいかに密着した詠み方であったかを論じている。その結果、「島木赤彦からの私淑とも言える影響と、階級闘争のなかから培われた思想と感性を土台に、病に臥すことによって否応なしに社会と自己を客観的に凝視することの出来る条件に置かれたことによって形成されたものであった」と結論づける。

この結論に異を唱えるものではない。ただ、赤彦に師事して作歌が定型歌から入って口語歌へ抜け、また定型歌に戻ったとしても元の域（レベル）にそっくり戻るわけでない。当然のことだがこの間定型についての種々試行錯誤し、語彙数を増やし、格調高い声調を身につけて独自の詠み方に辿りついているからである。『冬月集』所収の、赤彦に師事した頃の定型歌四十一首と『百花』とを比較してみればそれは歴然としている。作歌まもない頃の作品と十年以上経験を積んだ時点でのものとを比較するのは、哲久にすれば酷かもしれないが、念のため前者と「百花禱」の中から類似した素材の歌を並置して検討する。

山畠のゆききの道もひとすぢに心にこめて叔父を祈れり

母よ母よ息ふとぶととはきたまへ夜天は炎えて雪零らすなり

両者とも身近な者の生を祈る歌だが、『冬月集』の方は技巧も何もなく、素直に気持ちを吐露しただけの歌である。それに対する「百花禱」は上三句で歌人の痛切な心情を激しく訴え、下二句がそれを受けた風景描写となっている。心像と風景がみごとに合致した秀歌というべきである。もう一例をあげる。

天ぎらひひた降りおつる雪屑は吹雪となりて森をめぐりれり
昏れふけてこな雪しまき西方に群落なせる星みだれたり

どちらも吹雪の様子を詠ったものだが、前者が「天ぎらひ」と「雪屑（ゆきこな）」の語彙に新鮮味を感じるものの、歌人の視線は雪だけに限定されてしまったのに対し、後者は「群落なせる星」を視野に収めることによってよりスケールの大きい自然世界を形成することに成功している。

繰り返しになるが、『百花』の完成度の高い音律や声調、語彙は『九月一日』と異なって家族や親子、郷里や自然等々身近で多様な素材と相俟ってそれが歌人の深みのある自己凝視に支えられているだけに、読者に短歌の魅力を十二分に満喫させてくれる。冒頭三十一首の存在が特に大きく、呼び水的役割を果たすことは前に述べたとおりである。

ところで、『百花』について中野重治が「二つの本」（『新潮』昭15・5）において先に指摘した十四首目を含む八首を「なんだかわざとらしく不必要に力みかえつた方向」に走った「ひとり合点、ひとり角力」の歌と批評し、以前より「上べははなはだ精神面の勝つたものになりながら、内面的には味のうすいものとなつて行くらしい」と批判を加えている。これはしだいに顕著になる哲久節といわれる、大仰ともいえる表現や観念語の使用を指摘した早い例といえる。その二、三十年後までも「田舎芝居の「思い入れ」」〈時代がかったことばで語り出される「詩」〉（近藤芳美「坪野哲久作品についての私感」『短歌』昭37・10）や「大仰なもの言い、独特なひねった粘っこい調子、投げ出したような悪態」（岩田正『現代の歌人』昭57・4）などと言われ続けていく哲久短歌への常套的批判辞である。

今、中野の発言に限定すれば、たしかにこの頃の彼には坪野の短歌に対する不満はあったろうと思われる。中野自身何度も治安維持法違反容疑で逮捕されていて、そういう立場からは彼の言葉が軽いもののように思われたのだろう。「永遠的なるもの」「生命の充実」「気息の漲り」などと軽々しく言ってほしくはなく、「そういう『言葉』を放下し去つたところ」にこそ真実があるはずだと中野は考えるからである。中野は第六首目や九、二十七、二十八首目等を「素直に同情できる」とする。これらはいわば叙情的な歌で、坪野にすれば『冬月集』当時と同素材の歌である。おそらく哲久は同素材であってもその後のプロレタリア短歌を経て、新たな定型と共に獲得した詠みぶりこそ評価してもらいたかったに相違ない。たとえそれをどのようにいわれようとも苦難の末に身に付けたものだから、坪野にとって自信が揺らぐようなことはなかった（本書二章「坪野哲久論―その初期の様相」）。

Ⅲ

『百花』は以上見てきたように坪野の七年間のめざましい進展の足跡を知ると同時に、彼の独自の作品世界を具現した最初の歌集として位置付けることが可能である。中でも、おそらく十二年以降の作歌は、より厳しくより峻烈に行われたと考えられる。同集において、合同歌集『新風十人』（昭15・7）や第三歌集『桜』（同上）と等質の作品世界が伺われるのは、十二年以降の三百十一首である。全体の七割を占める。「断片的に」（『新風十人』）において歌の伝統を重んじ、技術を大切に思い、人間としての生き方や世界観の問題も取りあげねばならないと主張した後で、「つまるところ、作家はとことんまで個に執着しなければならない」、「個を極め個に徹底すればするほど自然的に社会なり時代なりに繋りをもち、ふかく響きあふに相違ない」と述べる坪野の心境はようやく道を極め、いよいよ自信を持って前進しようとする者の謂いと理解される。『九月一日』の時代は端的にいえば、逆に個を主張せず個を犠牲にして組織をとおして社会や時代と繋がりを持とうというものであった。長い期間の屈折を経てようやく坪野は、それとは異なる方法で同じ目的に達する道を見出した。同時にそれを表現する術も手中に収めることができたのである。

坪野哲久「媼遊び」論

『坪野哲久小説集』（石川県志賀町）に所収の小説十一作中、戦後に発表されたのは九作だが、その中で三作が初出を明らかにするのみで残りは未発表と思われる。「媼遊び」もその一作だが、巻末に「一九五二年九月二十六日」とあって一応成立年月は判明する。十一作はほぼ私小説で占められるが、これもそうである。

哲久の甥の若狭駿介「坪野哲久の人間とその作品」（『短歌』昭46・12）によると、父・次六、母・よね（高浜一の菓子舗、仕館家の娘）の第六子として出生、一人息子のごとく父母の鍾愛をうけた云々とあるが、この作品でも母よね、町の大きな菓子商の娘に生まれ、「年老いた父母と三人きりの静かな湿っぽい生活がゆるやかに」云々とあって記述が合致する。もちろん、小説である以上何らかのフィクションは施されるが、大筋において若狭文と同一であることは認められる。私小説という意味はこのように作品の大まかな設定が酷似している場合をさしている。

I

「媼遊び」は四十過ぎの剛三という男が三年ぶりに故郷の能登の生家に母を訪ねて、そこで様々な衝撃的なこと、それは母よねに関することだが、それを見聞きしてショックを受けるという内容である。

冒頭で、生家を訪ねるべく駅に降り立った剛三を「膝はたよりなげにがくついてゐた」と描写する。読者はこの意味を一瞬取りかねる。というのは、剛三自身が病気だからそうなのか、それとも生家が間近になった興奮のせいなのか、あるいは東京からの旅程が長すぎて疲労困憊状態なのか、わからないからだ。ただ、続いて玄関に踏み入れる靴音が「やけにはれがましくひびきわたつた」「底ぢからのある大きな声で」呼んだとの記述は、そういう読者の疑問を払拭して剛三の帰郷の歓びが十二分に伝わってくる。

しかし、彼を迎えるべき母の姿はなかなか現れない。呼べども応じない。仕方なく、彼は部屋に入り込むが、「部屋といはず一家の空気が暗く重つ苦しく澱み、荒涼と傾斜しかかつてゐる感じ」を抱く。この描写はこれから剛三が見聞きする出来事の内容を暗示するものである。剛三は母の居間に進む。すると、そこに「見も知らぬ何処かの乞食女がこちらに背を向けて蹲つてゐる」。

振向く気配も見せず、没我の手ぶりで、古新聞の皺を丁寧にのばしのばし、それを丹念に畳みこんでゐる。更によく視れば、黄ばんだのや汚点の滲んだのや破れゆがんだのや大小の形とりどりの新聞切れ、色も紙質もまちまちの紙屑が母の前面に散乱し、椿や柿やその他名も形も見分け難いさまざまな木の葉の青が入り混じり、これは唯事ならぬ母に成果てたと合点するのだった。

再度の呼びかけに母は振り返るものの、格別驚きの表情もみせない。

「東京の剛三ですよ。お母さん……」

「ほう、何処のお人やら、ござらしたかいね。……」

身にまとう衣服もよく見ると、垢びかりしている上、綿もはみ出し、懐には新聞切れや蚕豆、野菜屑などやたらに詰め込まれていて、異臭を放つ。

そういう母に「老耄の肉体を賭けて濾過し去つたうつくしさ、しみじみと滲みでる浄かさ、おほどかさ、静かさ」を感じるものの、むしろ「世外の人」と化した悲しみが強く剛三を襲う。さらに、母をこんなふうにしたものへの憤怒さえ覚える。

剛三にとって母は親族中でただ一人の味方であり、理解者といってよかった。彼は文学に従事していながら、まだ「小さい火花一つ切りだせないていたらく」の上、二十代の終わり頃からの胸部疾患の苦しみと生活苦がついてまわり、親族からは「道楽者のやる閑仕事」に携わる厄介者ぐらいにしか評価されていず、それだけに帰郷の折も肩身の狭い思いをせざるを得なかった。

母は長期間、大家族だった家計を助けるために天秤棒を肩に里行商を始めたが、物忘れの傾向が激しくなり、跡取の良吉に禁止される最近まで続けていた。二人の息子と次女を若くして失い、長女も早くに寡婦となって母は四十近くになって産んだ剛三に期待していた。

作品は、このように母の異常を発見した剛三とそれまでの彼と母との関係を叙述する。次に、そんな状態の母に留守をさせる兄夫婦に剛三の批判が向けられる。しかし、剛三は「一介の都市放浪者、物的無能者」としての分際を弁えれば、正面切って文句を言えた義理でないことも承知している。剛三は考える。

——これが人生といふものの重たさか。善良無比ともいふべき人間のいや果ての終末がこのやうに暗く望みなきものと化しさるのであらうか。

異常な状態にある母をどうにもできず、ただ見守るしかないわが身と、懸命に生きてきた母がどうしてこのような目に会わねばならないのかという嘆きとが交錯するのである。

良吉の妻のたねが帰宅する。剛三を認めた彼女は義母に声をかける。

「お婆、東京のお父さん来たつたがや、嬉しかろね。……」

剛三は

「ぼくのことなんか、判つちやゐませんよ。」

と、言うが、たねは

「エエッ！そんなことなかろがいね。……お婆、東京の弟さまやがいね。」

母はきょとんとした無感動な顔つきで答える。

「本当にね。そんながかいね。……おら、何んも判らん、阿呆（だら）になつてしもて……」

先ほどの母との会話で衝撃を受けた剛三はもしかして兄か兄嫁でも介入することによって、あるいは正常な状態を取り戻すかも知れないと思っていたが、二人の遣り取りを見て、その期待も空しいことを承知する。一方、たねも剛三の息子の名を出すなどして正常の会話を取り戻そうと試みるが、無駄におわり、改めてよねの異常ぶりを再確認してしまう。

たねの話によると、近くに住んでいた長女が東京へ移住した一年半ほど前からこんな状態になったという。

外へ出た剛三は、母が「生ける屍」となったことに彼女の「悲運」を感じ、涙する。少年時代の思い出が次々と想起する中で、「母と子の意識を断絶したよね女のことが、何故に現実であらねばならぬか」と考える。同時に彼は、この「悲運」は個人の家だけのものでなく、「よね女から無限に引出さねばならぬ。引出すことによつて彼女を生きかへらせ、永遠に力あるものとなさねばならぬ。そのことは、人の子としての意味だけではないのだ。あらゆる『悲運』をも撥ねかへす固い締び目の一つともなることだ」とも考える。この後者に関しては先に「生涯続くであらうところの思想苦」と述べられることと関連する。それが具体的に何をさすのかは記述がないので、この作品による限り不明としか言えない。

仕事を終えた兄が帰ってくる。兄弟が酒を酌み交わす場に母が連れ出される。良吉を見る母の目は穏やかで、優しく、信頼感に溢れている。剛三は二人の間に親子の愛情がまぎれもなく交流していると感じる。もしかして、兄となら母は正常な会話をかわせるのではと思いついて、剛三は頼む。しかし、それは彼の思い込みで、兄は全てを見通していた。

明け方の海岸を逍遥する剛三は、母のことをいろいろ考えるが、依然として気持ちはすっきりしない。家に戻って、彼はどうせまた、同じ状態に戻るからとのたねの意見を無視して、母の部屋の掃除を始めた。掃除が終わると、

「もう何時やらね。帰らんならん……」

突然、よね女は悲しげな声で、かう言つた。剛三は冷水を浴びせかけられた思ひで、大きな眼をきつと見張つた。

「ここ、お婆の家やがいね。面倒な、どうしてそんなこと言うてやがいね。」

言葉ほどにもなく、ビクともしないたねのあしらひざまだつた。

「うん、うん、うん……」

とよね女は切なく呻き、

「何でこんなに成つて仕舞うたがやら、辛（てきな）て、歩（あい）ばれん……」

そんな様子を見たたねは「時々（さいさい）、こんながやれど、ぢき癒つて仕舞うてや」と言いながら、布団を敷いてよねを休ませる。剛三はそんな仕草を見て、自分が勝手に部屋を掃除したことを悔いる。「彼岸に到り着くまでの暫しの時を、ひたすらに遊び呆けようとする」母の遊びを妨げてはいけないとも思う。

能登を去る前日、剛三は母と二人きりの時間を持つ。

よね女は懐から青葱を取出し、

「黙つて食べまつしやい。早（へだ）いとこ……」

と、にこにこ笑ひながら彼にすすめた。躊躇してゐるとすかさず、

「これ食べてお湯呑むと美味いわね。」

と青葱をちぎつて口の中へ押しこんだ。剛三の額に冷たい汗が滲んできた。苦しい瞬間だつた。

「この方が美味いぞね。……ほれ、お婆――」

夏柑をむき、小袋を割いて掌にのせてやつた。

「これ、何んやつたいね。」

彼女は素直に受けて、口に入れ、

「おお、うまい、上手ながになつとる。……いく

ら上げたらよいやらね。いつとき待つてくだんせ。今、銭が無いさかい。……」

剛三は押され通しに押され、土俵を割つて尻餅ついた格好だつた。

「かういふみごとなもんがあるちゆうわなア！」

もう一つの夏柑をたぐさ取り、涼しい声で呼びかけた。

「あんたも、こんなが一ぴき食べんか。どうや。あとから食べる？そんなこと言はんと一緒に食べんかいね。」

彼の田舎では、どんな種類のものでも、一つのことを一ぴきと言ふのだつた。

剛三の頬に悲しい笑ひがのぼつた。

剛三は、帰郷して母と初めて会話のキャッチボールができた。たとえ、それが偶然だったにせよ、帰郷以来これまで一度も果たされなかったものが可能になったのである。

それまで母のあまりの変わりように衝撃を受け、その原因をたねを始めとする人間に押し付けようとしたりして、苦悶を感じた彼だが、終いに、母は彼岸へ着くまでの暫しの一時を遊び呆けようとしているのだ、その遊びを邪魔してはいけないと認識することで、みずからを納得させることができた。しかし、帰京前日に奇跡ともいうべき母との会話が成立した。「悲しい笑ひ」とはそういう母が置かれた現実を認めねばいけないという悲しみと、それでも起きた奇跡がもたらす喜びの笑いであろう。

Ⅱ

「嫗遊び」は、以上見てきたように剛三の、母の老年痴呆に対する衝撃や悲しみ、辛さを述べ、その半生に照らし合わせての感慨やそのような状況を母に与えたものへの怒りを語る。最後に、彼は現実を受け入れて母の「暫しの遊び」を妨げてはいけないという諦念に達する。

もちろん、この時点で剛三に医学的知識はない。作者もおそらく持っていないと考えられる。人生五十年といわれた当時、この母のように八十歳過ぎまで生きる者はそんなに多くなく、従って、このような老年痴呆を発症させる前に死亡するから、小説の素材にもならなかった。私たちの記憶では有吉佐和子「恍惚の人」がこの種の問題を扱った作品としてあげられる。昭和四十七年の作である。この頃の平均寿命は男六十九歳、女七十四歳と言われたから、「嫗遊び」の頃とは格段の差がある。

「恍惚の人」は八十四歳の立花茂造が痴呆状態になっていく経過を述べる。息子の商社マン信利夫妻とは同一敷地内に住むが、余り交渉がない。ために、茂造の妻の死を契機にその異常が信利夫婦に初めて確認される。あるいは、それ以前からそういう状態だったかもしれないが、不明である。ともあれ、例年になく早い雪に襲われた頃から翌年の朝顔が咲き始める一年足らずの間に、茂造の痴呆状態は進行する。その間、信利の妻昭子の「奮闘ぶり」を中心に作品は描かれる。茂造は当初から信利やその妹光子も認知できない。昭子とその子・敏以外しか認知できない。食事は何回も催促するものの、テレビには興味を示さないし、入浴中も自分では洗えない。しかし、血圧等の健康データは正常である。

夜中に起きて「暴漢」と叫んだり、「ひゃあ、ふゃあ、ひゃあ、ふゃあ」と言いながら「体操」をするなどして次第に衰弱していく。一日中オムツをしたまま眠ることが多くなり、終いに口もほとんど開かなくなり、大便を畳に塗りたくったりもする。そんな状態を経てまもなく何回目かの徘徊後、死亡する。同じ老年痴呆とはいえ、このように両作品はかなり描かれる症状が異なる。

「恍惚の人」以後、現在に至るまで、老年痴呆やそれにからむ介護や性、金銭等に絡む問題をテーマにする小説は枚挙に暇がない。それほどこの素材はそんなに珍しいものでなくなってきた。しかし、「嫗遊び」は早くも昭和二十七年に執筆されている。もっとも、丹羽文雄の「厭がらせの年齢」がこの五年前の昭和二十二年二月に発表されている。ただ、これは八十六歳の老女うめを登場させているものの、「媼遊び」のよねのように時、所、人についての記憶が欠如した設定ではない。そういう点で、昭和二十七年当時において老年痴呆を素材にして家族の戸惑いや苦悩を描いた作品としては、これは最も早いものに属するのではないかと考えられる。ただ、何らかの事情でこれが発表されずに今に至っているので、注目されなかっただけである。もし、これが活字になって当時公表されていたら、世間の注意を引いたことは間違いない。

【付記】

本文中で、よねの「非運」は個人の家だけのものでなく、云々と述べた。この作品では「思想苦」と関連づけられるが、それ以上の追求は不明だと述べた。このことに関して、『坪野哲久小説集』「解説」で坪野荒雄が、オリジナル原稿には次のようにあると紹介している。

「非運」は個人の家だけに限って存在するのではあるまい。敗戦も、外人部隊による占領も、民族の大「非運」であること、冷酷比類なきまでの真実さである。—非運は撥ねかへせ！

右の文の「敗戦も」以下が、完成稿では「彼の心は急に生きいきと溢れてきた」に書きかえられたという。その理由としてGHQによるメディア検閲があるのではないかと言う。本論は、いずれはこのような事実も視野に入れて考察し直す必要がある。

森山啓「収穫以前」の変容

昭和十二（一九三七）年二月、雑誌『文芸』に森山啓は「収獲以前」を発表する。それ以前の十年間の文学活動において詩集や評論集を刊行していて、「何も持たぬ男」（『プロレタリア芸術』昭3・3）「火」（同上誌、昭3・5）のような例外はあるものの、小説よりも詩や評論のジャンルにおいて有能な人物と目されていた彼が、本格的に小説の筆を執った第一作がこれである。しかし、同作は発表後の評判がよく、そのためもあってか森山は小説執筆に力を注ぐようになり、特に昭和二十年以降の文学作品がほとんど小説であることを思えば、「収穫以前」はまさに小説家森山啓のスタートを記念する作品といえよう。

I

「収穫以前」は「貝殻骨予感」と「笹村一家と光枝（笹村の記録）」と「ものの芽踏まる」の三章（全二十三節）から成り立つ。このうち作品内の時間は「笹村一家と光枝」が一番早く、続いて「貝殻骨予感」「ものの芽踏まる」の順になる。作中人物の笹村茂助は文学者で、同様に文学に関心を寄せる弟の幸吉、その他未成年の弟や妹を抱えて貧窮生活を送る。すでに結婚して男子を設けている。茂助に続いて幸吉も肺を患い、兄一家と同居、別居を繰り返す。妻道子の従妹の光枝が上京して就職すべく、彼らと交流するが、病を得て帰郷するも死去。

作品はこうした窮乏生活を強いられる笹村一家の実状を訴えるタテ糸に、光枝と笹村の肉体関係あるいは幸吉の光枝に対するプラトニックラブを横糸にして絡ませるというのが眼目だろうが、「貝殻骨予感」の末尾にこんな一節があり、構成上の工夫を知りうる。

さて作者も又、笹村夫婦、光枝、幸吉達について、数年前のことから物語るべき段取りになつた、なぜなら彼等の特殊な愛や彼等相互の関係は、たゞその数年間の年月があつてはじめて培はれたものだからだ。笹村は右の「笹村一家と光枝」といふ記録小説をその後の事情で完成しなかつたのだが、それを笹村が書いてゐる間に、こゝに第五章以下二十章まで殆んどそのまま挿入する。しかし笹村はその小説を以て光枝を慰めようとする意識があつたためか、作中で光枝を余り大事にしてゐるのが失敗だつたから、作笹村一家をも光枝をも知悉してゐる作者は、そういふ箇所は削除し又は作者独自の観察を加へ、技巧上他の若干の手心も加へた。尚作者は笹村の記録では他の名で呼ばれている人物達を、笹村らの他の実名に訂正し本篇との連絡を考慮したこと勿論である。(1)

つまり、「貝殻骨予感」のこの引用文直前に笹村が「笹村一家と光枝」というタイトルの小説を書いて稿料を得ようとする場面がある。それを受けて「笹村一家をも光枝をも知悉してゐる作者」がそれを紹介しようというわけである。しかも、単なる紹介でなく、削除や訂正も行うというから、これはもはや紹介や引用というレベルでなく、焼き直された創作とみるべきだが、それにしてもこの引用部分は見様によっては奇妙な言い方をしている。

「貝殻骨予感」は三人称の視点を採つて、語り手はある時は笹村、ある時は幸吉というように登場人物へ自在に出入りしている。しかし、次のような言い方をみると、影を隠しているはずの語り手が明白に読者の前に姿を現わす。

　やがて幸吉は、笹村が出した十円札四枚の前に坐つて、醜いほどの驚きと恐縮を示した。僅か四十円が何だらうと思はれる読者諸君も多いだらう。併し幸吉は毎月二十五円、少い時は二十円で生活して来たのである。文芸評論家の笹村に取つてはまた、この僅か二十円に、毎月身を切られる思ひであつた。原稿料だけで一家四人が食つてゐる彼のこの年の平均月収は六十数円で、それも最大の無理をしてかせぎ続けての話であつた。

因みに、この作品当時の小学校教員の初任給は五十円前後であったから、笹村一家四人の月生活費が六十数円というのは、決して豊かとはいえない金額であろう。

　ここで語り手が顔を出したのは、そういう貧困に対する「驚き」がつい、そうさせたのだとも考えられる。

　ところで、先の引用文における「作者も又」以下の引用の語り手は、この引用の語り手と異なる存在である。この「作者」は「笹村」とは違うということを明言しているし、「貝殻骨予感」は「笹村」の語ったものであると述べる。そして、「笹村」が光枝へ送ろうとして未完に終わったその小説を、引用例に見られる形で挿入しようというのである。

　従って、「笹村一家と光枝（笹村の記録）」は「貝殻骨予感」の語り手とは異なる「作者」の作品ということになる。

　しかし、考えてみると奇妙なことである。「収獲（マヽ）以前」は「森山啓」の名で発表されたわけで、作者が森山啓である以上、「笹村」も「作者」も森山啓の分身に過ぎない。それなのに、なぜわざわざこういう構成を仕組む必要があったのだろうか。「作者」などとまぎらわしいことをせずに、たとえば「友人A」なら「友人A」とでも設定した方が、よりすっきりした構成になったはずである。

　この問題の結論は、さておいて、構成上からいえば、「笹村一家と光枝（笹村の記録）」の章末近くにこんな文章が挿入されている。

> 笹村茂助が右の記録小説を一週間か丶つて一気に比処まで書いたとき、この小説を今発表することは、光枝に対しては兎も角、幸吉に対しては、文筆で立たうとしてゐる以上、迷惑かも知れないと考へた。するとその夜からこの小説を中断せねばならなかつた。と云ふのもこの小説を発表しないとすれば、取り急ぎ来月の生活費や幸吉達の養生費に評論や雑文を書き飛ばさねばならなかったからである。彼は北陸にゐる光枝の病床へ、中断されたま丶の右の小説を送つて、二三十枚づ丶の雑文を数篇書くのに没頭しはじめた。
>
> 作者は笹村に代り、便宜上、次のことを書き添へておく[2]。

ここでは先に「作者」が予告したように、笹村の記録小説が完成しなかったことが述べられているが、引用文中の「笹村茂助が右の記録小説を一週間か丶つて一気に比処まで書いた」との言い方は、先の「作者」がその記録小説にかなりの改変を加えたという言と明らかに予盾する。

が、それはさておいて次なる問題は「作者は笹村に代り」云々の部分である。「笹村一家と光枝（笹村の記録）」の章はこのあと一ページ半ほどで終わり、次章の「ものの芽踏まる」に続く。先の引用で「第五章以下第二十章まで」とある点からみても「書き添へ」た部分に「ものの芽踏まる」はおそらく含まれないと考えられる。さらにその根拠をつけ加えるならば、「ものの芽踏まる」は前述のように冒頭の「貝殻骨予感」の章に時間的に接続し、そこは末尾の先に引用した「さて作者も又」以下を除いては、「作者」は登場せず「語り手」によって進行するからである。「ものの芽踏まる」も同様である。

しかし、「書き添へ」た部分が残る一ページ半だけだとしても、書簡を多用するなどの語り調と「ものの芽踏まる」のそれとはほぼ同一であり、とするならば、「書き添へ」た部分は残る全てだと理解することも可能なのである。

なお、「ものの芽踏まる」では笹村から送られた小説を読んだ光枝が、書簡の中で種々感想を述べる箇所も含んでいる。

さて、先の疑問に戻る。どうして森山はこの作品をこんな入り組んだ構成に仕上げたのだろうか。その方法は今までみてきたように厳密に検討すれば、必ずしも緻密な計算によって成り立っていない。所々にミスも発見される。

森山の伝記にくわしい読者ならばこの作品が、たとえば笹村茂助が彼自身で、幸吉が弟の秀夫、大垣が福井中学校以来の親友大島武夫をそれぞれモデルとすることを簡単に知りえ、笹村に関する叙述もかなりにおいて事実に近いことを把握できるだろう。このことは逆に言うと、後に匿名批評が出たようにこれが「義妹を犯した私小説」と誤読されかねない。笹村と光枝の関係は、それに対する道子の対応も含めてきわめてあっさりと描かれており、それは森山自身も慎重に配慮した結果だろうが、それでもなおワンクッション置いて「私小説」と読ませたくない工夫、それがこのような構成を採らせたのではなかったか。

Ⅱ

「収穫以前」の二年後、森山は創作集『北窓ひらく』(教材社、昭14・11)を刊行する。初の小説集である。これは標題作と「笹村一家」の二作を所収するが、後者は「収穫以前」を改作し、続篇を加えたものである(「後記」)。「笹村一家」は前篇と後篇に分かれ、総題「笹村一家と光枝」の前篇は「窮鳥ふところに入る」「それぞれの道」「巣立つては帰る」、総題「家と社会」の後篇は「青春の裏道」「病気と生死」「健康な人々」の章からそれぞれ成る。

これを初出と比較してみると、細かな記述の加筆や削除はさておいて、構成が大巾に異なっていることに気づく。初出の「笹村一家と光枝」がそっくり前篇に移り、「貝殻骨予感」が後篇の「青春の裏道」に、「ものの芽踏まる」が「病気と生死」にそれぞれあてはめられている。この結果、現在の時点から過去の時間へ戻って、また現在の時間へ戻るという初出の構成は消失し、作品は時間の経過と共に出来事が進行するというポピュラーな形式を採用することになった。

「収穫以前」は、笹村の弟や妹たちがわずかながらも収入を得るようになり、自立するという明るい面を持つものの、全体としては親友の大垣の死に続いて、幸吉の死、そして光枝の病気再発から死、というふうに暗い色彩に覆われている。特に、笹村が北陸の実家に危篤の光枝を見舞ったけれども間に合わず、茫然とくれている。そこへやはり肺結核持ちの女工が悔やみに来て「『光枝さんえ。』と言ひ、やがて忍び泣いてゐた。」とのラストシーンは、印象的である。中野重治が初出時に「笹村といふ一つの家族の物語であり、窮乏と肺結核と恋愛と夫婦生活との絡みあつた悲しい物語」と見定めながらも、「全体としてはやや甘い感傷に堕してゐる」（「肉感性の不足」『帝国大学新聞』昭12・2・1付）と批評したのは、それなりの見解だが、それ以外にも多くの発言が発表後の森山の耳に届いたはずである。

それらをどのように受けとめたか。その一つの結果が「健康な人々」を書き加えたことにつながっていると考えられる。その分量は全体の約二十五パーセントにも及ぶ。前述のように、構成を大胆に変更し、このような大巾な補訂を加えるとするならば、「収穫以前」と「笹原一家」とは別作とみなしてもよいほどの変貌を見せているといえよう。

「健康な人々」の部分は以下のような展開をみせる。すなわち、光枝の葬式後もその実家に滞在した笹村たちは、彼女の弟や妹などと所在なげに戯れる日々を過ごすが、一歩先にそこを出た笹村は途中下車して、亡父の墓参りをすます。妻との結婚に反対しつつ、ガンのため逝った父に対して初めて笹村は当時の父の苦労が理解できた気がする。妻に先立たれた父が、今の自分同様に家族を多数抱えて、それぞれの将来を真剣に心配していたということを。海辺の一集落のそこには叔父の家もあるが、父が没する前後の強欲な彼の振舞いを思い起こすと、どうしても再会する気になれない。

しかし、父が眠るこの地を訪れた笹村は久しぶりに精神の充実を覚える。

……大滝の音に包まれたやうな岩瀬に出て、人目につかぬ岩の上に腰をおろした。あゝこれで俺には又生きる力が生まれさうだ。さう思つて深呼吸をし、奔跳する白波を超えて縹渺とひろがる日本海に見入つた。世に謂ふ三つ児の魂ほど不思議なものはない。彼の揺籃であつたこの海辺の荒波の音は、狂気じみるほど疲れた彼の、神経をなだめ、生みの母のやうに慰撫した。

彼は東京の溷濁した遽しい生活を思ひ返して、何だつて自分は朝から晩まであんな不自然な場所に齷齪して暮らさねばならなくなつたかを疑ふ程だつた。身が冷えたので松原の方へ行つたが、出遭ふ部落の男女に見覚えのある者はひとりもなかつた。漁師を見ると彼には何かしら喜ばしかつた。彼は今の自分などは、健康で平凡な、どの漁師よりも無価値な人間だ、といふ風に思ふことで、却つて今後の自分の生活力に希望をもつことができた。

初出の「収穫以前」は東京が作品舞台になっており、地方出身者の例にもれない笹村らが都会生活に難渋する様子が描かれていたのだが、この引用部分は、いわば都会での生活敗残者が出身地の自然によって慰籍されるという典型が表出されている。明治以降に特に地方出身者を吸収して膨張してきた東京と、そこでの生活者の例を笹村にもみることができるわけだが、注意すべきは、笹村はそういう出身地の自然によってだけ新たなる生命を吹き込まれるのではなく、引用部分の最終部に明らかな、ここに住む人間よりも自分が劣ると自身を蔑むことによって、逆に前途に光明を見出している点である。いわば、「故郷」は二重の意味において、笹村をこれまでの打ち沈んだ生活から脱却させるべく、その契機を得させたということになる。その意味において、「収穫以前」の結末のつけ方と異なって、新たな「笹村一家」は一家の再生に向けて、取りあえずはスタートしたことになる。

東京に戻った笹村は悩みの種の一つだった弟の伸についで一安心する。彼は塗装店に年季奉公にいっていたが、肋膜の疑いがあるとの医師の診断を受けて、彼の元へ戻ってくる。自身や幸吉の例もあるので、笹村は心配するが、微熱が取れると積極的に養生生活を送ってまた親方の所へ戻っていく。

一方、一人息子の敏も物を覚える最中で、その仕草が家中に和やかな雰囲気をかもすのに一役買っていた。また、結婚した妹の房子も元気な男の子を出産する。周囲全てが笑いに包まれたような生活に向かう中で、時代はというと決しておだやかではない。笹村は知人の左翼的人道作家が、すでに「転向」を行っていることを知り、ひるがえって我が作物を点検すると、本当に人を導くに足らぬ人間だと思える。自分の文学がまだ自分の本当の性質と日々の生活とに一致していないということ、その自己矛盾を引きずりながら今に至っていることを、省みざるをえなかった。そんな時、昔にその矛盾を指摘してくれた大垣のことがなつかしく思い返される。

以上、「健康な人々」は房子の夫が「二月二十六日の事件」の翌年、つまり昭和十二（一九三七）年八月に出征し、翌月、房子が出産する辺りで幕を閉じる。

Ⅲ

前述のように「収穫以前」をさらに発展させたのが「笹村一家」である。前者において中心となった「笹村一家と光枝」の章は、後者の前篇に、そしてエピローグ的な章「貝殻骨予感」とプロローグ的な章「ものの芽踏まる」とはその役割を終了して、その後篇に吸収された。と同時に前者での役目を変貌させる。つまり、「笹村一家と光枝」は後者の前篇のみの分担を負えばよいことになり、後篇と対等の力を担うことになったのである。特に全体が「収穫以前」と異なって、一家が一応の苦難を乗り切って、それなりに展望が見通せるような状況で終えることになった以上、光枝の存在は初出ほど重要ではなくなっている。

では、「笹村一家と光枝」の存在によって作品の緊張感を保つことができた「収穫以前」が、このような「笹村一家」に発展してしまった上は、新しい作品世界の緊張感は今度は何によって保たれるかということになると、当然ながら前篇と後篇のバランス如何、ということだろう。特に後篇が「家と社会」と名づけられた点からみても、笹村一家と社会との関係がそれこそ中野重治のいう「肉感性」豊かに叙述される必要があると思われる。中野は「主人公笹村の家長としてのエゴイズムにたいする作者の批判の弱さ」（前記）を初出時に指摘していたが、このような見出しをつける以上は作者自身も期するところはあったに相違ない。

しかし、その結果は、「貝殻骨予感」と「ものの芽踏まる」の二章はほぼその通りに挿入され、新たに書き足された「健康な人々」も前述のような内容であった。必ずしもそのような期待に応えることができなかった。「一度書いたものを改作することは予想外に困難なことで、新たに書き加えた部分には意に充たぬところもある」（「後記」）との弁はあながち謙遜ではなく、本心だったかも知れない。

私見では、「笹村一家」よりも「収穫以前」の方を作品の密度が濃い、緊張感にあふれたものと認めたい。

とは言え、平成三（一九九一）年にその生を終え、そのことによってほぼ全ての彼の文業を見る権利を有する読者の立場からするならば、小説家としての森山啓は「健康な人々」を加えた「笹村一家」を完成することによって、その資質が十全に発揮され、以後その道を忠実に歩むことになったと考えられる。その意味において「笹村一家」は重要な作品だと言わざるをえない[3]。

Ⅳ

昭和十六年二月、森山は昭和書房より創作集『野葡萄』を出版する。所収十一作に混じって「挽歌」がある。「あとがき」で「笹村一家と光枝」の改作だと述べるが、「笹村一家と光枝」とは「収穫以前」のそれをさすのか、それとも「笹村一家」の前篇をさすのか。

「挽歌」は全十節から成るが、四節まではほとんど「笹村一家」後篇「青春の裏道」と重なり、五節は同じく前篇「巣立つては帰る」の二〜七に相当し、六〜八節は同じく後編「病気と生死」と重なり、九、十節は同じく後篇「健康な人々」の一と二の前半に相当する。

こうしてみると、「挽歌」は「笹村一家」全編のダイジェストと一応はいえよう。とはいえ、構成は「収穫以前」に倣い、五節を中心に据えて笹村と光枝の肉体関係を重視し、合わせて、幸吉の死が述べられ、最後に北陸の地を訪れるところで筆を置き、光枝と幸吉への挽歌というタイトルに落ち着かせることになった。

つまり全体の作品内容は「収穫以前」に近いが、それでも、笹村の弟や妹に関する記述を削げ落とし、幸吉が病院をさがす際の事情もカットするなど「挽歌」に向けて、かなりすっきりした作品世界を構築している。仮に「収穫以前」をAとするならば「笹村一家」は、A'となり、「挽歌」はA''ということになる。

『野葡萄』には、なお「父」と「生命」「妹」等も含まれている。このうち「父」と「生命」は「笹村一家」後篇「健康な人々」の三節から六節そのもので、「妹」は同じく八節に吸収されるものである。ただ「あとがき」ではこれら三篇は「もと独立した短篇で、後に相連なつて『笹村一家』の物語を構成したのだが、こゝでは原型のまゝの各短篇の形で収録した」と述べられており、この通りだとすれば、「健康な人々」全八節は十四年十一月以前にすでにいくつかの短篇として発表されていたことになる。

しかしながら、現時点ではその短篇群が掲載された初出紙誌を確認できていないので、これ以上の断定は無理である。

戦争が終わった。その四年前から妻の生まれ故郷に疎開していた森山啓は、終戦直前から勤めていた学校教師もそのうち辞して、本格的に作家生活に戻ることになる。

戦後初めての創作集は戦前戦後の作品を収めた『渚』（昭21・12）だが、翌年には『笹村一家と光枝』（白山書房、昭22・12）を出版する。同書は標題作以外に四作を所収するが、表紙と扉には〈決定版〉と銘打ってある。その理由については「あとがき」で語られている。

この本に収めた「笹村一家と光枝」は私の長篇処女作で、もと改造社から発行されていた雑誌「文芸」

に「収穫以前」といふ題名で一九三七年に発表された。その後二度改作して自著の「北窓ひらく」「野葡萄」のなかに発表したが、今度さらに改訂して決定版としたのである。結局構成を変へたほかは、稚純なまゝの原作の言葉と精神を重んずるほかはなかった。

ここでは「さらに改訂し」「構成を変へた」とあるが、本文の元になっているのは『北窓ひらく』所収の「笹村一家」と考えられる。そこでは、前後篇に分かれ、それぞれに「窮鳥ふところに入る」等の見出しがつき、さらに数字で節に分けていたが、今回は一切そういう区分をせずに一から二十三までの節で区切っている。ただ「笹村一家」における節をほぼ踏襲しながら、例外的に一つの節を分離したり、逆に合併したりの例もみられる。

また、後篇の「健康な人々」の章はここには含まれていない。

さらに、文章に関しては、笹村が文学仲間と研究会を持ってそこで哲学的話題が発展する箇所がある（「窮鳥ふところに入る」八）。こういう部分は、全体からみて削除してもさしつかえないと判断したのか、縮められている。

逆に、笹村の文学志望あるいはその傾向等については記述不足を考えてか補訂をしている（十一）。

このように、自から決定版と呼ぶ「笹村一家と光枝」は内容的には「収穫以前」をほぼ跳襲しながら、作品構成からいえば「笹村一家」に近似するという、先の例に従えばAと'Aの中間に位置する作品に仕上がったことになる。先に、'AよりもAの方が作品密度の濃い、緊張感あふれた作品と述べたが、同様のことをここでいうならば、決定版もAには及ばない、と判断する。

V

一人の作家が一つの作品を三度も書き直すという行為を私達はどのように理解したらよいのだろうか。皮肉った見方をすれば、それは作家の未熟さを示すもの、ということになるかも知れない。完成させたあとになお不満が作家内部でくすぶり、それを解消するために補訂に取りかかるという理解である。しかし、それが一度のみならず三度にまで及ぶとなれば、そうとばかりも考えられない。作家はむろん、これ以外にも続々と作品を発表し、その中でのこだわりである。私達はそこに作家の当該作への執着、それは作品の素材を含めての話だが、それを感じる。

森山啓が「収獲(マヽ)以前」にこんなにも執着を持つというのも、おそらくそれに相違ない。

この問題を考える時に参考になるのが、初出時の翌月、すなわち昭和十二年三月の『文芸』に掲載された伊藤整との「長篇小説『収穫以前』問答」である。

ジョイス等西欧二十世紀文学の紹介者として当時著名だった伊藤は、この頃様々な傾向の小説を試作していた。そういう彼にとって「収穫以前」の構成やスタイルは特に関心の引くところであった。二人の書簡形式で展開されるこの文章が伊藤のそういう関心から出発しているのは当然といえる。

森山は彼のそういう関心から発せられる質問や疑問に応答しながら、自然に作品の執筆意図を語っている。

「収獲(マヽ)以前」は家族相互又は男女の愛を描いてはいるものの、作者が心をこめて書かうとしたことは、最初から、過激な労働で病みながら生き抜かうとする幸吉や光枝のこと、病院の社会性のこと、年少の男女に対して碌な職業もないといふこと、それでも彼等は労働を決して忌避しないといふこと、而も自立しようとする彼等がどれだけ障害に出遭ひ得るかといふこと、殊に女は家の中、男との関係、及び職業に於て幾重の苦労を嘗めるかといふことであつたのです。

ただ、森山によれば、こういうねらいは成功しなかった。その理由は幸吉や大垣のモデル人物を憶う挽歌を書かずにおられぬ気持ちに防げられたためだという。ある意味では「私小説」の弱さに通じるという。

森山はそれまで愛しい者に次々と先立たれており、そのことは彼の文学に少なからぬ影響を及ぼしている（小稿「評伝」『石川近代文学全集9　森山啓』石川近代文学館、昭63・10）。幸吉のモデルである弟は阿部秀夫のペンネームで文芸評論の筆を執り、その将来を期待されたが、闘病生活の末に昭和十年十二月に死去。森山が最も信頼を寄せていた人物だっただけに、その衝撃は大きく、骨壷を半年間自分の居間に置いていたほどだという。次いで、光枝のモデルのうちの一人北条勝子も亡くなって二重のショックを受ける。大垣のモデル大島武夫の死はそれらの七、八年前だが、弟の死後日増しに思い出されるようになったという。

おそらく、以上紹介したような事情の中に森山が「収穫以前」に執着する理由の一端が見い出される。

森山が「収穫以前」で取り上げた青年達は無名の存在であり、将来ともその予測があてはまる人物達である。そういう人間が何を考え、どのように生き、悩むかという姿は彼らをとりまく環境とともに、彼が早くに興味と関心を抱いていたテーマだったのである。人間と社会の相関関係についてはプロレタリア文学運動に携わった当初からの関心事であったが、マルクス主義の公式にのっとって思考し、行動することは自分の体質に合わないことを彼が感じ始めた頃、相次ぐ肉親の死が長男たる彼に経済的負担を強いることとなり、幼い弟や妹を抱えて生活せねばならぬ事態を生む。

こうして、政治は風、自分は柳、受け流すべしと定め、無名の人々の中に美しいもの、信ずべきもの、強く健かなものを発見して、それを作品に書くことを決意する（「私の小説勉強」『文芸』昭14・3）。こういう決意はすでに昭和三年頃から密かに固められつつあったというから、「収穫以前」もその延長上に執筆されたとみてよいわけである。

ただ、そのモデルが弟や親友にまで及んだことから、作者としては忘れがたい記念すべき作品になった。さらに、その評判がよく、以後小説を文学活動の中心に置いていこうと決意しただけになおのこと、いつまでも記憶に留められるようになった、と考えられる。

こうしてみてくると、「収穫以前」は森山にとって二重三重にも思い出や愛着が詰まった作品であり、それに執着をみせて新たな装いをつけようとしたのも当然だといえる。

森山の多数の作品の中でもこれほどまでに装いを新たにしたものは他にはない。「収穫以前」以後に位置する作品群を検討する際にきわめて重要な作品である。

注

(1)この引用部分はそっくり後述するテキスト「笹村一家」では削除される。

(2)この引用部分も注(1)同様の扱いを受ける。

(3)この辺り、小説家としての森山啓をどのように考えるのか、をくわしく説明する必要があるが、紙幅の都合もあり、小稿「評伝」(『石川近代文学全集9 森山啓』)に譲りたい。

もう一つの「内灘」文学 ——「闘争」を描かなかった森山啓

森山啓（明治三十七年～平成三年）がいわゆる内灘闘争に素材を得た作品は、管見（かんけん）では「歓喜」（『小説新潮』昭28・8）と「砂」（『地上』昭35・2）との二作である。

内灘闘争とは、昭和二十七年九月に日米合同委員会が朝鮮戦争時に特需生産された米軍砲弾の試射場として、内灘砂丘地の接収を決定したことから始まる。当初、この接収決定に対して村や県は反対を決議したものの、同年十二月、当時の吉田内閣が翌年の一月から四月までの期限付きで接収を決定。その後、村も基本的に合意した。しかし、翌年六月二日に閣議は試射場の無期限使用を決定する。その前から試射場使用の動きが感じられたところから、革新陣営側が反対委員会を結成して運動を起こしていたが、事態が現実のものになると村民は猛反発し、また県内外からも応援が駆けつけて警官隊と激しく衝突するなどした。六月十五日、試射が再開され、地元の反対運動も分裂するなどの様相を呈した。しかし、九月、村当局が政府と妥協して闘争の幕は下りる。

この内灘闘争について『実録石川県史』（能登印刷出版部、平3・11）で大森定嗣はつぎのように述べている。

内灘闘争は、当時日本国内に七三三ヵ所存在した米軍基地を国民的課題として認識させた闘争であった。と同時に、日米安保条約と行政協定がいかに日本国民の上に重くのしかかっているかを痛感させ、六〇年安保条約反対闘争の起点にもなったのである。

おそらく内灘闘争はこういう性格のものだっただけに、文学の格好の素材として取り上げられることになった。『内灘砂丘と文学』(内灘町、平13・3)は闘争を取り上げた文学作品を可能な限り収集して解説を加えた、初めての単行本である。これによると、闘争時の臨場感あふれる状況を同時的にとらえた芦田高子の歌集『内灘』や渡辺順三の連作短歌「アカシアと砂丘」、地元出身詩人浜田知章のいくつかの詩、岩倉政治の小説「ニセアカシアの丘で」、大江健三郎のルポ「独立十年の縮図」、それを作品の主要モチーフとした五木寛之の「内灘夫人」他、等々が指摘されている。もちろん、森山の作品も記載されている。これらと比較して森山のものはどのような特色をもっているのだろうか。

I

「歓喜」は六月半ばのある一日に起こる様々な出来事を描いた作品である。舞台は内灘の北に隣接する七塚町。十九歳の京子は恋人の修二と砂浜で別れを惜しむ。修二が北海道へ出稼ぎに行くためである。二人とも東京の生まれだが、疎開でここに住みついた。京子の父は母の過ちに怒って家を出て六年になる。母は金沢の料理屋で働いている。駅へ修二を見送ったあと、京子は手配師にしつこく付きまとわれるが、偶然帰郷した父に助けられる。修二も京子のことが心配で途中下車して帰ってきた。母も金沢から戻って父と再会する。

この作品は、機織場で働く京子の貧困ぶりや七塚町の様子を描くことに主眼を置いている。一方、内灘闘争は作品の背景に巧みに使用されている。たとえば、二人が砂浜で会っている時、「遠い響ではあるが、ドカーンと、雷鳴よりは短い、そして妙に京子の肉体にひびく試射音がした」とあるが、それを受けて「旅に出る俺の祝砲か」と修二が言う。また、修二は「昨日、青年団で皆が行くといふから、一しよに内灘へ慰問と激励に出かけたんだよ」と語り、「内灘はあの通り試射場でゴタついてゐるし、此処の土地もいつまで昔通りか、誰も断言できないだらう（略）」と彼女の身を心配するようなことを述べたりする。さらに、東京に住んでいた父は新聞が内灘のことを毎日書き立てるので心配だったと語り、手配師も「うちの社長も内灘の接収には反対でしたよ。政界に野心がありますからな」と述べる。

このように作品は、内灘の隣町においても内灘闘争が大いなる関心事であることを示している。また、作中における彼らの発言はおそらく同問題に対する一般的反応であったと考えられる。ただ作品全体として見るとき、作品は四散していた家族がまた集まり、一時的に別居予定の恋人がそれをしなくともよくなるなど、ささやかな歓喜(よろこび)に至る過程を述べることが主眼であり、内灘闘争はそれを強調するためのいわば道具ないし背景として用いられていることは否めない。

おそらく作者は、当時新聞をはじめとして報道されて世上をにぎわすこの問題を取り入れることによって、作品に親近感と臨場感とを持たせたかったのであろう。いわば、読者サービスとして採用されたと考えられる。

II

さて、このような「歓喜」に対して「砂」のほうは闘争の当事者を主人公として登場させており、しかも闘争が済んでからの様子を主に述べたものであるだけに、同問題に対する作者の冷静で確かな考え方が示されることとなり、はるかに重要な位置を占めている。

内灘村の正弥は出稼ぎの漁師だが、闘争の折に知り合った米子と結婚する心積もりでいた。ところが、北海道近海の漁にでかけて戻ってくると、彼女は村の他のサラリーマンと結婚していた。傷心のまま、また漁船に乗った彼は仕事を終えて能登の輪島港に着く。海路、金沢隣接の金石港を回って帰郷もできたが、折悪しく奥能登地方を大水害が襲い、穴水町に一人住む叔母を見舞おうと、徒歩で向かう。途中、同様に輪島から穴水町に向かう文子という女性と知り合う。彼女は叔母と顔見知りだった。その人柄を叔母からも聞いた正弥はますます文子に好意を抱き、内灘村の秋祭りに招待する。

しかし、彼女は祭りに来なかった。逆に彼女から穴水町に来てほしいとの葉書が届く。同時に叔母からも正弥の心を見透かしたかのような結婚を勧める封書が届く。穴水町で文子の長兄の承諾を得て、内灘村へ文子を連れ帰るが、母もすっかり気に入って二人は将来を誓う。

もっとも当初、正弥は文子を「最初すこしぬけているのではないか」と思っていたが、そのうち性格がよく貧乏をまったく気にしない女だと知って認識を改める。叔母も太鼓判を押してくれた。彼女となら一緒にやっていけると判断して結婚に踏み切ったのである。二人が三十一歳と二十八歳の時である。

二人の愛が成就に至る経緯は以上のようであるが、正弥が根っからの村民であり、しかも漁業出稼ぎをする彼がその間尺に会わない生活にそろそろ愛想を尽かし始めてくるその背景を考慮すると、別の読み方も可能になる。

作中の奥能登大水は昭和三十四年八月二十六日のことと推定され、作品内時間はその年の十月末までのほぼ三カ月を取り上げている。これはちょうど内灘闘争が終結して河北潟の干拓も着工した頃である。運動に対してそれなりの評価も出始める頃である。

正弥も同様である。彼は闘争後特に顕著な仲間の漁師離れに意地を見せて船に乗ったのだが、時化（しけ）で最低の固定給さえもらえない。となると、将来を考え直さざるをえない。同時に干拓が進み、砂丘地にスプリンクラーが取り付けられるようになると、自分も専業の農民になれないかと思ったりする。よその連中には、内灘はうまいことをしたと言われ、もっと米軍にいてほしかったろうとからかわれたりする。

そんな時に彼は考える。たしかに潮時をみて長い物に巻かれろ式の処世術が働いたかもしれないが、その根底にはこの村独特な貧しさがあったのではないか。この村では昔から半農半漁の生活をしてきた。近年漁獲高が減少するにつれて、漁業だけでは食べていけず、耕地を求めるのは当然である。試射場問題が起こった時村民が反対したのはこれまた当然のことで、少数の社会運動家の考えだけで、ことが起こったわけではない。最終的に村民が補償条件を呑んで反対を打ち切ったのも、そういう以前からの土地への熱い希求があったからである。自分でさえ最初に数万円の見舞金を手にした時、これで借金が返せるとほっとしたほどである、と。

内灘は恥知らずの妥協をしたという一部の世評にたいして、ふと恥ずかしい、卑屈な気分におちいることもあった。しかし考えてみれば、金や土地を持たぬもので、それを心から欲しいと思わぬ人間があるだろうか。欲望をもたぬ人間はどこにもいないのだ。欲望をもっていることが実は人間的なのだ。その欲望を、正しく導いて、また正しい仕方で満たしてくれる社会が、進んだ社会ではないか。反対に、いかに身を粉にして正直にはたらき、命を危険にさらして荒波とたたかい、それでもなお食うに困るような境遇は、いい境遇とは言えないのだ。（中略）

「砂地に落ちた種子は、砂地で芽を出すほかはない。内灘で生まれた自分も、とおくへ出漁しては、内灘の砂丘のうえへもどってくるほかはなかった。しかし人間の力は、砂丘も畑に変え、潟も水田に変えるところにある。そしてもう自分は孤独ではなくなった。文子と夫婦になるとは、何とふしぎな縁だろう。」

Ⅲ

以上のような正弥の認識、すなわち自分が生まれ育った土地への愛着と現状認識、将来への展望等は内灘のごく普通の村民一般に通じるものであったと考えられる。『内灘町史』（昭57・1）によると、内灘では漁業戸数は大正七年に全人口の七十六%、昭和十四年に八十六％と高率なのにもかかわらず夏から秋は河北潟漁業に従事しながらも、春から秋は沿岸漁業で過ごす一方、石川から福井方面への、さらには北海道や東北方面への出稼ぎ漁にいかねばならず、それでもなお生活は十分とはいえなかった。

また、農業においても漁業だけで生活がならない以上は砂丘地開拓への思いは強く、村は河北潟干拓の請願や軍用地払い下げ期成同盟会結成、砂丘地への自発的植林等々を戦後まもなくから積極的におこなっている。そういう状況である以上、ある時点での妥協も止むを得なかったのではないかと、内灘闘争や内灘村（のち町）について下調べをし、情報を蒐集（しゅうしゅう）した森山も理解したのであろう。それが正弥像の造型に結びついたと考えられる。

おそらく結婚後の正弥は漁業を稼ぎの主とすることはなく、補償で得たわずか二十アールほどの畑を母と三人で耕し、ともかく作物をたくさん実らせて足りない分はまた何とか工夫によって補うと考えている。彼は貧乏を厭（いと）わないし、彼女も「どんなつらいことだって我慢できる」と誓う。二人は地道に内灘の大地に根をおろした生き方を選んでいくに相違ない。その前途はけっして保証されたものではないが、ともかく作品はこの新家族の出発を祝福して幕を閉じる。

作品は先に述べたように二人の愛の成就を描いたものだが、同時に今見たように内灘闘争に直接かかわった現地住民の意識の変化をも述べている。すなわち、闘争を一つの契機として掴（つか）み取った、展開するであろう庶民のささやかな幸せを描くことが森山の本作執筆の意図であったと考えられるが、それは成功しているようである。

『内灘砂丘と文学』（前記）所収の諸作と「砂」を比較してみると、際立った差異がみられる。たとえば、芦田高子や岩倉政治、浜田知章、大江健三郎、渡辺順三などの作品は反対者の側から闘争の激烈な場面をほぼ素材に選んでいるし、五木寛之の物は、闘争参加の敗北感が後半生に影響を及ぼす人物を描いた。これらは、闘争がもっとも渦中に達する時点にこそドラマが生まれる可能性があると判断されて描かれたに相違ない。

それに対して「砂」はそれらのいずれにも属さないという点で独自性を主張している。さらに二つの点において際立っている。つまり、第一に闘争に参加した現地住民を主人公にしていること、第二に闘争最中のみならず闘争後の内灘住民の生き方にまで言及していることにおいてユニークなのである。

Ⅳ

森山はどうして内灘闘争をこのような視点から捉え得たのだろうか。彼が戦前すぐれたプロレタリア詩を発表したことを知っている読者にすれば、なぜ「顔灼けて襤褸をまとふ老漁婦の怒り湛へて砂ひくく座す」（芦田高子）や「アメリカの軍事基地となりて汚されし、日本の地図は　破りすてたし」（渡辺順三）のような叫びを発しなかったのか、訝るかも知れない。小稿（『石川近代文学全集　九』「評伝」）で述べたので詳述は避けるが、彼は昭和三年の時点で政治とは無縁になることを決意し、歴史上に名前を残すことのない人々を筆に上らせることを決意して以後ペンを執ってきた。この「砂」もその延長上にある作品なのである。彼にすれば、政治と色濃く結びついた闘争は取り上げる対象になりえず、たとえそれに素材を得たとしても闘争の指導者より一人の村民こそが描かれるべきであった。

結果的に、内灘闘争に関わる大方の文学作品が前述のような特色を持つのに対して、「砂」は誰もが注目しなかった闘争後の内灘を主に採り上げている点で貴重であり、さらに、そこに登場する半農半漁の人物はおそらく一般住民の意識を代弁しているとみられ、その意味でも重要な作品となっている。

新しい時代の恋人群像

――唯川恵の進化

例えば、AとBが恋人であるとしよう。そこへCが現れてAと恋愛関係に陥る。あるいは、Bとそうなる。この場合、CがAとBの共通の知り合いだったとしたら、ことはさらにややこしくなる。三人の間に築かれた信頼関係は一挙に崩れ、あるいは死ぬまでそれは修復されることがないかもしれない。物の単純なやり取りに纏(まと)わるものではなく、それぞれの感情が複雑に何重にも交錯し、絡み合ってしまったからである。と、ここまで書くと、賢明な読者はなんだ夏目漱石の小説かと思われるだろうが、その通りである。『それから』では、代助が友人の平岡からその妻三千代を奪うことになるし、『門』の宗助も友人の安井の相手お米と結婚する。『こころ』の先生は友人Kを裏切る形で静と結ばれる。いずれの場合も、当時の姦通(かんつう)罪にたとえ触れることがなくとも、法以前の問題としてそれぞれの内面に深く突き刺さり、日常生活に規制を及ぼし、時には死をも招来するほどの深刻なテーマであった。

I

唯川恵の作品も漱石同様の図式を踏んだものが多い。友人ないし親友の恋人と改めて結ばれる話が多い。彼女が漱石を意識しているかどうかは、今の場合問題ではない。むしろ、漱石があれほどこだわったテーマを取り上げながら、段階を経てそれをいつのまにかクリアしてしまうところに注目したいし、そのことにこだわってみたいのである。

唯川に『夜明け前に会いたい』(平8)という金沢を舞台にした作品がある。三十年以上も生活した自分の故郷を登場させるのは、彼女にとってたやすいことだろう。初期の『シフォンの風』(平3)以後その数は少なくないし、対象となる素材も多彩である。今の場合、加賀友禅の作家と呉服屋、茶屋街などいわゆる金沢らしいメニューが並べられている。かつて芸妓(げいぎ)をしていた母をもつ希和子は父を知らないが、若手の友禅作家瀬尾と交際を始めるうちに彼の師匠元木こそ父であることを知る。それが明らかになって、子のいない元木は瀬尾と彼女が結婚して跡を継ぐことを望む。上京を願っていた瀬尾も工房に残ることを決心し、作品はハッピーエンドに終了するが、作中にちりばめられたいくつかの恋の花火に、瀬尾と呉服屋の女主人蒔子とのそれが付け加えられることによって作品はいっそう深みを増している。

蒔子を姉とも慕うだけに、その事実を彼女から知らされた時の衝撃は大きい。蒔子は自分は許されなくてもよいが、瀬尾は許して欲しいという。私よりあなたの方に彼の気持ちは傾いている、ともいう。蒔子に別れ話を持ち出す一方で希和子と別れる覚悟の瀬尾は会うと、すまないとだけいう。しかし、すでに彼の心に侵入していた希和子は過去を問い詰めることをしない。

このように蒔子や瀬尾のそれなりの苦悩が作中で描写されて、希和子に謝罪するというパターンは一応漱石の図式に近いとみられる。しかし、このようなパターンは唯川の場合出発点というべきで、恋人を裏切ったことの罪悪感よりむしろ本人をしてそうさせた内面の力あるいは衝動、本能といったものの行方の方に次第に関心をよせていく作品が多くなる。

II

例えば、『あなたが欲しい』(平7)というストレートなタイトルの作品を見てみる。結婚相手としても意識し始めた恋人亮を持ちながら、理沙子は彼の同僚の幹也を紹介されると死んだ兄と似ているという理由から彼に惹かれ、幹也も理沙子の友達の侑子という相手を持ちながら彼女と付き合う。友達の桐に種々なじられても自分を制御できなかったとの理由から理沙子は返す言葉もない。幹也を愛した事実を忘れることが全てだと自身を納得させる。

しかし、桐もかつて亮と関係を持っていたことや、侑子が理沙子に以前無言電話を掛けてきたことなどが次々と明らかになり、それぞれのパートナーの関係は危機状況を迎える。結局、無事にめいめいが元のさやに収まるのだが、おそらく、彼らが次のような認識を共有できたから、それを克服できたのだろう。

つまり、桐が理沙子に向かっていうせりふに代表される次のようなものである。

「自分の心に忠実になるということは、誰かを裏切らなくてはならないものなのよ。それは罪じゃないわ。あの時、理沙子が何もしなかったら、自分の気持ちを裏切ったことになる。それとおなじよ」
——①

「あなたはいつも正し過ぎるのよ。人間なんて、すこし罪を背負ってるくらいがちょうどいいのよ」
——②

「理沙子、いつも赦す立場になっていたいと望むのは傲慢というものじゃないの。赦される立場になるのも、相手に対する一つの優しさと言えるんじゃない?」——③

このせりふで①と②は矛盾している。桐は理沙子の亮に対する行為を①では罪にならないといいながら、②では罪と言っている。まだ三十前の彼女があたかも人生を達観したかのように②のような発言をするのはおかしくもあるが、それだけ彼女の中で罪というものに対して深い認識がなかったことを示している。

桐の説得もあって、理沙子は次のように考えて侑子や亮、幹也との間にできた溝をうずめようとする。

何もかも忘れ去るには、まだ時間が必要だった。忘れいいや、たぶん忘れることはできないだろう。忘れるのではなくて、受けた傷と、与えた傷の痛みを感じながら、自分がしでかした罪とこれからもずっと向き合ってゆく決心が必要なのだろう。そしてさまざまな葛藤（かっとう）の中で、それを包み込んでしまう強さを手に入れなければならないのだろう。

まことにごもっともな理解の仕方ではある。②を受けた考えであるが、このような考え方をもとに全てが解決可能ならば、ドラマは生まれない。「傷をめぐる葛藤」こそがドラマになりうるのであり、それがこのように簡単に包み込まれてしまったのではドラマどころではない。逆にいえば、この段階ではその端緒をつかみながらも漱石の図式からあまり踏み出していないことになる。それを越えるには①のような考え方に徹するべきである。その時こそ独自性が発揮されることになる。

Ⅲ

唯川はもちろんそのことを自覚して、それを前面に出した作品を次々と発表していく。中で、最近の直木賞受賞作『肩ごしの恋人』（平13）を例にとって見てみる。

萌はかつて信之と付き合っていた。彼女の幼馴染（おさななじみ）のるり子は柿崎と交際していた。しかし、まるでそれぞれの肩越しに手を出して欲しい物を奪い取るかのように萌は柿崎と、るり子は信之と関係を持つようになる。彼女達は二十七歳。唯川の作品に頻出する年齢設定である。

彼女らはそれぞれパートナーを変えることに少しの罪悪感も持たない。例えば、るり子は二回結婚に失敗しているので自信を喪失しており、「萌の付き合っている男なら安心だ、間違いはない。だからこそ必死になって信之の気をひいた」ということだし、横から取られた萌は小さい時からのるり子の性格からみてこの場合も、「無駄な抵抗はしないでおこう」とあっさり彼女に譲る。一方、柿崎と会ったその日にベッドを共にする萌の理由は、彼は「新婚だ。後で面倒が起こることはない。るり子が寝た男だと思うと、どこかで安心するのだった」というものである。まさに「女はいつだって、女であるということですでに共犯者」なのである。

この作品の主要人物であるるり子と萌は対照的な人物に設定されているように思われる。るり子は望む物は何でも男を通じて得られると思っており、事実その美貌をフルに活用して生きていく。怠け者で男に依存することばかり考えている。かたや、萌は「勉強にも仕事にも、人にとやかく言われないくらい頑張って、時には『面白みがない』とか『性格がキツイ』と言われても、平気な顔でいられるくらいの根性」を持つ。

また、るり子は、「わがままを通す方が、我慢するよりずっと難しい」。だから自分は、「どんなに落ちぶれても、我慢強い女にだけは絶対ならないでおこう」と考えて行動し、迷う事も少ない。一方、萌は「女ならいつかはパートナーを持って子供を産みたいと思うのが自然」なのに「本当に悔しいのは、それを『関係ないわ』と笑い飛ばしてしまえない自分がいる」「どこかで自分もそれに乗っかって、周りの女たちの生き方に乗り遅れないようにしている」のである。

このように、対照的な生き方を選択している二人だが、恋やセックスをめぐっては驚くほど類似した考えと行動を見せる。

相手の肩越しに手にいれた恋人をめぐってほとんど罪悪感が欠如するのは、先にみたとおりだし、好きなことをするのをモットーにするるり子はいうまでもないが、慎重に人生を歩んでいるはずの萌もたとえば、柿崎とベッドインする時「半年ぶりなので、手順を忘れたんじゃないか」「下着をつけるかはずすかで悩むほど初心でもない」と考えたり、勤務先の家出したバイト生崇を部屋に誘ったりする。セックスに関しては二人とも能動的であり、スポーツ感覚で楽しんでいるように考えられる。

作品は、萌とるり子の視点を交互に変えながら進行する。だから、同じ事件や関係人物でも観察が異なっており、そのぶん読者は多角的に把握することができて、興味深く読み進めることになる。

作品の特色として作者の工夫が成功しているといえよう。

いくつかのアクシデントが生じる。一つは、萌が退社したこと。一つは、柿崎が妻に浮気がばれたこと（萌とのこと）。一つは、信之の浮気が発覚し、るり子が家を出ること。一つは、崇とるり子が萌の部屋で一緒に暮らすようになること。一つは、萌のバイト先絡みでるり子や萌がいわゆるオカマ連中と交際するようになること。一つは、萌の妊娠である。

Ⅳ

以上のような出来事を絡み合わせながら作品はゴールへとむかうわけだが、このうちのどれに重点をおいて読み解くかによって評価が分かれる。直木賞選考委員の井上ひさしは次のようにのべている。

> 唯川さんの作品は、危機に瀕した家庭で育った二人の女性が十五歳の少年と擬似家庭を作り、その中で彼らが遅かった家庭生活を短い時間に体験することで本当の生き方を決めていく素晴らしい家庭小説として読んだ。三人の主要な登場人物の人生にとって、後で考えると一番大事な時期を軽快にテンポよく面白い会話で描いている。しかも女性に対する大変な批評を散りばめていって、ロシュフコーのような箴言（しんげん）で綴っていくその見事さには大勢の委員が脱帽したという感じだった。
>
> （「文壇」『週刊読書人』平14・2・1）

三人の共同生活を家庭小説として読み取っているのだが、はたしてそうだろうか。まず萌とるり子の二人は危機に瀕した家庭で育ったわけではない。我慢を教えこみ、男と女が対等との考えを持つるり子の親が異常とは思われないし、萌の親にいたってはほとんど記述がないのである。また、擬似家庭というものの、信之のカードを当てにして遊び放題のるり子はこの部屋にほとんど寝に帰ってくるだけである。若い男に食事の支度をさせて食べるだけの生活も悪くないな、と考える彼女たちにとってその部屋は家庭というものを営む場所では全然ない。

萌は、たまたま再婚した母に嫌気がさして家出をした崇と出会い、もともと年下の男に弱いこともあってまず彼を取り込む。そこへるり子が加わっただけの話である。挙句に、るり子は寸前で衝動が抑えられたものの、萌は崇の子を身ごもってしまう。これが「素晴らしい家庭小説」とはとうてい思われない。

井上の評で合点できるのは「軽快にテンポよく」以下の部分である。阿刀田高がこの作品について「二人の女性の交友に現存性があり、おかしさがあり、おそらく二十代、三十代の女性読者は『そうなのよ、わかるわ』と共感を覚えて読み進むに違いない」（「文芸21」『朝日新聞』平14・1・17）と述べるのと共通する作品の特色である。そして、付け加えるならばこれこそがこれまでの唯川文学の魅力であり、特色なのである。本作にいたってよりいっそう磨き（みが）がかかり、頂点を極めたというべきであろう。

例えば、

○独身は確かに気楽で自由かもしれないが、結婚を面倒で不自由なものにしているとしたら、それは相手ではなく、自分自身だ。

○セックスでわかることなどたかがしれている。愛なんてものを計ろうとすれば、もっとわからなくなる。

○女にはふたつの種類がある。自分が女であることを武器にする女か、自分が女であることを弱点に思う女か。このふたつの女は全く違う生きものだ。

この手の箴言が作中に散りばめられて、それが読者にとって大変な魅力なのである。また、軽妙な会話が地の文のテンポの良い運びとあいまってこの作品を洒落（しゃれ）た、センスの良い物語に仕上げている。性をめぐるあけすけな会話や行動が陰湿な感じを与えないのも、それがフィクションの世界だと読者がはっきりと認識しているからだが、あるいは現実の反映かもしれない。いずれにせよ、会話の妙と軽快な文章が一役買っていることは間違いない。

V

以上のような『肩ごしの恋人』がもし唯川ワールドの集大成だとするならば、この作品はただそれだけのものなのだろうか。漱石同様の図式をクリアしてきた、つまり、恋人を奪うことに伴う葛藤を罪悪感よりも内面の衝動力や本能を持ち出し、それを優先させることによって超え、「セックスなんて、相手の身体を利用したマスターベーションだ」と考えることによって、愛とセックスとを分離させた唯川文学の次の課題はこの作品には示されていないのだろうか。そこでヒントになるのが、萌の妊娠である。

一生子供を産むようなことはないと思っていた彼女は、他人には無謀と思われるかもしれないが、産む決意を固める。どの選択が正しいかは生きてみなければわからない。崇の子であることに幸運を感じ、「そのシンプルな気持ちが、たぶん、自分を一生励ましてくれるだろう」と思う。イギリス留学予定の崇にはもちろん、その事実は伝えない。るり子だけが生まれたら「三人で暮らしたら、きっとすごく楽しいわ」という。

セックスに妊娠はつきものである。だからこそ避妊法が求められる。セックスと愛を分けて考える萌であればなおのこと注意しなければいけなかった。

しかし、結果として萌の妊娠は事実である。作品はその先を語ってはいないので不明だが、萌がシングルマザーになる確率は高い。彼女がどのようにして生まれた子を育てていくのか。いわば子育てというテーマを新たに与えられたことになる。子育てにしろ近年は虐待の問題や具体的な育児方法のノウハウをめぐる問題、等々小説の題材に事欠かない。また、育児以前のテーマとして生む自由生まない自由の問題だってある。さらにもし萌が崇の子だということを何時までも明かさないならば、将来は生まれる子と崇との恋愛や性交の可能性だってありうる。このように萌の妊娠という設定はさまざまなテーマを導き出すことになるのである。

ところで、事実が判明した後で萌はいう。

私、今、すごくいい感じなの。気持ちが安定して、見るものも聞くものもすごく楽しくて、お腹の中から幸せホルモンがぷるぷる出てくるみたいなの。満ち足りてるの。それでもう十分なのよ。

ここには男には理解できない女だけの感想が語られている。この実感があるからこそ産みたいと思い、育てていく決意ができるのだろう。いくらセックスを相手の身体を利用したマスターベーションと考えても、おそらくこの実感までは変えられない。

かつて萌は既婚か未婚かは何の関係もない。それが男と女の足枷(あしかせ)になるのなら、世の中はシンプル過ぎて退屈この上ない。男と女はどうなるかわからないから面白いのだと述べていた。その考えに基づいて男と付き合ってきた。しかし、妊娠という事実はそういう観念の世界をいとも簡単に突き破ってしまったのである。妊婦だけが知りうる身体の神秘性と感情、この新しいテーマについて唯川は考えざるをえなくなったのではないか。

こうしてみると、少なくとも二点について次なる課題を唯川は背負ったことになる。前者からは、さらに子育てから観た社会や制度などについても言及せざるをえないだろう。それは従来のように軽妙なタッチで描写することが可能かもしれない。後者からは、さらに拡大解釈して男女の肉体そのものに関わる問題にまで掘り下げられる可能性もある。その結果、「男と女はどうなるかわからないから面白い。だから性懲(しょうこ)りもなく繰り返す」との認識を別の角度から証明することになろう。この場合あるいは文体の変更がありうるかもしれない。いずれにせよ、彼女が今新たな岐路に立たされたことは間違いない。

唯川恵『病む月』の位置

『病む月』は一九九八（平成十）年十月に刊行された短編集である。十篇のうち八篇が同じ雑誌に発表されていることから、当初から作者はある意図を持ってまとめようとしたことが推測される。また、『北國文華』十一号（平14・3）掲載の「特別インタビュー」によると、これは金沢を舞台にした、女性のちょっと暗い部分や病んだ部分を書いたと述べているが、直木賞受賞の『肩ごしの恋人』（2001・9）よりもこちらを「小説として評価してくださる人の方が多く」と控え目ながら自信のほどをのぞかせている。では、この短編集はどんな意図を持った、どんな内容のものなのか。その十篇は次のようである。

①「いやな女」
②「雪おんな」
③「過去が届く午後」
④「聖女になる日」
⑤「魔女」
⑥「川面を滑る風」
⑦「愛される女」
⑧「玻璃の雨降る」
⑨「天女」
⑩「夏の少女」

I

まず、「女性のちょっと暗い部分や病んだ部分を書いた」という点についてみると、おそらく「いやな女」や「過去が届く午後」「聖女になる日」「愛される女」等をさす。これらの作品を含めて十篇全てが女性を主人公にしていることで共通する。年齢もほぼ三十代という設定になっている。また、作品舞台についてはすべて金沢を採っている。

さらに、これらの作品の中には「過去が届く午後」「聖女になる日」のようにホラー的要素を導入することによってそれを強調するものもある。また、「夏の少女」のように幻視幻覚を効果的に用いたものもある。

次に、唯川の他の作品にもみられるが、セックスをスポーツ感覚で楽しむ女性が登場する「いやな女」「雪おんな」「川面を滑る風」「愛される女」「天女」のような作品、あるいは、男をスポンサーにして仕事を続ける女性が主人公の「いやな女」「雪おんな」「過去が届く午後」「玻璃の雨降る」、人の死を前面に出した「聖女になる日」「魔女」「愛される女」「玻璃の雨降る」「夏の少女」等々この短編集には一読して多様で、顕著な傾向を指摘することができる。

このようにこの短編集所収作には様々な傾向が伺われるが、取りも直さず少女小説の書き手からの脱却を図る唯川の意欲が現れていることを示す。「転機」(『北國新聞』平14・1・27)で述べるように五、六年毎に新しいものに挑戦して、少女小説時代の読者の成長に合わせて自身も成長を図るという意欲的な姿勢を取り続けてきたのである。

唯川は『病む月』の前に同じく十篇を所収した『めまい』(1997・3)を世に送っているが、これも今指摘したような特色を多く備えている。ただ、『病む月』との差異を言えば主人公の女性の年齢が二十代後半とより若いこと、作品舞台が特定できないこと、ホラー的要素を含む作品が過半数を占めること、窃盗やマルチ商法、結婚詐欺等のいわゆる三面記事をにぎわすような題材を多用していること等がある。単行本帯に

「唯川恵が初めて挑む心の奥の深い闇」とあるが、ホラーを採用して作品に濃密で奥行きのある世界を構築しようとのねらいと意欲はそれなりに理解できる。しかし、「あとがき」で次のように述べているものの、はたして結果はどうか。

> 女が男を心から愛した時、行き着く先はどこなのか、それを知りたくて、十人の女たちを登場させました。
>
> 愛しさは狂気と背中あわせであり、狂気は恐怖を呼び、恐怖は哀しみに似て、哀しみは結局、愛しさに繋がっている、今、そんなふうに感じています。

たしかにそのとおりかもしれないが、狂気と恐怖を表現するためにホラーを多用してしまうと「安易すぎる」と判断されかねない。それを使わずとも狂気や恐怖を表現する術はあるはずである。そんなふうに考えた時に作品集中において「闇にさす花」と「降りやまぬ」の二作は優れた出来栄えをみせている。詳述は避けるが、両作ともホラーを用いることなく「愛しさと狂気と背中あわせ」の状況をみごとに描き切っているのである。

以上のような『めまい』と比較すると、『病む月』の方が作品の完成度が高いものをより多く所収する。

具体的に作品に即して見ていきたいが、最初に、唯川が言う「女性のちょっと暗い部分や病んだ部分」とはどんなものなのか。

「いやな女」は「比佐子は昔からいやな女だった」という書き出しを採り、この「いやな女」という言葉がキーワードになっている作品である。協子は男の援助を受けて市内に店を二軒構えるほど成功しているが、ある日、レストランで高校の同級生の比佐子を久しぶりに見かける。知恵の遅れた姉の美那と夫と思しき男三人でいた。比佐子は「自分の存在が無視されることを最も嫌悪するという、自意識を最悪の状況で備えている女」「たえず他人との関係を、見下すか媚びるか、その両極端な方法でしか継続することができ」ない女で、いつも見下されていた協子は彼女がきらいだったが、自分の持っていないブランド品やゴールドカード、「美貌や傲慢」等々の魅力が勝っていて仲を断ち切れないでいた。後日、彼女が協子の店にやってくる。店の品を受け取りに来たのは夫と思しき男だが、協子はその男を誘惑する。後日、比佐子が店に来て言う。

「あなたのお陰で、ようやくあの男と別れさせることができたわ。ありがとう」

協子が寝た相手は比佐子の夫ではなく、美那に付きまとい、財産を狙っていた男であった。お陰で姉も目が醒めるだろうし、男もぼろを出したし、万々歳だというのである。

「あのレストランで久しぶりにあなたと会って、昔のことを思い出したわ。あなたなら、きっとあの男を誘惑するだろうと思ったわ。昔からそうだったもの。あなたは私を軽蔑しながら、本当はすごく羨ましくて、その劣等感を満足させるために、陰でこっそり盗み食いをするような女だったわ。あなた、私に気があった化学の先生と寝たでしょう。それからあの大学生とも」

比佐子はレストランで協子と一緒だったスポンサーの男にスキャンダルの写真を送りつけることを宣言する。そして最後に比佐子が言う。

「そう、あなたは、本当に昔からいやな女だったわ」

短編としてはみごとな結末といえよう。どんでん返しが実に効いている。いやな女が比佐子から協子に変わるのも、当初から協子の側から比佐子を描写し、最後の最後で比佐子の側から協子を描くという変換が成功したからに他ならない。作者が言う女性の暗い部分とか病んでいる部分というのは、おそらく協子と比佐子が互いに相手を認識しているようなことをさすのだろう。二人は容易に相手を認めたり信頼したりしない人間関係にある。冒頭作にふさわしい作品といえる。

「過去が届く午後」もそういう暗く病んだ部分を抉り出したものである。かつて同じデザイン事務所で同僚だった二人の女性が七年ぶりに再会する。今は主婦に納まる真粧美はむしろ当時は有子より優秀だった。その妬みから有子に思い出したように以前借りたものだといっては、次々と物を送りつける。それは画集のこともありスカーフのこともある。また、ストッキングやタクシー代、ボールペン、サンドイッチ半分、等々。有子には貸した覚えがないものやどうでもよいと思えるものもあり、異常を察知して電話や手紙で刺激しないように穏便にその不必要な事を伝えるが、聞き入れない。最後に届いたのは共通の友人だった真粧美の夫の死体。一メートルほどの箱に入っていた。

この作品は女性の異常な嫉妬心と復讐心とが誇張して描かれているが、巻末はホラーともいうべき終わり方をしている。

「聖女になる日」は生まれつき不随意性運動麻痺という難病にとりつかれた息子の看病を必死にした甲斐もなく、三歳二カ月で失ってしまう母の悲しみを描いているが、子の死後に離婚された彼女は夢も希望もない日々を過ごす。しまいに肌身離さなかった骨壷から子どもの骨を取り出して口の中にいれるが、その時に始めて息子と一体になった実感を覚える。母性愛を「かなり病んだ形」で描くと共にシュールな感じを演出した作品である。

「愛される女」は美しさという武器だけで人生を生き抜いてきた母に反発を覚える娘がしかしながら、結婚して女の子を持つと、長じたその子に母に言われたと同様のこと—あんたさ、その格好何とかならないの。それでも女なの—のセリフを言われてショックを受けるというもの。

このように「女性のちょっと暗い部分や病んだ部分を書いた」ものとは女性の嫉妬心や復讐心、異常な母性愛、美貌へのこだわり等をさすと考えられるが、以上の作品以外にはそれに該当するものはないように思われる。

「川面を滑る風」や「天女」は奔放な性を求める女性を描いていると考えられるし、「雪女」は高橋治の

「風の盆恋歌」に通じる、男女の年一回の逢瀬を描き、「玻璃の雨降る」は身体の関係だけと割り切って援助を受けていた男の思いやりをその死によって知らされる女性芸術家の驚きを伝える。「魔女」は「本人の意思とは関係なく、不幸を呼び込む、そういう運命を背負った人」とその影におびえる人物を登場させる。「夏の少女」は死を覚悟して恐怖を克服する女性を描く。

このように短編集は必ずしも作者が言うようなテーマばかりで覆われているわけでない。前述したように統一が確認されるのは、主人公の性と登場人物の年齢と作品舞台だけである。おそらく、作者はこの短編集でそのようなテーマと共にこの世代の現代女性を通してその多様性や多面性を捉えてみせようとしたのではないか。単行本の帯には「月が惑わせるのか？愛する心の水面下に渦巻く、女たちの歪んだ狂気」とある。この文句がどれほど作者の意向を汲んだものかは不明だが、タイトルの意味と重ね合わせてみると、中らずといえども遠からずである、と考えられる。

すなわち、この作品では太陽のように自ら光を放っ、すなわち「本当の意味で」自立して生きている女性はいない。仕事を持っていてもその時間には必ず男が存在するのである。まさに主人公の女性達は太陽というよりも月と呼ぶにふさわしい。その満ち欠けや自ら光を発することをしない点等々、「月」は彼女達の多彩なありようを象徴しているようである。また、それらが狂気と呼ばれる面を備えているならば、まさに「病む月」なのである。

Ⅱ

短編集は一篇一篇の完成度もさることながら、それらが互いに相乗効果を生んで全体としては大きな収穫物となって存在する。読み応えのある作品集に仕上がっているのである。

優れた短編というのは、人物や事件、背景が魅力的でなければいけないし、構成に注意が払われる必要があるし、書き出しや終末部が重要になり、ほんの断片と思われる言葉や文章に効果を求められる。その点、所収の十作がハイレベルにある良質の作品であることに間違いはない。特に、①〜③と⑦、⑧は見るところ特に上質といえよう。このうちすでに紹介した①と③、⑦を省いて②と⑧について以下述べる。

②「雪女」は書き出しがいい。二月の雪は暖かい、と意外性のある文章で始まり、「二月の第二土曜日。私はこの日、必ず新調した着物を着る。ここ四年、それを欠かしたことはない。その日のための着物を、私は三百六十四日かけて選ぶ。この茄子紺の友禅を倉沢は気に入ってくれるだろうか」とすぐにこの奇妙な「セレモニー」の説明に移る。読者はすでに語り手の術中にはまってその先に進もうとする。

作品は四年前に遡る。ホテルのラウンジで「私」は倉沢と会った。実家での法事の帰りにグラスを傾けていると彼が声を掛けてきたのである。その応対中の観察から彼と寝たいと思った「私」は誘う。彼は呉服商だと言い、「私」は平凡な主婦だと名乗る。雪がふっていたので、名もゆきと偽名を言う。二人は一年後に会う約束を交わす。そして、五度目の逢瀬が今日。小説はこのような縦糸ともう一本の横糸が絡んで進行する。「私」は実はラウンジを経営するママ。五年以上も前から豊岡というパトロンを持つが、三カ月前に別れ話を出される。しかも、片腕ともいうべき真奈美が独立するが、そのパトロンが豊岡。経営に支障をきたすので、新しいパトロンを見つけようとするが袖にされてしまい、窮地に陥る。そんな状況の中での今回の逢瀬であった。

「私」は男と寝ることぐらい何でもないと思い、欲しいものはただ手に入れたいと望んで生きてきた。そして今の地位を築くことができた。しかし、三十八歳の今、同じやり方で真奈美に男を奪われ、狙っていた男にも「もう、身体で男をつなぎとめられる年じゃないだろうが」と言われる。いわば二重の衝撃を受ける。そんな「私」が倉沢と会う時に「『ゆき』という名の女になるほんの数時間を、人生のおまけとして与えてくれた」と考え、「わたしは幸福な女だ。たとえ昨日まで、たとえ明日から、どんな不幸が存在しても、今夜だけは誰よりも幸福に生きている女になる」と判断することができる。

いわば、現実を図太く生きる人生と夢見る人生という正反対の、縦糸と横糸の交錯がこの作品の面白さである。短編における人物と事件においてそのユニークさがよく出ているし、縦糸を主にしながらも横糸の絡め方、いわゆる構成もみごとである。また、「観察されることは悪い気分ではなかった。いつだって、誰にだって、女は気にされて生きていたい生きものだ」のような言い回しは『肩ごしの恋人』でも顕著な、箴言ふうなもので、「私」の性格作りに役立つだけでなく、読者にも一種の普遍性を持って迫ってくる。また、背景としての「雪」が効果的である。ちなみに、短編集は金沢を主な舞台として固有名詞や名産、名物を頻出させている。そのことが作品に現実感を齎していることは否めない。ただ、「雪おんな」は別にしても大概の場合はそれを別の土地に置き換えても何ら支障はないと考える。「あとがき」で「十人の女たちは、すべて架空の人物ですが、金沢の入り組んだ露地に入ると、ひょっこりと出会ってしまいそうな気もします」と述べるが、そうとも思われるし、そうでもないといえるのである。

⑧「玻璃の雨降る」はやはりスポンサーによってガラス工芸作家として世に認められていく女性の話である。三十歳の聡子は大学助手のままでは十分な作家活動ができないので、アルバイトでホステスをしている。ふ客の芹沢がそんな彼女と契約をしようと申し出る。ふた周りも年上の彼と週一、二回の関係を継続することによって独自の工房を構えることができ、ついにアート展に入選する。画商を通じて作品を定期的に買い上げてくれる客もついた。しかし、ほぼ同じ頃契約が解除される。別れて一年、仕事は順調に認められた。定期的に買い上げてくれる客は名前を隠しているが、彼女には大助かりで、助手を辞めても生活できるようになった。しかし、突然、芹沢の死が知らされる。迷った末に斎場に向かった。棺の中を覗かせてもらった彼女は自分の作品が入れられてあるのを発見する。

聡子はひとり天を見上げていた。芹沢を思った。

あんなに会っていながら、あんなに抱き合っていながら、私はいったい芹沢の何を見ていたのだろう。

　雲は自らの重みに耐えかねて、やがて嗚咽するかのように細かい雨を落し始めた。雨ははらはらと、ただはらはらと髪や肩に降り落ちる。柔らかな春の雨だった。

　しかし、それはまるで玻璃の雨のように聡子の全身を刺し続けた。


　芹沢が病気であるらしい予兆はあった。しかし、聡子が正しくそれを把握できなかっただけでめる。芹沢が作品を密かに買い取る理由も伏線が敷かれていた。それは彼の父親も陶工であったと彼女に告げていたことである。もっとも、そのことを彼女は結びつけて考えることはできない。おそらく読者だってページを閉じる直前までわからないだろう。

　一方、聡子が全く男女の愛情に疎くて、ビジネスだけで彼と契約を交わしていたかといえば、決してそうではない。彼のために手料理を準備したことがあるし、言葉で確認したくて、一度でも私を愛したことがありますか、と彼にたずねている。その時はそんな下らない質問はしないことだ、とはねつけられたが。つまり、聡子は契約をめぐって何度か心が揺れ動くのに対して、そんな素振りを全く見せなかった彼が最後に彼女以上の愛情とおもいやりとを表現する点にこの作品のおもしろさがある。

Ⅲ

　以上のように、優れた出来栄えの短編を十作所収する『病む月』だが、全編を通じてより印象を効果的にするために唯川は編集に工夫を凝らしている。初出誌一覧が巻末に掲載されているので目次と比較すると一目瞭然だが、まず第一に①〜③のように完成度が高いものを最初に持ってきて読者への印象を強くし、次に、③〜⑤のようなホラーの要素が濃いものを中ほどに集中して並べ、第三に、死の影が濃い作品（④⑤⑦⑧⑩）を後半のほうにまとめた。第四に、結果的に先に挙げたスポーツ感覚でセックスを楽しむ女性やスポンサーに頼る女性が登場する作品もある程度まとまってならぶことになった。こうした配列を探ることによって「あとがき」のつぎのような一節がスムーズに理解できるようになる。

> 今年の春、実家の近くに花見に出かけた時、咲き乱れる桜を眺めながら、ふと、私はあと何回これを見ることができるのだろう、という感覚に見舞われました。
>
> そんなふうに、季節を逆算するようになった自分に驚きました。

ここには死を身近に感じ始めた作者の率直な感慨が述べられている。本文を受けた「あとがき」も作品集の一部として存在するのである。この際、唯川がまだ四十一歳であるとかないとか問題ではない。

ところで、死を考えるということは対極に位置する生の問題を考えることにほかならない。唯川が『病む月』のラストで死を強く意識しているということは先の『肩ごしの恋人』のラストで生の問題を提起したことと決して関係がないわけでないだろう。くわしくは小稿「新しい時代の恋人群像」（本書二章）に譲るが、これまでトレンディードラマと見間違うような作品を描き続けてきた彼女はたしかにこの長編で新しい世界の入り口に立った。

五木寛之〈金沢物〉の傑作「金沢あかり坂」

「小説に対する熱をずっと溜めていたんだ――五木さんの十数年ぶりの新作、ご堪能ください」と『オール讀物』の編集長も力を入れて述べる「金沢ものがたり主計町あかり坂」が同誌に掲載されたのは、平成二十（二〇〇八）年四月である。一昔このかた五木の新作に接していない読者は驚き、期待を寄せて頁をめくった。

確か「ソフィアの歌」が平成六（一九九四）年六月の発表で、「青春の門」の連載も同六年四月に取り敢えず終えている。この間、第二回目の休筆期を経て五木は宗教論や人生論関係の著作等を重ねていた。したがって、この作品の発表は全く唐突の感じで受け止められた。

平成二十七（二〇一五）年二月、同作が文春文庫に所収の際、「金沢あかり坂」と改題されたが、本文は初出の、西暦と年号とが混同している個所を若干整えただけに留まり、手が加えられていない。「青春の門」の場合が示すように、著者は初出を推敲するほうだと思われるが、今の場合、そうでない。逆に、そのことは、五木が雑誌掲載に当たってかなり念入りに推敲を加えていたことを示す。五木の「小説に対する熱をずっと溜めていたんだ」との物言いが決して大げさなものでなく、真実を語ったものだと気づかされる。

以前、小著『五木寛之の文学――一つの読み方』で「五木寛之と金沢」と題する章を設けたが、そこでは金沢を舞台にする作品を主に読み解いた。その結果、数ある中で「小立野刑務所裏」「夜の斧」「聖者が町にやってきた」を佳作と判断した。その判断基準は単に舞台を金沢に採るのではなく、登場人物達が考える問題が、その地域だけの特殊なものであると同時に、他の地域居住者にも通用する普遍的なものかどうか、という点にあった。いわゆるご当地ソングや何とか殺人事件によくある地名を変えれば他所にも容易に通用する作品では優れたものとは言えない。

今この基準に照らせば、「金沢あかり坂」は以上の三作にも増した〈金沢物〉の傑作と言える。

I

作家がどんな魅力的な素材を用いたとしても、それだけでは読者を引き付けられない。それを生かす作家の手腕、中でも構成力が問われよう。如何に読者を最後まで魅了するかが肝要である。

作家デビュー作「さらば、モスクワ愚連隊」以来、純文学に対応するエンターテイメント、つまり「読み物」を書き続けてきたことが示すように五木の、いわゆるストーリーテーラーとしての評価は高い。それは長編においても短編においても、である。四百字詰め百枚足らずの本作が対象でも、その評価は変化ない。むしろ、より一層洗練されたものになっている。

作品は全十一節からなっているが、そのうち作品内の現在が一、二、三節と十、十一節。四と七、八、九節が過去。五、六節が現在と過去の混交となる。この作品では、この過去と現在の交錯、そしてその時制の変わり目への転換の仕方が、さらに節と節とをつなぐセンテンスが極めて鮮やかなのである。

具体的にみてみよう。一節は舞台となる金沢の紹介、特に犀川より浅野川のほうに紙幅を費やすが、「その橋をめぐる道筋の一画、ひっそりと沈んだ町の日当りのわるい家で、高木凛（りん）はうまれた」と終える。ここで主要人物の凛を早くも登場させるとともに、生まれ育った環境を紹介することによって決して幸福ではなさそうな、その生涯を暗示する。さらに、二節ではもう一人の主要人物の黒江について述べるとともに、「彼の記憶のなかから、不意にひとりの若い女性の横顔がうかびあがってきた。高木凛というのが、その娘の名前だった」と結ぶことによって、一節の凛とのかかわりを読者に暗示する。

したがって、続く三節における凛の登場は当然の展開だが、ここでは凛が三十一歳になった今でも忘れられない幼時からの四つの怖い記憶（ユウキ、リンリンと叫ぶ父の声、謎の人物ハッタロウ、父の笛を割った時の母の顔、カマイタチの坂）が述べられる。いずれも、作品の後の展開にかかわる大事なファクターとして語り手が提示した。そのことは後で判明する。

四節はその怖い記憶の中から、凛が跡を継ぐ父の笛のことが特に紹介される。凛にとって笛とは、その生と密着したものである。作品の構想上は最終の十一節での凛と艶也との笛対決へとつながる伏線となる。四節は同時に母の死と祖母との同居、父の死等の凛の生活履歴が語られ、それは五節へとつながる。その終わりは「そんな苦しい時期に、凛は黒江透という青年と出会ったのだった」と締めくくられ、二節の最後と対応し、それを受けて黒江が本格的に登場するのが六節である。

六節は黒江と親友の池との交遊が紹介されると共に、黒江が金沢に戻った理由も明らかになる。続く七節が、金沢で黒江が凛と出会った後の交際が回顧される場面であるのは、当然の展開であろう。その展開は九節まで続く。凛が何度も死のうと思ったこと、それを救ったのが笛であること等が語られる。

十、十一節は八年振りに再開する凛と黒江、さらには艶也との笛対決が用意されていて作品は一挙に結末へと向かう。

このように、時系列の記述を採用しないで、過去と現在を巧みに混交させる語り手の手腕は見事というしかなく、作品が進行するにつれて、読者は、もつれた糸が少しずつほぐれるように感じつつ作品の終着点へとたどり着く。五木のこのような構成法は老練というより円熟の極に達しているというべきだろう。

II

老練と言えば、この作品は黒江やその親友池が属する、映像というマスコミの世界を取り上げ、加えて浅野川周辺の芸妓の世界が絡むものだが、五木にとって、これは手馴れ以外の何物でもない。この文庫本にも収められる「浅野川暮色」が同傾向だし、それ以外にも「金沢望郷歌」等があげられる。何よりマスコミの世界はかつて著者自身が身を置いた場所だし、浅野川界隈の地歴も金沢居住の経験からいえば、知識に事欠かないはずである。

しかし、今回の作品はそれらにもまして密度の濃い金沢の素材が採用されている。しかも、その素材は互いにハーモニーを奏で合って相乗効果をなし、〈金沢物〉の傑作をなす要因となっている。

具体的に述べよう。第一に、笛のことがあげられる。第二に、旧町名復活のこと、第三に、「七つ橋めぐり」という風習、第四に、芸妓育成事業のこと、第五に、泉鏡花記念館の展示のこと等々である。

順を追ってみていく。この作品は凛が笛対決で艶也に勝つというところで結末を迎えるが、この結末は少なくとも二つの意味を持つ。一つは、そのとき凛は心にわだかまる古い記憶を送り出すような気持ちで笛を吹く。

凛は目を閉じたまま吹いていた。心のなかにわだかまっている古い記憶を、ひとつずつ送りだすような気持ちで凛は吹いた。「ユウキ、リンリーン」と叫ぶ父親の声。長靴をはいたハッタロウのうしろ姿。狂ったように笛を打ちつける音。カマイタチの坂。七つ橋めぐりの夜。そして内灘の風。一緒に東京へいこう、といった黒江の声。涙があふれそうになってきたが、呼吸は乱れなかった。いつ吹きおえたのか自分ではわからないうちに、闇の中から湧きあがるような拍手がきこえてきた。

次に、対決の後の打ち上げで、かつてその子を堕胎し、それまで片時も忘れたことがない黒江に逢っても心は揺れることがない。

黒江は凛のところへきて、

「いろいろ、ありがとう」

と、目をそらせていった。

「いいえ、こちらこそ。いい経験をさせていただきまして、ありがとうございました」

声が震えるかと思っていたのだが、ふしぎなほど平静だった。まだ夢は捨てないでいるのだろうか、と、凛は思った。


（中略）


「お体を大事になさってください」

凛はまったく心が揺れていない自分におどろいていた。なにか憑きものが落ちたような気分だった。

「ユウキリンリン」も、ハッタロウも、カマイタチも、こわくなかった。むしろ懐しくさえ感じられた。


いわば、凛の笛は彼女の全ての雑念を払い、浄化させてくれた特別な存在になっている。さらに、この対決の笛を吹く経験によって凛は全くの別人に生まれ変わったと言ってよい。作品の最後が次のように、新しく名前が付いた坂を一歩ずつかみしめるように上る場面で締めくくられるのは、その意味で当然である。


そうだ、この坂はもう名なしの坂じゃない。カマイタチのでる坂でもない。「あかり坂」という、あたらしい名前のついた坂なのだ。

石段をのぼっていくと、夜の空が奇妙にあかるく見えた。もう雪はやんでいる。

「あかり坂は、あがり坂――」

そうつぶやきながら、凛は坂の石段を一歩ずつのぼっていった。


後述するように、あがり坂は「上がり坂」の意味も兼ねている。凛は明日から胸に何ら悶えるものもなく、晴れ晴れとした気持ちで自信を持って前向きに生きていくだろう。そんなことを予測させるラストシーンである。

では、こんなにも重要な意味が与えられる笛を、彼女はどのようにして会得できたのか。最初は父の高木庄司に習ったのである。庄司は植木職人でありながら、初対面の相手には「笛を吹いとる者です」と挨拶するほど笛に熱中していたし、自分の笛にプライドを持っていた。また、出身地の能登でもその笛は一目置かれていた。

小学校へ進む前からそんな父の手ほどきを受けた凛は腕をあげていく。

金沢では「弁当忘れても傘忘れるな」や「空から謡が降る」という言い方をする。前者はそれほどこの土地は雨が多いとの例えを指す。確かに、『理科年表』によると県庁所在地の年間降水量は、高知にわずか一六〇ミリの差で二位である（一九七一～二〇〇〇年平均）。しかし、丹後半島を旅行した際、バスガイドが当地では云々と同様のことを語っていた。

後者は、前田侯が宝生流に熱心で加賀宝生流と言われるほど能に打ち込んだ。それにならって町人や職人も芸事に励み、植木職人も謡をたしなむという、この地方では藩政時代から彼らの間に芸事が非常に盛んなことを例えたものである。この言い方は寡聞にして今まで他地方で聞いたことがない。まさに謡ならぬ笛で一目置かれる庄司のような存在が金沢では珍しくないということである。

このように、凛における笛はその生き方を左右するほどの存在であることを示す。まさにこの作品は「空から謡が降る」が当たり前の金沢という土地の文化、風土との関連から考察される必要がある。換言すれば、それは、凛が金沢の風土や文化と密接な生き方をしていることを意味する。もちろん、凛や庄司にモデルが存在するかどうかはこの際、問題ではない。そういう特殊性が普遍性に通じる例であることを抑えるだけで十分であろう。

Ⅲ

第二は、町名復活のことである。これも現実に根差す素材である。作品内で触れているこれはほぼ事実と言ってよい。一般的に、地名や町名はその土地の個性と密接に結び付くと言われる。ところが、そういう地名が持つ意味を軽視した自治省（当時）は東京オリンピック（昭和三十九・一九六四年）をきっかけとして郵便物配達の便宜を図る等の理由から、地番の整理を始めた。

しかし、その後、先のような理由でその不合理さを指摘し、旧町名を復活させようとの動きが起こり始める。それを全国に先駆けて、金沢市が議会で可決し、旧町名の「主計町」「飛梅町」「下石引町」を復活させたのが平成十一（一九九九）年十月である。

作品は、復活した町の一つ浅野川河畔の主計町を中心として展開する。復活の情報をいち早くキャッチしたテレビ局のディレクター黒江と友人のプロデューサー池が、西専務の了承を得て、密かに全国向けのドキュメンタリー制作準備を進行させる。その際、局でアルバイトをしていた凛がメンバーに抜擢される。理由は、彼女が対象となる町の生まれ育ちということで、黒江が指名したのだ。結局、その成功のおかげで黒江はさらなる活躍の場を求めて上京する。この間、彼と親しい交際を続けていた凛は同行を請われるものの、断る。こうして、二人の恋物語は取り敢えず幕を閉じる。

ここで、町名復活という素材が黒江と凛とを結ぶために重要な役割を果たしていることは言うまでもないが、「金沢」という土地を取り上げた理由も見逃せない。もともと、昭和三十七（一九六二）年五月施行の「住居表示法」に従順だったのは金沢市で、国のモデル都市になって一部を除いて旧町名を捨てる方向に動いた。全国的にも四十六年ごろまでその動きが波状のように拡大していく。

しかし、時の経過とともに、戦災に合わずに江戸時代からの歴史や風情を多く残す街並みに新町名がふさわしくないという反省が起こって、金沢経済同友会による旧町名復活の提言をきっかけに、議会や市長が積極的に動いて旧町名復活の声が次第に大きくなっていった。この間足掛け八年を経過している。さらに、金沢の旧町名復活以後、次々と全国各地で同様の運動が起こって、金沢でもさらに旧に復す町名が毎年のように増えている。

このような動きと展開は根底に自分たちが住む町を大切に思う文化やその健全な発展を願う風土が存在しなければならない。西専務や池や黒江たちの行動はそういう住民の気持ちを代弁するものであったと言えよう。たとえ、そこにジャーナリストとしての功名心が若干上乗せされていたにしても。

Ⅳ

第三は「七つ橋めぐり」である。これは第一節に早くも登場する。すなわち、彼岸の中日の深夜に一筆書きのように上流から下流へと渡り切る市民の姿を紹介する。ちなみに、この作品が雑誌掲載の際は冒頭全頁にわたってこの様子を挿絵に描いている。切り絵のようなシルエットが魅力的である。

七つ橋とは上流の常盤橋から順に昌永橋までの七つをさす。全てを渡り切るまで振り返ってはいけないし、無言を貫く必要がある。これを破ると願い事が叶わなくなる。正式には年齢や姓名を記した白下着を着用する。いわば、これは庶民の間に伝わる大願成就を願う風習、民間信仰というべきものであり、全国的にも珍しいと言われる。

作者はこれを作中に紹介すると同時に、構成上の伏線にも使用している。すなわち、彼岸の夜のこと、凛が黒江と交際して間もなく浅野川大橋のたもとのレストランで食事をして七つ橋めぐりをする。しかし、事前の綿密な打ち合わせにもかかわらず凛は転んだ子供に近寄って声をかけてしまう（七節）。

凛は思わず反射的にその子のところへ駆けよった。

「だいじょうぶ?」

と、いってしまったあと、凛は、あ、と口をおさえた。周囲の人影がストップモーションのように足をとめ、いっせいに凛のほうを見た。起きあがった子供が、唇に指をあてて、凛をみつめた。

「あーあ、やっちゃった——」

（中略）

わたしの願いは、ひょっとしてかなわないかもしれない、と凛は感じた。さっきまで銀色に見えた川の流れが、なぜか黒く見えたようにおぼえている。

その後、旧町名復活を扱ったドキュメントが全国的な大賞を獲得した後、黒江はさらなる飛躍を求めて上京する。前述のように凛は同行の誘いを拒否する（七節）。

凛は首をふった。いま、この人の心のなかに、わたしはいない。この一年間は、夢だったのだ、そう思った。あの「七つ橋めぐり」のときに、声をあげてしまったときから、いつかはこういう日がくると、ひそかに予感していたのだ。

しかし、作者がこれを素材に採用したのは、そのような伏線上の単なる風習の紹介としてだけでなく、迷信と思われようとそれを生活の中に採りいれいている、つまり信じ切っている住民（凛）を登場させることによって、金沢の生活と風土の一面をうかがわせようとしたと考えられる。

芸妓育成事業について述べる。これは、八節でテレビ局の西専務と偶会した凛が全てを忘れるために命がけで取り組む何かが欲しいと相談する。西は芸妓になることを勧め、主計町の女将を紹介する。凛は「りん也」という名前で芸者にデビューする。西がアドバイスしたのは、金沢では行政も伝統芸能保持に力を入れている、それを活用したらどうかということであった。事実その通りに金沢市は新人芸妓育成への補助金等、昭和五十七（一九八二）年設立の金沢伝統芸能振興組合と一体となって、芸を磨き、客をもてなす金沢の芸妓のために援助している。

そういうバックアップもあってこの地では平成十二（二〇〇〇）年以降芸妓が増加傾向にある。作中のりん也（凛）もそういう金沢らしい施策の産物ともいえる。もちろん、同種の施策を実施する市は新潟など他にも存在する。しかし、これも金沢という町の、伝統文化を大事にする側面を伺わせるに足る素材といえる。

V

最後に泉鏡花記念館について述べよう。五節の冒頭に凛が毎日曜に通う座禅会の帰途、浅野川に架かる「中の橋」の欄干にもたれて物思いにふける場面がある。ここで川の流れに目をやりながら凛は芸者になってのこの数年やそれ以前の黒江と出会うまでを回顧する。

実は、こういう一連の行動は、泉鏡花記念館で小村雪岱展を観たことがきっかけとなったという設定になっている。「ずっと気になっていた」雪岱展、とあるように凛は文芸や美術にも関心が深い人物に設定されている。この冒頭の描写がそういう筋書き上の重要な役割を果たすのはもちろん、それが凛の内面と結びつく点が重要だと考えられる。

そもそも泉鏡花の世界に憧れている五木が、平成十九（二〇〇七）年十二月十五日から開催の「雪岱——心象の美の軌跡」を鑑賞した可能性は高く、もしそうだとしたら、そこでの思いが「凛」造形に託されたと考えられる。

周知のように鏡花が『日本橋』の刊行に際してその装丁を当時二十七歳の雪岱に依頼したのが始まりで、以後、雪岱はそのほとんどを手掛けることになる。寺木定芳が「雪岱の画は即ち鏡花の文学だった」と言うように彼は鏡花の文学世界を過不足なく顕現した画家として知られる。

木版画による雪岱の装丁や装画は、書物の箱や表紙、表見返し、裏見返しにその趣向が発揮されるが、最初の『日本橋』の場合、作品のタイトルや内容のあらましを知った雪岱がもう一度書き直したというように（『日本橋檜物町』）、以後も作品内容と密接な装丁や装画を彼は採用した。

五木は「上京者たちのオマージュ」（平10／1998・3）において、正真正銘の上京者である泉鏡花と上京者ともみられるという雪岱の共通点として、「だからこそ魂の底から都会の美に揺りうごかされ、熱っぽくその面影を語ることができる」と述べる。そして、「雪岱の描く江戸情緒、東京の雰囲気はじつに魅力的」だという。

「雪岱展」のガイドペーパーに拠りながら実際に五木や凛が目にしたと思われる作品に具体的に触れる。

雪岱の最初の仕事である『日本橋』の表紙は、荷物を載せ大川を往来する小船を何艘も画面中央に描き、両面の上下には並置する倉庫群を描く。しかも、手前は大きく、向こう岸は小さく描いて遠近感を出し、さらに図面一杯に無数の蝶を三色で描き分ける。全体的に色彩は淡く抑えられている。こんな図案である。

表と裏の見返しはそれぞれ四季に見立てて家々を描く。いずれも、日本橋の華やかな表通りとは逆に裏側の静謐な一瞬がみごとに捉えられる。表紙絵とは異なって画面に余白を持たせたことによってその着色部分がより鮮やかな印象を与えている。

一見華やかなように見えながら、簡素さを備え、それでいて現代的なセンスが感じられる不思議な魅力を持った画面である。おそらく、凛はこういう江戸情緒に魅せられ、それを可能にした木版画の素晴らしさに感心したに相違ない。

しかし、館を出た後で彼女がその余韻に浸りながら川面を凝視し続けたのは、『愛染集』（大5・1916年）の表見返しのような作品に遭遇したからではなかったか。それは、画面一杯に雪が降りしきる様子が描かれ、グレイの着物の立ち姿の女性が一人佇む。作品内容を知らない者はその女はどんな素性なのか、どうしてここに立っているのか、何を思っているのか、いろいろなことを想像するように画面が構成されている。

「雪岱展」にはこのように女が一人佇む姿が登場する画面が多い。先の『日本橋』においては表裏の見返しにそれぞれ一人ずつ描かれている。『愛艸集』裏見返しでは、傘を差した女性の一人歩む姿を簡略化した情景の中で描き、『龍峰集』表見返しでも、岩が多い山中に女を登場させ、『雨談集』裏見返しでは、大きな川の畔を夜に歩を進める女の姿を、というように。

もちろん、その女性達は、作中にモデルがあってそた稀有な作品」(文春文庫本「解説」)と述べるが、そこまで断定できないものの、以上縷々述べて来たことから、〈金沢物〉の傑作だと言い切ることは可能だ。

すなわち、円熟の極みにある構成力と金沢の風土や文化と密接に絡む素材とがマッチして、金沢に生きる高木凛という女性を十二分に描き切った点にその理由が認められる。

金沢は犀川と浅野川に挟まれた台地に発展した町だが、藩政時代からの歴史を感じさせるのは浅野川に隣接する町々である。「犀川は好天の日に眺めるのがよく、浅野川は冬の夜景に纏綿(てんめん)たる情緒がある」「ひっそりと沈んだ町の日当たりのわるい家で、高木凛はうまれた」(一節)との設定は、彼女が数々の試練を乗り越えていくのに実にふさわしいものといえる。

母の死、数年後の父の死、祖母の介護というふうに身内を失い、自身も大学進学を断念して就職、しかも二年後にはパート、という具合に決して恵まれているとは言えない半生を歩む凛に初めて青春を満喫する夢のような生活が出現することになる。

れぞれの人生を背負っているのだが、それらを目にした凛が、その背後の事情を知らずに黒江との出会いから離別後の出来事、芸者として苦しい修行に明け暮れた我が身をそこに重ね合わせたとしても、何ら不思議ではない。さらに言えば、展覧会で目の当たりにした「都会の美」「東京の雰囲気」の中に紛れた、愛しい黒江の姿を発見したとしても当然のことであろう。

こうして、記念館での体験を残像として焼き付けた彼女が浅野川の水面にそれを映したのである。

金沢は、泉鏡花という作家を生み、そしてその記念館まで設立してしまう町である。たとえ凛がそのことの意味を実感していないとしても、五木は「怖ろしさを感じさせる町」(「小立野刑務所裏」)であることをその居住体験から熟知していた。

Ⅵ

山田有策はこの作品について「五木寛之という作家の恐るべき文学的資質と力が完璧に近い形で発揮され

それは黒江との邂逅があったからである。そのきっかけは彼が旧町名復活というドキュメント制作に凛を誘ったことにある。なぜ彼女を選択したのか。それは主計町という旧町名が浅野川沿いにあり、それまで凛を観察してきた彼にとって彼女が「浅野川の申し子のように」感じられたからである。その申し子は「七つ橋めぐり」という風習を信じる人間でもあった。

しかし、その幸福も束の間、黒江の上京によって二人は離別する。凛は身ごもった子を処置して祖母の死後は一人きりの生活を送ることとなる。毎日を気落ちしたままフリーターの生活を続ける彼女は黒江が忘れられない。そんな彼女を救ったのが、笛であった。

父の生前にその技は伝授されていたものだが、久しぶりに吹いてみる。その時だけが黒江を忘れることができた。凛は父同様、内灘の浜で笛の練習に励む。金沢から電車で三十分ほどの砂浜は波が荒く、風が強い。その音に負けないだけの強い音、大きい音を彼女は出せるようになる。

しかし、その笛は、まもなく芸妓となった彼女にとってお座敷では吹けない祭囃子の笛であった。芸妓として笛の師匠に就こうとした凛に向かって師匠は告げる。

わたしが教えることは、あんたの笛を殺すことになる。こんなユニークな笛を、殺したくはない。だから教えられない。

（中略）

どんなに洗練された芸術的な笛でも、その源流は田舎のお神楽、庶民の祭り囃子の笛だ。わたしたちは、そこからずっと遠くまではるばるやってきたんだ。あんたの笛には、奇蹟的にその原初の音色がそのままのこっている。いや、きょうはめずらしいものをきかせてもらった。

西専務が凛に与えた「歌いながらパンを得よ」という言葉の体現さながらの、父庄司の笛を凛がそのまま受け継ぐこととなる。行政の補助も受けながら芸妓になって八年、辛いことや苦しいことに遭遇した時には笛を吹いてそこから逃れることができたし、極めつけは先に述べたように艶也との対決を経験することによって、彼女はそれまでの一切の束縛から完全に自由になり、全く新たな道を希望と共に歩むことができたのである。

こうして、凛という女性の造形によってこの作品は成功した。その造形というのは、金沢という町の文化とその基底にある気候風土によって完全無欠なまでに染め上げられている。

ここからは番外編である。

作品のタイトル「あかり坂」は、作中の鏡花研究家の高橋冬二郎が笛対決に臨場する場面で、凛のイメージを受け、以前から町の人たちに依頼されていた坂の名を「あかり坂」と命名することにしたという由来を持つ。そして、前に引用したように、作品は、対決を終えた凛が父から「カマイタチの坂」と言われたために恐れていたが、今は「あかり坂」と命名されたその坂を登っていく場面で終える。

観光都市を標榜する金沢市は、この作品が発表されてまもなく、表に、

「暗い夜のなかに明かりをともすような／美しい作品を書いた鏡花を偲んで／あかり坂と名づけた。／あかり坂は、また、／上がり坂の意(こころ)でもある。

平成二十年秋　五木寛之」

と刻み、裏に、

「平成二十年十一月

金沢市」

と刻んだ石碑（縦二十五×横二十五×高さ九十三センチメートル台座共）を建立した。

三章　作家の系譜・青森

ユーゴーの陣笠になろう

――佐藤紅緑の小説

明治四十年二月号の『文章世界』は、「新進作家」なる一文で小川未明や正宗白鳥、鈴木三重吉等、ここ二、三年文壇に登場した人物十二名について具体作を挙げながら批評を試みた。この中に佐藤紅緑も含まれており、「あん火」と「地蔵子」が対象作になっている。それぞれ前年三十九年十一月と四十年一月に発表されたばかりだから、いかに文壇に強いインパクトで紅緑が登場したかを知ることができよう。この一年後に彼は両作を含む七作所収の短編集『榾』を刊行し(服部書店、明41・4)、いっそうその印象を刻印することになる。

この頃の文壇は藤村『破戒』(明39・3)を契機に、自然主義文学がいよいよ始動し始めた頃で、白鳥「塵埃」(明40・2)青果「南小泉村」(明40・5)花袋「蒲団」(明40・9)秋声「新世帯」(明40・10~12)独歩「二老人」(明41・1)等々が相次いで発表されて、日露戦後の世情を背景に理想を持てぬ現実をありのままに描写し、人間内面の赤裸々な告白を是とする姿勢が表明された。そういう新文学の傾向と交叉するかのように紅緑の小説が理解され、期待されもしたのだろう。後述のように、彼の内部にそれと呼応する要因があったことも事実である。ただ、決定的に異なるのは彼ら自然主義文学者と紅緑とでは文学に求めるものが別であった。そのことは作品を重ねるうちに彼自身が次第に認識するようになる。

I

それでは注目を浴びた『椙』を中心とする自然主義文学期に発表された彼の作品はどういうものであったのか。この間の発表作は『椙』所収の「あん火」（明39・11）「地蔵子」（明40・1）「人と犬」（明40・4）「鴨」（明40・6）「夢」（明40・8）「死人」（明40・9）「嘘」（初出未詳）の七作に加えて、刊行直前に発禁処分を受けた「復讐」（明40・10）、さらにその後の「篠原氏」（明42・1）「恋二題」（明42・7）「十七の頃」（明42・11）「師匠」（明43・3）「犬」（同上）「紀念碑」（明43・5）「親」（同上）「母」（明43・7）「死神」（明44・9）等々ほとんどが短編である。わずかに「地上」（『東京毎日新聞』明43・2・26～5・13全七十五回）と「霧」（『大阪日日新聞』大元・9・4～2・3・3全一四六回）とが長編として数えられるに過ぎない。

短編を主に発表し続けた理由として彼の多忙ぶりがおそらく指摘できる。「あん火」の発表とほぼ同じ頃、紅緑は新派の高田実の依頼を受けて「侠艶録」という脚本を書いた。それが本郷座で上演されて大当たりになったため、以後、彼は小説家と劇作家との二足の草鞋を履くことを余儀なくされる。むろん、従来よりの俳句の選者の仕事も抱えたままである。そんなに多忙を極めるのでは、長編小説の執筆に向けての意欲を持ち準備を整えることができなかったのであろう。

しかし、そういう中にあって発表されたこれら諸作はそれなりの主張を備えて完成した作品世界を持っており、紅緑の並々でない力量を感じさせる。指摘できる第一の傾向は、性に関する問題である。花袋の「蒲団」が島村抱月によって「醜とはいふ条、已みがたい人間の野性の声」を「正視するに堪えぬまで赤裸にして公衆に示した」（『早稲田文学』明40・10）と評されたように、自然主義文学はそれまでタブー視されていた男女の愛欲を正面にすえて描き出した。紅緑も「あん火」や「人と犬」「鴨」「夢」「嘘」「復讐」「恋二題」「十七の頃」「紀念碑」等多数の作品でそれを取り上げている。発禁作「復讐」は流れ者のお虎と結婚して三年目の福松が結婚の年に兵隊たちと過ちを犯した彼女を許す。ところが、除隊して同居することになった弟子の庄公とまたも関係を持つに及ぶと、今度は庄公を亡き者にしようと行動を起こすという話。軍隊絡みの作では「紀念碑」が痛烈である。戦勝紀念碑に名前を刻まれるはずの二名のうち、上司が部下の妻と姦通をしたが、それを理由に名前を外すかどうかで議論が白熱する。結局、採決の結果二名共に対象となるが、折角の碑も、何年かするうちに、誰も見向きしなくなるという始末。

「生れて初めて小説といふものを書いて見た」（『梢』序）という「あん火」はわずか三十戸の村の中心人物佐吾十の感情変遷を述べる。六十五歳の彼は十七の娘お福と暮らしている。彼女は二歳から彼の養女になったが、乳呑から今に至るまで彼に抱かれて寝る。彼は彼女と寝ると足が暖まり、いわば行火代わりだと言う。村で男女のカップルが誕生すると佐吾十は家を建ててやって祝福して来たが、お福に恋人ができたのを知った彼は素直に祝ってやれず、懊悩する数日間を過ごしたあとでようやく祝言の準備をする。まもなく暴風雨がやって来てリンゴの古木を無残な姿にしてしまい、彼はますます意気消沈する。作品では老人の孤独感と共に性欲問題も取り上げられている。佐吾十とお福の間に肉体関係はなかったにせよ、第二次性徴期を過ぎた娘と寝るという感覚は正常ではない。漱石は「あのヂヽイは僕も嫌だ。通篇西洋臭い。焼直し然としてゐる」（高浜虚子宛、明39・1・9付）と述べたが、あるいは佐吾十とお福の設定に西洋文学からの示唆があったのかも知れない。しかし、たとえそうであっても老人の性欲の問題は紅緑が共感し、追求を決定したものであったろう。

西洋文学からの影響と言えば、「鴨」や「死神」などにもそれが感じられる。具体的に作品名を指摘できるわけでないが、この頃彼はモーパッサンを愛読し、ドーデーやゴーリキー、コバン、ロバルトハーデー等の作品に目を通すなど西洋文学に極力親しんでいたからである（『紅緑日記』読売新聞日就社、明41・2）。

「序」（『梢』所収）において紅緑は肉欲描写を含む自然主義派攻撃の筆頭に自分の作品があがったことに

驚いたと言い、しかし、自分の作品は肉欲を唯一の目的としているわけでないと弁明する。確かに『紅緑日記』（前記）の中で「如何なる場合にも余は余の肉体肉欲を忘る丶能はざるなり、天下徒らに肉を卑しとして精神といひ霊魂といひ無我といひ道徳といふもの畢竟するに愚にもつかぬ虚飾ならずや」（明39・5・15）と述べ「彼の肉体を第二位に置く宗教、哲学、道徳は畢竟虚飾の夢に憧がる丶に過ぎず」（明39・6・5）と語るように先の諸作品を生む思想的基盤を彼は有していた。しかし、さらにそれに加えた別の執筆意図は読者には十二分に理解されずに肉欲描写だけが目立ったということなのだろう。それでは、別の執筆意図とは何かということになるが、これら諸短編だけから掌握するのは困難と言わざるをえない。作品がそれほど多岐にわたって一筋縄で括ることがむずかしいからである。

そこで、第二の傾向として「あん火」「地蔵子」「復讐」「十七の頃」「母」等に共通する、地方を舞台にその生活や因習等を叙述している点に注目したい。小説を書き始める時にどこを作品舞台にするかに考え及び、自分が慣れ親しんだ土地を先ずは選択する。これは順当な手順である。作品に現実味が増すからである。紅緑も当然のように故郷津軽を舞台にした。諸作はいずれも津軽あるいはそれと思しき土地を舞台に展開する。その結果、自然描写は生き生きし、方言を用いた会話は全編にローカルカラーを付与する。紅緑のこれらの作品はちょうど藤村が「破戒」で信州を舞台にして新鮮な印象を与え、青果が仙台を、白鳥が岡山をそれぞれ取り上げたと同様の、地方出身者が多くを占めた自然主義文学の特色と軌を一にするものである。

「あん火」は先に漱石の感想を引用したが、同時に彼は「然し田園の光景が面白かった。夫から田舎言葉のせゐか厭味がなくよまれた」（森田草平宛、明39・11・6）とも述べているが、舞台を津軽に得たことの長所が指摘されたことになる。これらの中で特に「母」が問題を真正面から受けとめようとしたものとして注目される。

三百戸ほどの山漁村を舞台に、炭焼など陸で収入源を得る小田姓、漁に従事する瀬野姓の両姓で村の大部分を占める。「私」はそこの名主を勤めたこともある旧家の長男で、十七歳頃までの母の事を語るというスタイルを採る。タイトルの所以だが、内容はむしろ母の思い出が語られるよりも、狭い地域社会内での伯父や甥、従兄、乳母等が絡む財産争いや女性の博奕遊び等の因習が描かれていて、この村の実態がくわしく知られる。ただ、十七歳の少年の目を通しての叙述だけにその壮絶悲惨な様子はかなり和らいではいる。また他の作品に顕著な性の問題もほとんど取り上げられていないだけに、村の様子がリアルに伝わって来る。紅緑のものとしては佳作の一であろろう。

第三の傾向に属する作品に「花慈姑」(明39・6〜7)「人と犬」「篠原氏」等があり、いずれも組織の中で個人がどう生きるかというテーマで共通する。まず「花慈姑」は「余」が新聞社の同僚である荒木や寺田について語るという話だが、若い妻の機嫌をとって不正行為をしてまで服を買ってやる荒木はその性格の弱さゆえに寺田の罪を被って退社する。のみならず、妻まで寺田に寝取られて、しまいに幼子と共に入水自殺する。「余」は寺田と荒木の両方から情報を得る立場にあるだけに、読者は「余」を通じて事情を了解し、組織になじめない荒木、逆にうまく利用する寺田それぞれの人間像を読後に容易に結ぶことが可能である。まとまりのある作品であり、評判になった「あん火」以前の作品としてはそれよりも出来がよく、なぜ『椙』に所収されなかったのかと不思議に思われる。

「篠原氏」もサラリーマンを主人公にする。篠原は勤務する統計課がまもなく廃止されるとの噂を耳にする。同僚の杉浦は再就職先をさがすなど目先が利くが、彼はただ心配するだけである。子供も生まれようとしている。しかし、それらは取越苦労に終わって、彼は庶務課に配置換えとなり、昇給もする。結末がハッピーエンドになっているものの、二葉亭四迷「浮雲」(明20〜22)の内海文三と本田昇とを想起させるようなサラリーマン哀歌に仕上がっている。

「人と犬」は「花慈姑」同様、悲惨な内容を持つ。足尾銅山の坑夫の吉蔵は、一年前から肺結核のため、飯場に寝た切りになっている。妻のお鶴は同時に友人の政次の妻になる。ここでは食わすことができない亭主は捨てられるのが常で、お鶴は八人目の夫を持つことになる。吉蔵は以前から灰色と呼ばれる犬を飼っていたが、年老いて元気がなく子供たちの玩具になっている。今日も坑夫の一人が死んで葬儀が出た。作品はこのように無彩色とも言える世界が淡々と展開される。まさに無理想無解決をモットーにした自然主義文学風の作品である。『趣味』の四十年五月号では「うまいが読んで好い感がしない」と批評されたが、逆に言えば「女を玩弄物のやうに思ひ、働のないものを塵埃のやうに見る足尾銅山の工夫生活」が実に真に迫って叙述されていることを意味する。

なお、小著『明治三十年代文学の研究』(桜楓社、昭63・12)において「足尾鉱毒問題と文学」の章を設けた際、この「人と犬」は視野に入っていなかったが、改めて本作を追加したい。

第四の傾向として「地蔵子」や「十七の頃」「母」のように青少年期の心理を描いた作品が挙げられる。特に「十七の頃」は津軽の士族の息子(中学生)の性の覚醒や年上の女性への思慕などが描かれていて、後年「あゝ玉杯に花うけて」(昭2・5〜3・4)等の少年文学の分野で紅緑が活躍したことを考え合わせると、興味深いものがある。

Ⅱ

以上見て来たように自然主義文学期に発表された紅緑の小説は内容素材面から言えばかなり多様である。それは時代の大勢に同調したものから個性が発現されたものまでいろいろだが、それほど多彩であるということは換言すれば、まだ彼の執筆目的は一点に定まっていないとも言えよう。いずれ様々な可能性を求めて執筆した末には、彼もそれなりに焦点を定めることを要求される。果たして、それは何であったのか、その事について考える前にこれら諸作を支える表現ないし文体について見ておきたい。多様な内容素材を支えるには秀れた表現力を必要とする。両者あいまって佳作が誕生するからである。

たとえば、次の文例を見てみよう。

① 奥州は津軽の城下に、名高い七夕の佞武多祭が済んで門に火を焚く盆の頃になると、林檎が其れ〳〵に美くしい色を染め出す。地福村といふのは弘前の町から半町となき西南の小さな村で、遠く館野の方から見ると只た一帯の林檎畠。特に朝の静かな眺めは格別なもので、薄く白い霧の中に包まれた一廓は滑かな葉を瀰る紅、黄、紫などの林檎の色に、恰ら朧の中の五色の絵を見るやうな気がする。其の朧の片端れから更に色濃き朧の煙が、もや〳〵と心ありげに立騰る。其れが其地福村三十戸の竈から吐き出す朝の息である。と聴て竹螺の声が西の丘から聞ゆる。

② 夜になると騒々しいのは小滝の町で、特に雨上りといつたら全で煮湯を引繰返すやうな有様だ、草も木もなき足尾の禿山は少許の雨が降つても溪といふ溪、路といふ路苟くも高い所から低い所に流れ込む濁水は凄ましく音立て落る、恁那日には無性者は、え、休んで了え、と焦れ込む、昼は撰鉱、運搬にこき使はれる子供等も夜になると休ませられるので、是等は撰鉱場の坂口から小平の広場へ集まつて泥を捏ねる、枉舟を流す、水掛合、泥玉の投げつ競、何奴も此奴も碌な遊び様をするものが無い、人が通ると誰れ彼れの差別なく「親方何か呉んねえな」と喚き立てる、一人に遣れば二人が来る、三人が集まる、瞬く間に二十人三十人其の集まり方の早い事、犬が魚の骨を嗅ぎ付けるよりも早い、

③ 此川は汐の引く時分になると真中丈けに水を残して両岸は泥ばかり、其れが赫々と照る日に射られて蒸し騰すやうな陽炎を造つて、皿の欠、片器の毀れ、古下駄、破れ俵などが臆面もなく骸を曝らす、すると此処を五分間隔位に往来する小蒸汽が客を乗せたま、底に吸い付けられ、寸も尺も動かなくなる、機関手が頻りに火力を熾にして船の喉首から苦しい息を吐かせる、同時にかたぴし〳〵慌た、しく歯車の音がする、併し船は依然として動かぬ、乗客は物珍らしさうに自分の船の動かぬを見回して照り付くる日に顔を眩しさうに反けて居る、船は盛に藻掻いて

悲鳴を上げる、汐は次第に減る許り、

いずれも『梢』所収の「あん火」「人と犬」「死人」の冒頭ないし冒頭近くからそれぞれ引用したものである。こうして並置すると共通点が指摘できる。それは、時にはクドイと感じられるほど細かな叙述、描写を採ることであり、現在形の文末を多用する点である。この特色はいわゆる写生文のそれであり、『梢』所収の七作中三作にその特色が見られ、他にも「花慈姑」「篠原氏」「師匠」「犬」「親」等にそれが見いだせることから紅緑が文体の完成に際して写生文の影響を受けているのは疑い得ない。従来からも吉田精一『自然主義の研究』下巻（東京堂出版、昭33・1）福田清人『写生文派の研究』（明治書院、昭47・4）等で指摘されていたが、それらの成果を踏まえてさらにこの問題を論じたい。

もともと写生文は俳句や短歌の革新に成功した正岡子規がそこで採用した写生の方法を散文に導入、応用したもので、明治三十二年十一月にその文章会が持たれ、弟子や読者によって試作された写生文は『ホトトギス』誌上に掲載されるようになった。ちょうどこの頃は言文一致運動が再興期を迎えており、「事実」を重視し「日記若くは一日の記事」の口語文は次第に他にも影響を及ぼす。たとえば雑誌『新声』も三十四年三月号から「写生帖」欄を創設するなどし、自然主義文学期になると漱石の登場もあって文壇全体にまで注目されるようになり、徳田秋声のようにこれによって文章開眼する作家も出現した（小著『明治三十年代文学の研究』で言及）。

子規に就いて俳句を学んだ紅緑が写生文に関して無関心なはずはなく、「紅緑日記」には高浜虚子著『俳諧馬の糞』（俳書堂、明39・1）を送られて「紀行文及日記最も面白し、当坐は左までに思はざるものにても年経るに従つて趣味を加ふるは斯る飾りなき写生の文章なり」（明39・1・12）と感想を記し、四方太・虚子共著『写生文集帆立貝』（俳書堂、明39・3）に対しても次のように述べている。

虚子の雑筆、片々文学など特に面白く読む、中の一短文「鏡」の如きはドーデー作品中の好題目なるべきもの極めて意味深くして情長し之を敷衍せんには立派な長篇の小説となるべく思はる（明39・4・10）

すなわち、これらの文章からすでに『ホトトギス』に「参禅」（明34・7）「下駄の露」（明34・9）の写生文二編を発表していた紅緑にとってその後も写生文への関心が持続されていたことが判明する。さらに、写生文を口語文体を使用する散文の表現に際して有効だと考えていたはずの彼にとって、そこにとどまらずに短編から長編へ発展拡充させる可能性を秘めたものとして考えられるようになったのではないだろうか。

おそらく、虚子らの写生文集をたて続けに読んで刺激を受けた彼は久方ぶりに写生文「三二閑語」（『新潮』明39・3）を書き、写生文を一部含む小説「花慈姑」を執筆した。「あん火」が評判になるのはその数カ月後だが、それにも写生文の成果がみえることは先の引用例のとおりである。

このようにして、以前から注目していた写生文をもとに散文表現のスタイルを確立して先のような小説を次々に発表して行く紅緑だが、前述のように「俠艶録」を嚆矢として劇作家紅緑も同時平行していることを考え合わせると、そちらからの影響感化も考えられる。たとえば、次の一文をみてみる。持って行ったのは妻のお虎だが、庄公とお虎の仲を福松は気付いていない。軍隊帰りの弟子の庄公に福松が薬をあげる。

暫時、話が途切れた、庄公が湯を呑む音がする、何やら小声で狐鼠々々言つたらしい。

「あ、其れがいゝよ、だけんど御前さん、煮え切らない人も小豆の様だと云ふ程だから中々煮えないよ」

「一つ時は掛るべえか」と立ちながら言ふ

「二時間位だよ」

「二時間位え訳い無えだ、善は急げちうだで」

「其も爾ね！　お前さん苦しいかえ」と庄公に言つたらしい。

「うむ胸の処が」と苦しさう。

「俺あ鍋洗つてくるだよ」と福松は裏の井戸の方

へ出る

くす〳〵と二人の笑う声が蚊帳の中から起る。

鼻唄を唄ひながら上機嫌、福松は軈て鍋を自在の鍵に掛けて、下から榾を焚き初めた。

天井もない真暗な梁から縄の自在がぶら下がつて居る、爐は四尺余りの大きさ、へら〳〵と榾が燃え出して鍋の底を嘗めると、爐側にある真鍮の大きな灰吹、福松の頭の上に方る仏壇の金具、黒光りに滑々とした戸棚など一様に光り交はして、ぱち〳〵と音する柴の中を潜り込んで又た薄く柔らかく逃げて行く煙の末は三尺許りの光線取の高窓、月鮮やかに夜が更け更めた。（「復讐」）

ここには写生文風の描写もうかがわれるが、全体的に用言を省略する脚本のスタイルの感化を多分に受けていると考えられる。二足の草鞋を履くうち無意識にこのような表現になったのかも知れないが、決してマイナスにはなっていない。むしろ、不思議な魅力さえ醸す。なお、脚本家としての彼はヤマ場の設定や構成等に苦心したはずで、それが小説執筆の際にも付いて離れなかったと思われ、前の「新進作家」（明40・2）で早くもそのことが指摘されている。場面設定に巧みであるというのは、その後の彼の作品に関しても言える特色である。特に「師匠」は劇作家としての彼が最もよく表われた小説と言える。

Ⅲ

さて、自然主義文学期における紅緑の小説について、その文体生成の過程から内容面における特色まで見て来たが、運動としての自然主義文学は大正期を迎えて『白樺』や『新思潮』『三田文学』『奇蹟』等のより若い世代が擡頭するにつれて衰退して行く。紅緑の小説も変化する。脚本を発表し続けることは依然の通りだが、短編はほとんど発表されなくなり、代わって長編が次々と執筆される。その発表舞台は新聞であり、大衆雑誌や婦人雑誌である。特に新聞に寄せた作品数は後述のように膨大なものがある。中には彼の小説によって発行部数を大巾に伸ばした新聞もあって彼の作品は各社から引っ張りだこだった（後述『大衆文学夜話』）。

新聞小説は明治時代の尾崎紅葉「金色夜叉」の例でも知れるように社側にとって大切な企画であったが、『朝日新聞』における漱石のような例外は別として、この頃は家庭小説的性格を有する作品が多かった。つまり、家庭道徳について考えさせる教科書のような作品である。社側も小説をそのように認識していたし、作家もそのことをわきまえていた。社の方針に反する内容の小説は書き直しを命じられるか、掲載を拒否される。これは昭和になってもあまり変わらぬ新聞小説の宿命とでも言うべき性質といえる。紅緑の文学に期待されたのはそういう社側からの規制内に収まるものであり、それが同時に紅緑の求める文学と合致したからおそらく多数の作品が掲載され続けたのであろう。

それでは、彼は文学についてどんな見方や考え方を持つに至ったのか。それを知るのにまず①「予の二十歳前後・海賊志望の豪傑肌」（『文章世界』明42・9）を見てみると、十九歳（明26）で上京し陸羯南の書生になった彼が小説家になりたいことを陸に話すと、「原稿紙一枚いくらといふことで金を取るやうになつちやおしまいだ。そんなことをするよりも、天下の大事を考へたがよからう。同じ筆を執るにしても、男や女のことを書いて居るよりも、矢張り国家の大問題に就いて論策する方が、我々の義務であり、又男子の快事ではないか」と言って叱られたことが述べてある。むろん、このあとに紅緑は子規に師事して句作に励むものの政界を志し、新聞界に携わるようになる。しかし、この陸の助言は後述のように以降も彼の体内に染み入るのである。

次に②「芸術上の吾が懐疑」（『新潮』明42・12）を取り上げる。この中で次のように述べる所がある。

トルストイの作物を見てから、国家と云ふものと、芸術と云ふものと、没交渉で居ることが出来るか何うかと云ふことが、僕の問題になつて居る。（中略）トルストイの小説を読んで見るに、芸術は単に芸術の為めの芸術と云ふ意味ばかりではなく、国家と云ふものと非常に密接な関係を有して居ることが明かである。国家と云ふよりは、寧ろ人類道徳の進歩と云ふものに就て、非常に熱烈な憧憬を持つて居る。理想を持つてゐる。

彼がトルストイのどの作を読んだかは不明だが、これを読むことによって二、三年前はあれほど絶賛してやまなかったモーパッサンを「僕の気象に合はない」と切り捨ててしまう。続けて言う、「僕は彌張り人生を然う苦がぐ〳〵しく諦めないで、飽くまでも闘つて行きたい。充り、戦士の態度を取りたい。そして、社会組織の欠陥を見て、読者と共に陣太鼓を鳴らして行きたい」と。この発言は人生を観照的にとらえる自然主義文学者を拒絶するものだが、かと言って「社会組織の欠陥を見て」云々の言い方からすれば、同じくトルストイの感化にある木下尚江の「良人の自白」（明37〜38）のような作品を志向するのかと言えば、そうでもない。「木下尚江のやうな、あゝ云ふ小説を書いて社会の欠陥を自分の理想に照して矯正して行かうなど、云ふやうな考へも別にない」と明言するとおりである。後述するような小説を新聞社側が彼に安心して依頼できたのは、ここにみられる彼の基本姿勢に起因すると考えられる。

そして、この基本姿勢がその後も持続していたことは③「自分を顧みて」（『現代長篇小説全集・佐藤紅緑篇』「月報」新潮社、昭3・9）によって確認しうる。まず、これでは①同様に羯南に叱責されたことが回想されるが、同時に陸がフランスのユーゴー位の文学者なら立派だと述べたことが紹介され、さらに明治四十年の羯南の死去直前に見舞った紅緑が彼に「僕は大隈さんの陣笠になるよりもユーゴーの陣笠にならうと思ひます」と誓ったことが記される。そして、「経国済民を以て私の文学とせねばならぬ、其れが私の使命である」と決意のほどを語る。①②と③とでは二十年近い歳月の差があり、陸羯南との邂逅からは三十数年の差を数える。しかし、以上のようにこの間一貫して紅緑の文学観に変化がなかったことを知る。それは大日本帝国という大枠を是認した上での経国済民の文学である。現状に不平不満を持つが、かと言って体制を破壊する気持ちのない読者にとって紅緑の小説はカタルシスとなったと考えられる。紅緑も新聞社も雑誌社も読者が期待する小説が何たるかを熟知していたとさえ言える。

では、このような文学に対する基本姿勢に基づいて執筆された長編小説はどのようなものであったのか。まず、初めにそれらが掲載された諸紙誌を確認しておくと、本格的に連載を開始した大正元年以降「あゝ玉杯に花うけて」等の少年文学に本腰を入れる昭和二、三年頃までの十五、六年間に五十作もの数の長編を『大阪日日新聞』『時事新報』『読売新聞』『大阪朝日新聞』『東京毎日新聞』『東京毎夕新聞』『報知新聞』等のほとんどの全国紙や『北陸タイムス』『神戸又新新聞』『福岡日日新聞』『芸備日日新聞』等の地方紙及び『講談倶楽部』や『キング』『婦人倶楽部』『婦人世界』等の雑誌に連載している。

したがって、ほぼ年に三、四作を常に抱え、大正六年には「春の流」「檞（かし）の木」「野に叫ぶ」「桜の家」「孔雀草」「若草物語」「雛合せ」「路二つ」「奇しき縁」の九作を同時に執筆している。この間、脚本ももちろん書いているし、五年以降は自ら結成した「日本座」の仕事もこなすことになるから、ハードスケジュールの中でかなりの作品を量産したことになる（小山内時雄「佐藤紅緑著作年表」『近代諸作家追跡の基礎』津軽書房、昭56・11と高木健夫編『新聞小説史年表』図書刊行会、昭62・5に拠る）。家族を養い、劇団員を育てて行くために筆一本で稼ぐ必要があったため、それはやむをえないことだったろう。しかし、そのために当然のことながらいくつかのあるパターンを設定し、それにバリエーションを施すという方法をとらざるをえなかったと思われる。むろん、そのパターン決定の根底には先にみた基本姿勢が貫かれているが。

紅緑の娘・愛子は『花はくれない　小説佐藤紅緑』（講談社、昭42・12）の中でこんなことを述べている。

父の小説はいつもきまって心優しく純真で、それ故に薄幸な女主人公と、正義感が強く勇気に溢れた貧しい男が登場した。女主人公が純真さの故に薄幸であるように、その男もまた正義感故に不運に巻き込まれる。それに対して意地悪で淫奔な女と、狡智に長けた色男がからむ。色男はきまって痩せ型の色白で、縁なし眼鏡をかけたおしゃべりである。正義漢はその軽薄才子にいつも足もとをすくわれるようなことばかりされる。女主人公もまた、我儘で意地悪な女のためにさまざまな不幸に会うが、それでも最後まで彼女を許し耐えるのである——。

ここで言う小説とはむろん長編小説のことだが、彼女が指摘する対照的な人物を登場させる(1)のも「あるパターン」の中の一つである。他にも何点かそれを指摘できる。まず(2)「二人の男をめぐる二人の女の恋愛」があり(3)「華族や富豪家庭のお家騒動」があり(4)「自ら進んで犠牲になる人物」が登場する、というものである。これらがいくつか組み合わされたり、あるパターンが特に強調されたりして作品は次々と完成される。そして、さらに言えるのは脚本を書くせいなのか不明だが、偶然性を多用してヤマ場を実にみごとに設定する。久米正雄が初めて新聞小説を書く時に参考にすべく傑作と言われるものを全部読んでみたところ、紅緑のものが読者の心をもっとも巧みにつかんでいたという逸話（岡田貞三郎『大衆文学夜話』青蛙房、昭46・2）は、その真偽のほどは別にしてそれほど彼の小説におけるパターンの組み合わせや脚色が巧みであったことを意味しよう。

ところで、このパターンの設定は先述の理由以外にも、もちろん彼なりの内的理由に支えられている。言うまでもないが、経国済民の思想がそれである。佐藤愛子が「単純さと陰険、正義と不正、優しさと意地悪、貧乏と金持—この組合せに於て父は、何が美しくて何が正しいか、それを人々に教えなければならなかった」（前記）と述べるのも同様のことである。なお、「華族や富豪家庭のお家騒動」に関しては、『紅緑日記』の次の記述に表現された考え方に基づくのだろう。

人間は何故に血統を継続せざるべからざるや、財産、土地、家名、其んなものを子々孫々に伝ふる必要ありや、子々孫々は之を守るが為めに詰らぬ苦みを負はざるべからざる義務ありや、余が親戚余が友人余が四辺に此の不法なる義務の負擔のために犠牲其著るしきものなり、人間の真の自由を拡張せんとならば先づ血統継続の頑冥を破らざるべからず、昔の大名今の華族及び貴紳と称する連中の御家騒動は凡て此弊より生ず田舎の物持長者も亦然り、広く言えば日本人全体が血を重んじて自由を軽んず而して此大罪悪を覚らざるもの比々として然り

（明30・3・20）

再言するが、以上のような考え方を持つ彼は小説を通じて国民に教える必要を感じ、執筆し続けたのである。

Ⅳ

さて、具体的に作品に言及する。大正五（一九一六）年までを前期とする。その前期より「虎公」（『読売新聞』大4・10・25〜5・3・25全一五〇回）を取り上げる。これは「秋晴」「街の子」以下全十一章から成り、各章が最大二十四節最小八節から組み立てられている。第一章において最初の二節は、主要人物を登場させて読者を作品世界へいざなう導入部分だが、むろん、これだけでは予備知識は不十分で、語り手は続く三〜十二節で主要人物の過去の経歴を明らかにして以後展開される出来事の予測と期待を読者に持たせる。

すなわち、読者に与えられた予備知識とは虎公こと虎吉は青森の出身で、孤児となってからスリの親分の世話を受けるが改心して一度は足を洗う。しかし、かつての仲間の長次や親分と偶会して恩ある篤子のために悪事に加担する。とはいうものの、途中で思い返して二人を殺害の上、難をのがれる。長次には妊娠中の妻お秀がおり、虎公は罪ほろぼしのために彼女の面倒を見、魚屋も始める。二人の住居は浦島子爵家に隣接する煮豆屋谷本宅平・八重父子の近くで、彼らとは親子同様の交際を続ける。

虎公は、自分がかつて一夜の宿を確保できないが故に悪の道に入ったのだと確信し、いつかは無料の宿泊

所を建設したいとの夢を抱いている。浦島家には長男で精神に異常を来たす正彦がいるが、子爵の姪久満子が彼を追い出そうとする。

以上のような知識を与えられた読者は当然のことながら、虎公の夢は叶えられるのかどうか、お秀と八重のどちらが虎公と結婚できるのか、浦島家の内紛の行方はどうなるのか、等の予測を立ててそれに対する結果を期待する。一方、作者はその予測や結果に応えるべく、プロットやテンポ、等のテクニックを駆使して完結に向かう。しかも、毎回読み切りの繰り返しだから気ままな読者の興味をつなげて行く苦心は並大抵ではないはずである。

さて、「虎公」は先のパターン(1)から(4)の全てを当てはめた作品と言えるが、一章の三節から十二節で明らかになったのは虎公の夢の実現（A）か挫折（B）かという二項対立、そして虎公と結婚するのはお秀か（C）八重か（D）、等の興味因子、このA～Dがパターン(1)～(4)と絡み合って展開することとなる。

具体的にみて行こう。AとBの関係は、Bの連続でAに至るのではなく、Aが半ば可能となりながら障害が生じてBとなり、さらにAに近付くものの、そのうち瓦解（B）する、というように何度もAとBを繰り返す点に読者の興味をつなぐテクニックがみられる。その際、重要視されるのは先に死亡とされた親分と長次が実は生きていて、彼らが虎公やお秀の前に現われるとの設定である。親分は四章だけだが、長次は六章以下最終の十一章まで随次登場しては悪役として活躍する。

全章中、最も紙幅を費やしたのは四章「しがらみ」だが、ここは最初のBのため親分を登場させたことの他に、CとDつまりパターン(2)のために必要だったのであり、さらにはパターン(3)と(4)の起点ともなる。すなわち、親分のために夢実現の積立金をとられた虎公の役に立つと共に、自ら身を引いて虎公とお秀を一諸にしようとする八重が描かれる。ただ、注意すべきはパターン(4)とは言いつつも、八重は子を生んでから正彦に愛情を感じるようになって、虎公の犠牲になったとの気持ちを捨て去ることができたことである。

八重のおかげで無料宿泊所も完成（A）、虎公とお秀も祝言をあげる第六章「歓喜」は前述のように長次の出現によって、いつその幸福が転覆されるかわからぬ危険をはらむことになる。さらにそれがパターン(3)と絡むことになっていよいよ複雑怪奇になる。浦島家における久満子とその恋人の明はまさにパターン(1)に描かれるような意地悪な女と色男である。それに狡猾な長次が一枚加わっての内紛劇は七章以下の主素材になっている。

このような作品が一挙に完結するのが最終章「聖火」である。ここではまず浦島家を出て来た正彦と八重、正が宅平の所へやって来る。一方、長次の生存をようやく確認した虎吉はお秀との生活が姦通でしかなかったと、無料宿泊所の連中に告白して一人立ち去る。読者はここまで読み進めて、これまで何度も虎吉が挫折を味わってそれを切り抜けて来ただけに落胆するだろうし、浦島家の内紛も久満子側の勝利に終わったことで不満を感じるに違いない。

しかし、そんな読者の感情移入を見透かしたかのように作品は急激な速度(テンポ)で変化をみせる。宅平の家から出火し、それが浦島家へ延焼する。火の手をみた虎吉が戻って来て、火の中にいる皆を救い出すが、最後に自身が危うくなるところを長次が犠牲となって救出してくれることとなる。こうして、大火の後の明け方の太陽を迎えて皆が「太陽様はなさけの親玉だ」と感じて幕となる。

「虎公」は以上みて来たように、いくつかのパターンを用いながら小気味よいテンポで読者を引きつけ、時には読者を驚かすようなサスペンスを仕掛けるという巧みな脚色によって支えられている。

この作品は連載中から非常に評判がよく、作品のあとに「読者の声」と称する感想が付載されるほどであった。この措置は全く異例と言うべきだが、その最初は第二十四回(十一月十七日)であり、以後時折、掲載されて、特に「しがらみ」「浦島家」というふうに作品が盛り上がりをみせる章に至ると毎日のように載っている。その内容は登場人物への印象批評や筋立てへの賛否等多岐にわたり、これほど読者が真剣にかつ楽しみに毎日の小説を待ち焦がれているのかと驚かされる。さらに、このような人気がいっそう高まると、すでに和田芳恵が指摘したとおり（「解説」『大衆文学大系17』昭47・8）、新派の劇化を望む投書に応えるかのように、本郷座において新聞社が協賛して劇団「新日本劇」による公演が実現した。

「虎公」の好評は先にみた作品のレトリックが巧みであったことに起因すると考えられるが、同時に、虎公の愚直とも一途ともいえる性格と行動にも魅力があったからであり、八重やお秀の人物像も捨てがたかったからであろう。そして、全編を一貫する「世の中に何が豪いと云つても太陽様程豪いものはなからう」との素朴な庶民の思想が、読者にとっては実にわかりやすく素直に受け入れることが可能なものであった。紅緑の執筆意図もおそらくそこにあった。

V

次に、大正六（一九一七）年以降を後期とする。その後期より「春を追ふて」（『婦人画報』大13・3〜14・2）をみる。これは女学校時代の同級生やその兄達が絡む恋愛物で、主人公の明子と親友の花子、さらに子爵の娘鎌子、ラブレターに夢中な百合子の四人が同級生。明子は妾腹の子だが、母・琴は姉の子である桜井徳郎を明子の兄として一緒に育てる。のち、二人は実の兄妹でないと知って結婚するが、徳郎が小説家脚本家として売れっ子になり生活が乱れると離婚。以後、徳郎は百合子や鎌子らと次々に結婚するが、明子も仕事よりも結婚を望んで南条子爵と再婚。徳郎と別れた百合子も会社重役鮫島と再婚する。

ところが、鮫島の会社に雇われた徳郎がその自宅に出入りするようになってから百合子とヨリを戻すようになる。その事実を知った鮫島は自殺する。徳郎は鎌子との関係にも悩んで心中する。作品の結末は、因果応報的に百合子が殺人容疑をかけられるが、明子は懐妊、徳郎の文学に批判的な戸田と花子が結婚することになる。

この作品は前述のパターンでいえば(1)と(2)(4)を採用しているが、問われているのは第一に女性にとっての結婚問題であり、第二に徳郎が考える文学をめぐる是非である。

作品は女学校校長大谷万根子がナレーター役となる入れ子型を採るが、四十五歳の彼女は二十五歳で夫と死別してから学校経営一筋の生き方を歩んで来た。そのため、明子が徳郎との結婚に失敗した時に寄宿舎舎監の仕事を与える。彼女に男に頼らずとも自活する道を選択してほしかったからに他ならない。作品が発表された大正十三年頃ともなると、職業に就く女性の割合も多くなり、前田愛が菊池寛を中心に「大正後期通俗小説の展開」(『近代読者の成立』有精堂、昭48・11)で考察したように男性に立ち向かって働く女性の姿を描くのが、この頃の婦人雑誌小説の先端であった。

しかし、ここでは明子の結婚願望は強く、十五歳上の子爵と早々に再婚するし、他の女性も彼女と考え方において大差ない。すなわち作品の基底には「自分の力で自分の天地を開拓し行く力のない女性に取つては凡てのものが他人に支配される」との考え方が流れている。これは正に明治時代そのものの旧態依然としたものである。したがって、紅緑の小説に対する「新しい境地を開こうとする意欲があったとも思われない」(高木健夫『新聞小説史・大正篇』図書刊行会、昭51・12)との指摘も尤もなところである。

一方、売れっ子となった徳郎の小説や脚本は友人戸田によって、刹那の恋なんて西洋のマネだと批判され、彼の女性関係が話題になると文学までがマスコミによって非難されるようになる。けっきょく、戸田が言う「芸術にも道徳があるべき筈だ。古い新しいは別にして兎に角道徳……作者の持てる道徳がなければならん」との主張が勝利を収めたことは、徳郎の死によって証明される。この場合の道徳とは経国済民の文学を理想とする紅緑の考え方に直結するものであることは言うまでもない。

以上、二点とも変貌しつつある婦人雑誌小説と比較してさえ、新鮮味を提出しているとは考えられない。しかし、にもかかわらず一般読者を魅了し、完結までこぎつけているのは何故であろう。具体例の指摘は避けるが、やはり、この作品においても物語のテクニックが冴えている。巧みな場面設定やテンポに魅せられて読者は頁をめくってしまうのである。

Ⅵ

これまで前後期から一作ずつ採り上げてみたが、これだけでも紅緑長編小説の特質が明らかになったと考える。経国済民の文学を、との御旗を愚直とも思えるほど十五、六年間にわたって振り続けた彼の文学思想は、わが近代文学史上で異質の部類に属すると言ってもよい。彼が長編を執筆し始めた頃は『白樺』や『新思潮』『三田文学』等々の若い世代が擡頭し出し、その後、関東大震災後はプロレタリア文学が勢力を示して文学界は一変した。彼はそういう動向とは無関係に発表し続けた。むろん、新聞小説や娯楽・婦人雑誌の小説自体が当時の本流とは必ずしも言えなかったから、そこを主発表舞台とする彼は自然と異端扱いされた。わが道を行く彼にとってそんなことは意に介さぬことだったろうが。

今日からみて、彼の文学がなおどれほど受容されるものかどうか、あるいは、そこに継承されるべき何物かを見いだすことができるかどうか。少なくとも、その文学思想に関しては否定的である。なぜなら、当時以上に現在は国家や文学、文学者等に対する見方や考え方、期待が多様化しているからであり、人間そのものが彼が認識し描いたように類型化できないと誰しも思っているからである。否、類型化されたくないと考えているからである。

しかし、残された作品そのものからは学ぶべきものが多いのではないか。十数作の挿絵を担当した田中良は、登場人物がイメージ化しやすく、場面転換がみごとだったために実に描きやすかったと述べた（前記「月報」）。いくつかのパターンを組み合わせて読者を飽きさせることなく結末まで導く小説技術は、今なお感嘆するしかない。賞賛に価すると言えよう。少なくとも大正から昭和初期においては屈指の小説テクニシャンだったことは間違いない。

「老婆」論 ——善蔵から石坂へ

『老婆』は、葛西善蔵名で大正十四（一九二五）年八月に『婦人倶楽部』に発表された小説である。同誌はその五年前に講談社から発行されていた雑誌で、その掲載に関しては友人の谷崎精二の斡旋があった。しかし、このことは長年伏されたままで、「葛西＝石坂代作の記」（『図書』昭40・8）によって事情が漸く明らかになった。つまり、これは葛西の作品ではなく、石坂の物であるという。従って、従来は「海を見に行く」（昭2・2）が石坂最初の作品とされてきたが、それより半年前の大正十四年八月の同作が最初のものと認定された。

では、どうして善蔵名で「老婆」が発表されるようになったのか。善蔵と石坂は師弟の関係にあった。二人が最初に会ったのは、大正十二（一九二三）年七月、鎌倉の宝珠院においてである。慶応義塾大学の学生だった石坂が郷里の先輩作家・葛西善蔵に会いたいと願って訪問したのである。善蔵はこの頃、「子をつれて」（大8）以下六冊の単行本を次々と刊行して生涯でも絶頂期にあった頃である。作家志望の石坂はそれら諸作品を熟読し、その生き方にも憧れていた。

一度念願の対面を果たした彼は、関東大震災のために鎌倉から東京に移った善蔵を訪ねて原稿を見てもらうこともあった。以後、善蔵の死まで五年間の交際が続く。

そんな師弟関係の中、大正十四年七月に善蔵が弘前へやって来た。石坂がこの地の高等女学校の教師をしていたからである。まもなく幼子を連れた「おせい」も追ってきた。善蔵は朝から酒を飲み、時には高級な女郎屋に居続け、訪問客に絡む。そんな彼の生活ぶりに石坂は辛抱強く相手をする。

そのような過程を石坂は後に「金魚」（昭8・7）に描いた。滞在二カ月近くなり、善蔵が石坂に言った。もし君に作品があるならそれをどっかの雑誌に売って帰京の旅費にしたい、と。手元にあった「老婆」を善蔵に渡すと、彼は目前でテニオハなどの簡単な訂正を施して谷崎精二に頼んで旅費を手に入れると、さっさと東京へ帰っていった。

I

このような「老婆」の発表事情だが、では、この作品はどんなものなのかを見てみる。

おしまという婆さんは同居家庭内で息子の三造夫婦に邪険にされている。何歳時かは不明だが、彼女は幼い三造を残して夫の新吉が女と駆け落ちして以来、苦労して彼を育ててきた。にもかかわらず、彼も最近は自分を邪険にする。しかし、おしまは孫のよし子を高等小学校へやり、その後も裁縫を一年余り習わせ、三カ月前に結婚させた。相手は憲兵伍長だが、係累はない。

おしまには一つの夢があった。それは、よし子と同居することだ。旧知の店で土産の煎餅を求めたあと、そのことを今日はぜひ告げねばと思うとおしまの胸は弾む。久し振りに会ったよし子は大歓迎して、氷水の注文をしに家を空ける。一人残されたおしまは、きちんと片付いた家の中に居心地の悪さを感じながら、箪笥や手文庫の中を調べる。

ちょうどそこへよし子が帰宅して、箪笥を開けたことを非難する。すると、婆さんは氷のコップを手荒く突き飛ばして、絶叫する。顔貌も一変する。よし子はあっけにとられるが、「わしは帰る、帰るとも！」という婆さんの頬にしがみつきながら「御免よう、御免よう！」と泣きじゃくる。これには婆さんも怒りがペシャンコになる。仲直りしたあと、世間話に花を咲かせ、帰宅するという婆さんを見送る際、よし子は近所の奥さんが持っている櫛のことを言い、その代金を婆さんからせしめる。

帰途、この頃、思い出される新吉のことをゆっくりと考えてみようと、おしまは神社の境内に入り、切り株に腰を休める。そこで泣くだけ泣いてスッキリした婆さんは、ついて来た犬に菓子をやり、通りかかった四、五人の子どもにも煎餅をあげる。最後に「兵隊さん、ダラア、憲兵さん、ダラア」という歌を教えると、子どもたちは「やあ、気狂ひ婆ァ！」と叫びながら駈け去り、石を投げる。婆さんは傘の中に隠れて息を殺す。

四百字詰め三十枚ほどの「老婆」の内容は、おおよそ以上のようである。舞台はある城下町とあるが、具体名はない。また、使用される言語からもその場所を特定するのは困難である。ともあれ、年老いた婆さんの言動を主に描いた作品であることに間違いはない。

彼女は独り身の寂しさを抱え、それをよし子に紛らわそうと考えている。学校にあげたり、箪笥を買ってあげたりしたから、同居は当たり前だと思う。最近の三造夫婦の仕打ちは特に耐え難く、このままよし子の家に居続けしたいと考えている。

しかし、客観的に見て、その話は成就しにくい。息子夫婦の扱いに怒っている上、いくらよし子の夫に係累がないからと言っても、新婚家庭にとってそれはすんなりと纏まる話ではない。三造夫婦にその話はまだ伝わっていないようだが、それがもし伝われば、彼らの態度は変化するかもしれない。まだまだお互いに話し合いの余地がある。

作品はそんなおしまの一方的な考え方を紹介することを主にしながら、彼女の性格を多面的に描く。例えば、冒頭の、煎餅屋を訪問する場面。煎餅を三十銭ほど購入した彼女は店を出てすぐに、

『三十銭の煎餅は少し多過ぎたかな。どうせ今時分は亭主もゐないことだし、およしと二人で食ふ分には十五銭か二十銭もあれば沢山だつたにな……』

斯う考へて来ると、急に三十銭捨てたのが空恐ろしくなり、婆さんはその場に立ちどまつて、も一度煎餅屋に引返して、十五銭分に替へて貰はうかとまで思ひ詰めた気持ちになつたが（略）。

結局、彼女は煎餅屋のおかみに腹を視透かされるのが厭で戻らない。また、よし子の家で、その煎餅を食べているとき、煎餅の袋からひとつかみだけ茶箪笥の中に入れるのと見て、亭主の分だなとチクリと腹に応えるものの、顔には出さない。

このように、物欲に左右され、社会の常識を疑う婆さんの姿が描かれる。

よし子が氷水の注文に家を出ると、早速、「婆さんはまるでたくらんででもゐたかのようにあわてくさつて、そこにある煎餅五六枚と銀紙に包んだ菓子を手早く風呂敷に包みこんだ」。

また、留守中、家の中を見まわした婆さんは、柱や畳が新調なうえ、きちんと片付いているのを見て自分を意地悪く圧迫するような気持ちがする。そして、何よりもよし子の心が自分の予測以上に亭主の方に傾いているのを知ると、自分の心臓を重苦しく締め付ける気がする。彼女は周囲に注意しながら箪笥を開ける。そして、作中のクライマックスともいうべき場面である。よし子が帰宅して婆さんが箪笥を開けたのを知って注意すると、婆さんは激変する。

「……ひ、ひとの家だ？……この恩知らず！ 犬、猫、畜生！ 箪笥をあけたのが何でわるい？ 祖母が孫の箪笥をあけたのがわるいかよ。わしはな、手前たちのもの塵一つだつてとるやうな腐つた根性は持ち合わせちやゐないよ。大方手前も親爺の子供だけあつて、亭主さへゐれあ、わし見たいな年寄りはどうだつてい丶んだらう？……わしだつてな。まだ〳〵手前等に馬鹿にされるほど耄碌はして居らん。首縊つて死ぬかつて手前等の世話にやならんけに、好きなだけ亭主ばつかり大事にしてけつかれ！」

婆さんのどんよりした眼が気味わるく血走り、額にふくれあがつた二三本の青筋が、切断されたみ丶ずのやうにピク〳〵うごめいた。およしは両手に顔を埋めて、畳の上に突伏した。

「……よくも、よくも、手前までがわしに砂をぶつかけたな！　さ、わしは帰る。こんな恐ろしい家には一分だつて居られん。もう二度と敷居をまたがんからには、祖母でもなければ孫でもない、手前勝手にするがいゝわ。……わしは帰る、帰るとも！」

彼女は息子夫婦の仕打ちが絶えられなくて、よし子たちと同居することを望み、そのことは誰にも口外していないが、自分ではそれが実現すると考えている。よし子を学校へ進ませたし、親も反対した軍人との結婚も強力に進めた。言わば、孫は、自分の思うがままだと考えている。だから彼女に注意をされると、必死になって反抗するのだ。

一方、婆さんの初めての怒りの爆発によし子は当初、あっけにとられるが、涙を落としながら玄関へと立ち上がる彼女に「よしがわるかつたから、御免よう、御免よう！」としがみつきながら泣きじゃくる。婆さんも「離せ！　離せ！　この恩知らず奴！　わしあ恐ろしくてこんな家には一寸も居られん」と叫ぶが、よし子の抱擁が余りに力強いため、叫びながらペタンとその場へ坐り込む。

よし子は「あの箪笥だつてお祖母さんもお銭出して買つてくれたんですものね、いくらあけて見たつて構はないのよ」と言い、しばらくすると、何事もなかったかのような晴れ々々した顔をみせ、自分が悪かったことやいつまでもお祖母さんの味方であることなどを、婆さんの手や肩をさすりながらやさしく言い聞かせる。

よし子の臨機応変の所作であり、婆さんは、全く手玉に取られている。それが婆さんの帰宅時に彼女が櫛を無心することとなる。

一方、婆さんは先ほどの振る舞いが芝居のようでもあったかと思うと、気恥ずかしいが、かねてからよし子は夫の方に完全に向いていると感じていた。それが今回の訪問で確信に変化すると、「自分は独りぼっちだ、むしろその方がいい」と気を取り直しもする。また、切り株に腰かけた老婆は、夫が家出した後数人の男に身を任せたことを思い出してやはり悪いことだと判断し、今の難儀もその因果の報いと自分のせいにする。

家を出た彼女は、途中、神社境内に立ち寄って休憩の時間を取るものの、そこを出てからは犬にも子供たちにも相手にされずに作品は終わる。

Ⅱ

以上のような作品は、おしま婆さんの老いゆく年齢とそこから生じる孫への依存、さらに、それも当てにできないと認識した時の切なさややるせなさ、このような言動を巧みに描いたものである。換言すると、彼女の高齢化に伴う生きることへの不安、さらにそれを孫に求め、依存し、さらに、それさえ当てにならないことを知り、絶望して虚無的になるという過程である。これをまだ二十数歳の石坂が描いたのであり、その力量に驚嘆せざるを得ない。発表当時、善蔵の作品と信じられたのも無理ない話である。

では、その表現にどんな特色があるのかを次にみる。まず、最初の頁十三行ほどに「バタバタ、ヂリヂリ、キーンキーン、スースー、コクリコクリ」等々、五個ものオノマトペが使用されていることに気づく。このオノマトペの多用は次頁以下でも「ずるずる、ムヅムヅ、バリバリ、オイオイ、ペタペタ、ブルブル、サクサク、ピクピク、ペタン、ズキズキ、シクシク、チンチン、オズオズ、バラバラ」等々、頻出する。これは、二作目の「海を見に行く」(昭2・2)や三作目の「炉辺夜話」(昭2・7)にも見られるものである。このことから、オノマトペの多用は、石坂の出発期の特色といえる。

幼児が言語生活において的確な語彙に欠ける場合、このようなオノマトペを使用して相手に意思表示をすることは多々見受けられるが、大人の小説でこのような特色が見られるというのはどういうことなのか。場合によっては、マイナスの効果を生みかねない。しかしながら、このオノマトペについては後述する。

「海を見に行く」は、学生ながら結婚し、三歳のハルキチに加えて妻フク子のお腹に二人目がおり、それでいて妻の実家から援助を受けて作家をめざす「私」（健太郎）をめぐる話である。石坂をモデルにした私小説といってよい。

ある日、健太郎の元へ友人室田が転がり込んでくる。半年ほど音信普通だった彼は悪友の一人だ。彼はいつまでも居候する心づもりらしい。妻の機嫌は悪くなる。それとなく事情を彼に伝えるが、効果はない。逆に、「私」は男の友情を盾に彼をかばう。

実家の父から「私」の弟が上京するから面倒を見るようにとの手紙が来る。妻の実家から援助を受けていることを知らないはずがないのに、と怒った「私」は手紙を破る。終に室田をめぐる不満がたまっていた妻と「私」の間に痛烈な口喧嘩が始まる。

ある日、図書館で彼と会った「私」は海へ出かける。防波堤の傍で他愛もなく二人は過ごすが、寒さを感じるようになった頃「私」は、寝ている室田の顔にむしった草を「埋葬だ、埋葬だ」と言いながら次々とかける。

この話は、海へ出かける以前の描写は時間を錯綜させる倒叙法を採っている。前述のように、オノマトペも効果的に使用されている。例えば、キラキラ、ゴロゴロ、コツコツ、ジリジリ、ノコノコ、クヨクヨ、エンエン、ネチネチ、ボトンボトン等々のように。

「炉辺夜話」は三男という中学生を主人公にする。港町で寂れた遊郭を営む家の二男である彼は、恋人の千枝子とも別れ、店の御職女郎の歌吉と関係を持つなどデカダンな生活を送る。年末、雪が降る中、街中を彷徨する彼は凍死してしまう。

この作品は、エピローグやプロローグを置き、当時流行の新感覚派並みの表現をするなど石坂らしさを出している。その例を示す。

雨戸をぶってゆく粉雪の一かたまりがあった。家がきしめき、はやしがすさまじい唸り声をあげる。耳を澄ますと、誰かが素晴らしいバリトンでウオー、ウオーと叫び続けているような気がする。それらにもかき消されず、鉄瓶が冴えた澄んだ音をたてているのが、不思議なさびしさであった。空よ、飛ぶ鳥もなく、今日も一日お前のわびしい音楽を奏でるのか。

また、これも「フクフク、ガツガツ、ニョキニョキ、ヒタヒタ、バタバタ、クンクン、ブツブツ、チャリチャリ」等々、多数のオノマトペを使用する。

こうしてみると、初期三作の特色が明白になる。オノマトペを多用し、倒叙法を採用するという描き方であり、内容は私小説もあり、流行の新感覚派張りの表現もある。

Ⅲ

「老婆」の見せ場というか、圧巻というべきは何といっても彼女が孫に向かって怒り、叫ぶところだろう。よし子が注意するや、婆さんは「見る見る青くなつて『ん!』と息が詰つて、身体をブル〳〵慄はせたと思ふと、いきなり前にあつた氷のコップを」突き飛ばしてしまう。その眼は「気味悪く血走り、額にふくれあがつた二三本の青筋が、切断されたみゝずのやうにピク〳〵うごめいた」。

このような婆さんの姿態から発言されたのが先に引用した文句である。これを聞いたよし子はただ恐ろしく、あっけにとられるばかりで、ひたすら謝罪をするしかない。彼女にしがみついて泣き叫ぶしかない。

これを読んで、想起されるのが「老婆」の一年半ほど前に発表された善蔵の小説「蠢く者」(大13・4)である。これの掲載誌は著名な『中央公論』だから、おそらく石坂も目を通していたと察せられる。

内容は、鎌倉在住時代から交際があった「おせい」にまつわる私小説で、関東大震災で帰京した善蔵が受験を控えた子供たちを見舞い、妻の訴える口癖を耳に残しながら田舎から帰京する。それにつけても彼にとっての難題は、鎌倉時代の未払金を取り立てに来たと言って六畳間に居座る「おせい」をどのように帰ってもらうかということである。

友人にも相談するが、埒が明かない。その晩も帰れ、帰らないで二人は言い争いをし、しまいに、自分が彼女を殴ると、口からタラタラ血が出るので、ゾッとする。その時に彼女の口から発せられた言葉が次である。

「こん畜生！　こん畜生！　お前はおたい(マヽ)のあれを忘れたね。あたいのあの、大事なあのことを、忘れてゐるんだね。お前さんに見せこそしなかつたが、もう形ちがちやんと出来てゐたんだよ。丁度セルロイドのキユーピーさん見たいに、形ちがちやんと出来てゐたんだよ。あたいが誰にも気付かれないやうに、そつと裏の桃の樹の下に埋めて、命日には屹度水などをやつてゐたんだよ。この十九日で、丁度になるんだよ。それを貴様は何だ！　恍け臭つてゐやがるんかよ。忘れてゐやがるんかよ！　こん畜生野郎が！　そんな薄情者だから、田舎のあんないゝ子供さんたちのことだつて、見てやれないんぢやないか。手前の薄情から、あたいのあれを、呪ひ殺したも同様ぢやないか。あたいはね、あたいはね、黙つて他所へは嫁にも行けない身体なんだよ。白を切つて他所の赤んぼを産むことも出来ない身体なんだよ。だからこそ、手前のやうな老いぼれの傍にもゐたいと、足蹴にまでされても、出て行かないぢやないか。それが貴様にわからないのか！　わかつてゐても、わからない風をして、今まで苛め通して来たんだね？　さあ、お前の方こそ、はつきり云つてご覧！

それがお前に云へたら、あたいはこれからだつて、出て行くよ。出て行つてやるとも！　身投げしたつて、構ふもんか。さあ、はつきり云つてご覧！　それとも、あたいの口から、こんなことまで云ひ出させたくつて、斯うして来たのか？　……エーン、口惜しい！　口惜しい！」

それまで殆ど無口で通してきた彼女が初めて胸の思いを一気に吐露した一節である。中絶した子への思いを繰り返す彼女に対して、「私」は何も言い返せない。言い終えた後、口から血をタラタラ畳の上に流しながら泣きじゃくる姿を見て、「私」はその両手をとり、謝る。もちろん、そこで約束したことが実行できるはずもないが、「私」には「お前の気のすむようにするから、もう泣くのはやめてくれ」と言うしかなく、「私」も知らず知らず、泣いてしまう。

「老婆」の読者は、「蠢く者」のこの一節をあたかも同様な印象で受け止めたのではないか。それほど、作者の描写力は真に迫って近似している。

「老婆」が発表された時に、中村武羅夫は近年たるみがちだった善蔵の作品にしては久しぶりで活気にあふれた良い作品だと述べたという（石坂洋次郎「著者だより」『石坂洋次郎短編全集』第一巻）。「涼味（醇狸洲に送る）」（『文壇随筆』大14）で知られるように、中村は葛西の良き読者であり、この作品が彼の物だと信じて疑わなかった。それは、文章の全般的印象や婆さんが啖呵を切る箇所、等々が一体となって「葛西善蔵」を表現していたからに他ならない。それほど石坂の筆は葛西のそれに似通っていたということである。

つまり、善蔵の作品を耽読していた石坂が、自分の作品を執筆するにあたって意識的にか無意識のうちにか善蔵作品の影響を受け、それが滲んだものを執筆してしまったということである。

Ⅳ

それでは、石坂における「葛西善蔵」とはどんなものだったか、それを次にみてみる。

遠回りのようだが、葛西の処女作「哀しき父」（大元・9）から見ていく。

彼はまたいつとなくだんだんと場末へ追ひこまれてゐた。

四月の末であつた。空にはもやもやと靄のやうな雲がつまつて、日光がチカチカ桜の青葉に降りそそいで、雀の子がジユクジユク啼きくさつてゐた。どこかで朝から晩まで地形ならしのヤートコセが始つてゐた…。

彼は疲れて、青い顔をして、眼色は病んだ獣のやうに鈍く光つてゐる。不眠の夜が続く。ぢつとしてゐても動悸がひどく感じられて、鎮めやうとすると、尚ほ襲はれたやうに激しくなつて行くのであつた。

今度の下宿は、小官吏の後家さんでもあらうと思はれる四十五六の上さんが、ゐなか者の女中相手につましくやつてゐるのであった。

これは作品の冒頭部分で、ここに出て来る「彼」は詩人だが、仕事に集中できずに田舎に妻子を返して、自分で励もうとするが、それでもうまく行かず、しまいに結核に罹ってこれからはうまく書けるだろうと安心する。

ここには芸術と実生活との相剋に悩まされる男の姿が少々感傷的ながら巧みに描かれている。以後の葛西の姿を早くも述べているようだ。

ここで特に注目したいのは、もやもや、チカチカ、ジユクジユク等のオノマトペの多用である。この作品では冒頭以下、二十数例も続く。

冒頭で「彼はまたいつとなくだんだんと場末へ追ひこまれてゐた」とあることから、読者は、彼は以前にもそのようなことがあったのだと理解する。事実、まもなく「今度の下宿は」とあるので、話が過去にさかのぼって主人公が「追ひこまれ」る過程が述べられる。こうして、作品は「彼」をとりまく情報が少しずつ明らかになっていき、その後、この下宿に越して来てからの出来事が展開される。

このような、語りが現在と過去との時制を自由に往来して作品を完了させるという倒叙法は、以後、葛西の作品を特色づける要素の一つになる。

このオノマトペの多用と倒叙法の採用は葛西の特徴であるが、それを葛西は師徳田秋声から学んだ（本書一章「『青い山脈』七十年　名作誕生の源流をみる」）。作家になろうとしても、まだどのような方向へ進めばよいかを決めかねていた葛西は、取りあえずは初対面を果たした秋声の物を読み始めてそれを解決しようとしたのだ。

その頃の秋声は、新文学の自然主義文学に乗り遅れていた。しかし、懸命に結論を求めた彼は、動かない事実を飾りなく書くという創作態度によって、視点を意識した口語文による写生文風の文体を用いて作品内の時間処理を適切に行い、また、人物の動作をより躍動的に造形するためにオノマトペを効果的に使用することを試みた。

こうして、秋声は「新世帯」(明41・10〜12)以降、事実をありのままに描くという自然主義文学へ転身することになる。ちょうど時期を同じくして、葛西も郷里へ妻子を帰して秋声の作品を中心に懸命に勉強した結果、行くべき道を発見した。それは、友人の光用穆に宛てたように、平凡な日常に細かい観察を向け、その結果得た、平凡非平凡美醜そのままを表現し、平凡な生活にも書くべき素材はいくらでもあるというものである。

「哀しき父」はその第一作であった。以後、大正六年頃までの数作は家族と共に幸福を味わうことが出来ない人物を登場させ(「池の女」「雪をんな」)、かといって、生活苦を避けては絶対的な幸福をも把握できない(「悪魔」「めけ鳥」)ものばかりである。

作家的スタートを切った善蔵は、オノマトペの使用を以後も続けるが、「彼らの日曜日」(大14・7)「温泉村にて」(同上)に顕著なものの、後に消えていく。一方、倒叙法の方は、彼の作品を特色づける要素の一つになるが、それがもっとも成功しているのは「暗い部屋にて」(大9・11)「湖畔手記」(同13・10)であろう。

いずれの特長も石坂が善蔵の作品を夢中になって読んでいた頃は顕著なものであった。

もちろん、これらのものは作家が何をどのように描くかの方法の一部であり、何を描くかについては、師の作風通りにできるものではない。作家たらんとして家庭生活の幸せと生活苦との板挟みになる姿、それが葛西の「何を」であり、秋声のものではない。彼自身のオリジナルなものである。

作家的出発にあたって先に見たように、石坂は、「老婆」「海を見に行く」「炉辺夜話」においてその描写や倒叙法、オノマトペ等々において善蔵の影響を受けていたが、では、それ以外の作品はどうだったのか。

以下、「若い人」(昭8・5〜6)以前の作品についてみてみる。

実は、これらの特色は一言で言えないほど多種多様である。当時、小松太郎は「かなりグロテスクで、かなりエロティックで、非常に真面目でそれでゐて変に滑稽な、ちよつと類のない風変わりな作風」（『近代生活』昭6・6）と批評していたが、具体的には次のような作品がある。

「海を見に行く」のような私小説といえる「キャンベル夫人訪問記」（昭3・5）「彼らの半日」（昭5・10）、性が目立つ「炉辺夜話」（昭2・7）「外交員」（昭4・11）「浮浪者」（昭7・1）、さらに、概して新感覚派風の描写が特色の「炉辺夜話」「キャンベル夫人訪問記」「ある手記」（昭3・9）「外交員」（昭4・11）「雪景スナップ」（昭5・4）等である。

すなわち、石坂は「老婆」で著しく善蔵作品の痕跡を留めながらも、作家的自立を目指した作品を模索しつつ、それと同等かそれ以上に、新感覚派という時代の潮流を受け止めようとしていたことになる。新感覚派とは、大正末から昭和初期にかけて横光利一や川端康成などによって、現実を感覚的に捉え、擬人法の多用等による表現を試みた運動をさす。先に石坂「炉辺夜話」の一部を引いたが、そんな新傾向に彼は相当の興味と関心を寄せていた。

こうしてみると、石坂は善蔵に関心を持つと共に、新傾向の文学をも視野において作家的自立を図っていたといえる。

V

「老婆」は、以上見てきたように善蔵名で発表されて、非常に好評を得たが、実は、石坂洋次郎が執筆したものであった。にもかかわらず、それが長い間、疑われなかったのは、善蔵の熱烈な愛読者であった彼が、オノマトペの多用や倒叙法の小説作法はむろん、文章の雰囲気までも善蔵のそれを会得して作品に体現できたからに他ならない。

そういう傾向は次作「キャンベル夫人訪問記」や次々作「炉辺夜話」にも見られるが、善蔵が弘前を訪れてその実生活と向き合うことになった結果、石坂は考え方を変更しようとする。しかも、昭和三年七月に善蔵が亡くなった。彼にとってかなりの大事件だったはずである。

ほぼ同じ頃、新感覚派という新傾向が文学界を襲い、それへの対応も怠りなかった石坂は、同時にやってきたプロレタリア文学にも共感せざるを得ず、しかも妻が先にそれに飛び込んだことにショックを受けた。そういう満身創痍の自分を救うために「麦死なず」「若い人」を書く石坂だが、それが意外と好評だったため、その路線を継続しようと考える。それは、自分が住む東北の町から生み出す作品にふさわしいと石坂は考えた。

もはや善蔵の文学に囚われる必要がないと「金魚」（昭8・7）も発表した。その五年後、石坂は足掛け十四年間務めた教員を辞して上京し、作家生活に専念する。「青い山脈」（昭22）の作家の誕生である。

知性の敗北の物語

――石坂洋次郎『何処へ』とルイス『本町通り』

I

石坂洋次郎は、昭和十三年十一月に足かけ十四年間勤めた教員を依願退職して上京、職業作家として新たな生活をスタートさせることになる。その半年前、横手に住んで十余年を経過したその心境を告白した興味深いエッセイ「冬景色」（昭13・2執筆、『雑草園』昭14・6等に所収）を発表する。この中で次のように述べる箇所がある。

シンクレア・ルイスの傑作小説に『本町通り』というのがある。田舎の町医者に嫁した若い新思想の女が、万事旧弊な町の人々の生活を改革させてやろうと思い立ち、いろんな手段を尽して努力奔走するが、一面には善良であるとともに半面には海千山千の生活甲羅を経ている町の奥さん連のためにキリキリ舞いをするような目に合わされ、女同士の共鳴者が得られなかったあげくが、物欲しげな町の詩人と恋に落ちて都会に遁走する――といった筋の、明るいキビキビした小説だが、ここに描かれた地方の情景はそっくりそのまま自分の住んでいる町にも当て嵌（はま）りそうな気がする。

（『石坂洋次郎文庫20』昭42・10所収本文による）

この引用の後、「私は今や紛れもなく田舎の人間である」と断言し、「生甲斐や雪は山ほど積りけり」の句で文章を結ぶ。

この一文は石坂の田舎讃美宣言とみなしてよいものである。そんな石坂がまもなく横手を去ることになろうとは誰も想像がつかないが、それはさておき、まず、引用文で若い新思想の女が町の詩人と駆け落ちをするという話には、「麦死なず」（昭10・8初出）に描かれた石坂の妻の出来事が連想され、その点でも興味深いが、何よりも「シンクレア・ルイスの傑作小説『本町通り』」という作品についてふれていることに注目したい。というのも、石坂は十四年七月から「何処へ」を発表するが、以下みていくようにこの『本町通り』がその構想や執筆に影響を及ぼしたのではないかと愚考するからである。もし、石坂がこれと遭遇し、読了することがなかったら、あるいは「何処へ」は完成しなかったのではないか、とも言いうるほどである。

また、『本町通り』をこのように要約の上紹介しているが、この記述も石坂なりのものであり、的確とは言えない。この点も彼の該当作に対する理解を示していて、興味深いのだが、後で触れる。

そこでまず、以下、ルイスの『本町通り』と石坂の「何処へ」を比較検討しながら、両者の共通点や相違点等について述べていく。

II

石坂が手にとった『本町通り』は前田河広一郎が翻訳した『本町通り』（新潮社、昭6・3・7）でないかと推察される。これは当時よく売れたらしく、手元にあるものは、発行後一カ月の四月八日にすでに十三版になっている。米国初のノーベル文学賞受賞者ハリィ・シンクレア・ルイス（一八八五〜一九五一年）の代表作の一つである本作は、ルイス自身の体験が主人公キャロルに反映されている（前田河訳本はカロル、となっているが、原語のCarrollは現在一般的にはキャロルと表記することから以下の引用ではキャロルに従う。キャロル以外の固有名詞の訳語についても同様である。なお、これは現在入手困難であるが、割に閲読覧可能なテキストは岩波文庫本である。本稿における作品の引用は前田河訳本によることはもちろんだが、比較が必要な場合は岩波文庫本も併用する）。

キャロルはミネソタ州のゴーファー・プレアリィという人口三千人の架空の町に医師ウィル・ケニコットと二十五歳で結婚し、紆余曲折を経て三十五歳になるまでを主としてこの町で生活する。作品はしたがってこの町を主な舞台として展開する。

彼女はカレッジを卒業後、シカゴで一年間図書館司書を務め、のちセントポールの図書館で三年ほど働いて結婚する。社会学に興味を持つ彼女は自分が住む町を美しい町にしたいと考えているが、ゴーファーに移って間もなく町を一周して建物の汚さや住民の品のなさ等にがっかりするが、逆にファイトが湧く。一方、家中の家具の設置場所を変えたことや結婚お披露目のパーティー開催など、都会生活経験者としての彼女の言動は、善きにつけ悪しきにつけすぐさま町中の話題となる。

町は十一月ともなると雪が降り続き、零下二十度の寒さにもなる。降り積む雪を見続けて日を過ごす退屈な彼女は三通りの生き方を考える。その一は子を産んで育児に専念すること。その二は町の改革に邁進すること。その三はこのまま町の一員になりきること。しかし、そのいずれをも彼女は未だ選択できない。

彼女に理解を示してくれるのは、夫のケニコットを別にすれば、高校教師のヴィーダ・シャーウインであり、町の便利屋のマイルズ・ビョーンスタムである。さらに、後に町に住むようになる若い男エリック・ヴォルボーグや新任女教師のファーン・マリンズである。

作品はこれらの人物が時折出現して彼女に刺激を与え、彼女もそれに応えるようにして活動を開始する。たとえば、シャーウインは「世間の偏見がどんなにばかげたものであっても、世間を相手にするつもりなら、世間の考えを知らなければならないわ」と忠告するが、まだこの時点では彼女はこの意味を十分に理解できていない。むしろ、ビョーンスタムの直裁的な物言いに共感を覚える。

町には社交的な女性グループ「陽気な十七人会」があるが、彼女は嫌って積極的に参加せずむしろ、もう一つの研究グループ・サナトプシスに加わり、そこを拠点に改革を試みる。しかし、いざ彼女の計画が実行される段になると誰も協力しようとしない。町に演劇協会を設立し、公演を実現したのが、最初の成功例だが、それも一度切りで終わる。

無為に三年が経過する。彼女は到底一人で計画は達成できないことを知り、共鳴者を求める。一方、まもなく長男ヒューが誕生。二年間は育児に専念する。

シャーウインに刺激された彼女はまた、改革の火を燃え上がらせる。二十五歳のヴォルボーグの登場はいっそうその炎を強める。二人の仲は町中の噂となり、ヴォルボーグの熱意に誘惑されそうになる彼女だが、夫の配慮によって夫婦仲は安定する。

夫婦で三カ月半も国内旅行に出かけた効果もむなしく、彼女の姿勢は変化ない。まだ真の改革が行われていないと思う彼女は町が経済的に潤えば潤うほど、気が沈みがちになる。そんな様子の妻に対して夫は苛立ち、二人の仲は冷えたものになる。ついに彼女が単身でワシントンに住むことになった。アパートで一人暮らしをし、見知らぬ人たちと接するうちにキャロルはゴーファー・ブレアリィの良さを発見し、かつてシャーウインに批判された自分の性格を知るようになる。

十一カ月目に夫が訪ねてきて二人はフロリダへ「求愛旅行」にでかける。ワシントンに戻ったキャロルは町に戻るべきかどうかを同席した婦人参政権獲得運動の指導者に問う。その指導者の意見を聞いて彼女は帰ることを決意し、その地で再び改革の火を灯すことにする。もはや町を嫌がる気持ちを彼女は捨てていた。ほぼ二年の滞在を経て戻った彼女を迎える町の人たちも概ね好意的に接した。二人目の子を生んだキャロルは地道な活動に満足する日々を送る。作品の終わりで彼女が述懐するセリフである。

あたしは、これだけでは勝ってるの。自分の理想を冷笑して、とうの昔にそれを乗り超えたやうな顔をして、失敗を弁護するなんてわたし決してしないわ。メーン・ストリートが、さうあるべき通りに綺麗だなんてことも云ひません――ゴーファ・ブレリーがヨーロッパよりも偉大だとか、豪大だとか、といふことも承認しやしない――皿洗ひが婦人全体を満足させるに足る仕事だなんてことも云はないわ。あたしはよく闘ひはしなかつたでせうが、でも、闘ふといふ信念だけは持ちつゞけてゐます。

（三十九の8）

ほぼ以上のような内容の『本町通り』は「冬景色」で石坂が紹介するものとは、キャロルの改革という大筋では合っているものの、それ以外では若干異なる。限られた枚数での紹介だからどうしても端折ってしまうのはやむを得ないが、たとえば、石坂はキャロルが改革のために孤軍奮闘し、あまつさえ女同士の共鳴者を得られなかったことを失敗の主因に挙げている。しかし、彼女には味方の女性も存在したわけである。また、キャロルが恋に落ちて都会に遁走というのも実際と違うし、さらに筋の紹介をそこで終わると、それだけの内容かと誤解もされかねない。石坂の実生活と作品「麦死なず」を知っている読者は『本町通り』とそれとを結びつけてそのような作品だと理解しかねない。しかし、実際は今見てきたとおりの結末である。

訳者の前田河はこの作品について次のように述べている。

そこに展開されるドラマは、自由主義と保守思想との対立から来るもの、都会主義と農村主義との対立から来るもの、功利主義と審美主義の対立から来るもの、無宗教と伝統的信仰との対立から来るもの等数個の新旧アメリカの葛藤が、最も克明な、極めて皮肉な、屢々巧みな叙景の点綴によつて描き出されてゐるのである。

（「シンクレーア・ルイスと本町通り」同書所収）

確かにこのように理解できないこともないが、続いて、「今日、アメリカをして帝国主義的資本主義の急先鋒たらしむるアメリカニズムの保守的要素は遺憾なくシンクレーア・ルイスによつて、小まめに、殆んど全国的にさへ攻撃しつくされて余すところがないと云つてもいい」「どんなアメリカニズムを、どの立場から批判してゐるか？——純然たる社会民主々義の立場を彼は一歩だも出てはゐない」と説かれると、プロレタリアートとして当時の前田河の立場が面目躍如たるものがあるものの、やはり、客観的な評価とは言えない。

むしろ、斎藤忠利が「解説」(『本町通り』上巻 岩渡文庫所収)において次のように述べているものが、的を射たものと考えるので、少し長いが引用したい。

『本町通り』の話の大筋は、キャロルの底の浅い改革の企てが、当然のことながら、ゴーファー・ブレアリィの町の住民たちの顰蹙を買い、退嬰的な田舎町の風習の圧力の前にキャロルも妥協を余儀なくされる、という典型的な風俗小説の一形式をとるが、因習的な田舎町の規格化された生活の画一性と独善ぶりを批判するキャロルが、彼女自身の軽薄さを田舎町の側から批判されるという相互批判を内容とする、キャロルとゴーファー・ブレアリィとの関係が、キャロルとその夫ウィル・ケニコットとの夫婦関係の中に持ち込まれ、キャロルにおける田舎町への反撥と帰順が、夫婦関係における愛と憎しみという人間関係の複雑さに還元されて描かれているところに、『本町通り』の小説的な面白さがある。(中略)

総じて、『本町通り』に登場する人物群は、ゴーファー・ブレアリィ本来の住民たちはもとより、その住民たちの独善ぶりを批判するキャロルにしてからが、充分な意味における「科学的精神もしくは国際的な視野」を欠く人間として設定されており、このことは、アメリカの急激な大国化の中で、逆に強く意識されてくるアメリカ人の田舎者意識をその主要なテーマとした、シンクレア・ルイスの文学の性格と限界を、よく示している。

このように、ここには作品内容とその限界に関する明確な指摘がみられる。

さて、以上のような作品は特にキャロルの描写について、語り手は徹底した戯作調を採っており、それが正確な知識と緻密な計画を持たずに改革熱にうなされるキャロルの様子とみごとにマッチしている。先に石坂がこれを「町の詩人と恋に落ちて都会に遁走」という深刻な内容と指摘したにもかかわらず、「明るいキビキビした小説」と評したのは、多分にこの文体が及ぼす点があったと考えられる。例を挙げよう。研究グループ・サナトプシスの会合でのキャロルの発言である。

そこにもう一ついやな事件が出来した。ケニコット夫人が発言して、又候見得を切つた。彼女はかう注意した。「教会やサンデー・スクールで聖書は沢山ぢやないの?」

多少狼狽の気味もあり、大部分は腹を立つてレオナード・ワーレン夫人が叫んだ。「まあ、聞いてご覧なさい！聖書が沢山だなんていふ人があらうとは思ひませんでしたわ！　もしあの偉大なブックが、茲二千年間も無宗教徒達の攻撃にびくともしなかつたとしたなら、それだけでもちつたあ考へてもいいと思ひますわ！」

（十一の8）

これだけでも特色ある筆調が窺えるが、岩波文庫本を参考のために引いておこう。

その際、腹立たしい小事件が一つ起こった。ケニコット先生夫人が、またしても介入して、その才能をひけらかし、批評を加えたのだ――「聖書については、すでに、教会と日曜学校で飽きるほど学んでいると、お考えになりませんこと?」

レナード・ウォレン夫人は、いささか体調を乱してはいたが、それにも増して平静さを乱して、叫び声をあげた――「これは、おどろきましたわ！　聖書に飽きることがあると思ってらっしゃる方があろうとは、想像してもみませんでしたわ！」

（傍線引用者）

戯作調のタッチが訳者によってかなり違うということが、特に傍線部に注目することによって納得できよう。次にもう一例、終わりに近い三十七章より紹介したい。

そして、彼女は、なぜ個人に対して怒りをむけたのかを疑ひ出した。個人ではなくて制度が敵なのだ、それに、制度は最もよく跪いてそれに仕へる門弟達を多く感染させたがるものである。彼等はかず〳〵の態度と、倣慢な——上流社会、家庭、教会、健全な事業、党、国家、優越せる白人種などといふ名目——の下に、彼等の暴君性を他へ押し付けるのだ。そこで、カロルは考へた、そんな連中に対する唯一の防御方法は憎みの罷らぬ声で大笑することであつたと。（三十七の5）

ここには、核心をつくような問題を把握しながらも、次々と根拠に乏しい空想を展開させて空回りをするキャロルの滑稽な姿が浮き彫りになる描写がある。

Ⅲ

「何処へ」については小著『石坂洋次郎の文学』（昭56・10）で言及した。そこでも記したが、対象にするべきテキストは流布本ではなく、初刊本である。以下の記述もそれに変わりない。すなわち、「渡り鳥の巻」は考察の対象としない。

奥羽本線のA町の奥州中学校に赴任した伊能琢磨は、キャロルと比較すると知識や学歴では遥かに勝る。彼は帝国大学卒業の文学士である。同僚で彼と並ぶ経歴の持ち主はいない。

ただ、彼には生活の知恵が欠けていた。キャロルに向かって夫が町の人たちを「なかなかいい連中なんだ。せっせと働き、精いっぱいの努力をして家族を養っている」と自慢したように、伊能は駅に降り立ってすぐに会う芸妓の才太郎や木山医師、さらにはまもなく知り合うことになる学校の石黒書記や田島主任、花山同窓会長等々「なかなかいい連中」と接することになる。ただ、それまで生活の知恵がまったく身についていなかった彼は、彼らをそういうふうには認識できずに、単に「文盲な生存の欲情」の持ち主と表現して恐れを抱く。また、自身の誇るべき学歴や知識の価値を次第に疑わざるを得なくなる。読者は作品を読み進むうちに彼が感じるこの落差を的確に把握していく。

戸惑いながらも何とか自分を保とうとする伊能は、キャロルのようにこの町での生き方の二つの方針を決める。一人の殻に閉じこもって暮らすか、町を積極的に変えるかである。

もっとも、最初からこのように決心したのではなく、「文盲な生存の欲情」に彼が完全に圧倒されるまで若干の時間を要した。その後に保身術として考えた方針であった。

まず、学校内において伊能はどのように行動し、それが周囲によってどんな評価を受けたのかを見る必要がある。

彼は三年のクラス担任と、一年と三年に英語を教えるのが主な仕事であったが、教授法（教材研究）や学級経営法をまったく無視していた。それは彼の「深遠な知性の匂いが、ひとりでに若い中学生たちの胸に正しい学問に対する憧憬を目覚めさせ、高尚な人格に対する止めがたい思慕の念をそそるに違いない」という「青白い自負の念に燃えていた」からであった。しかし、授業中は騒々しい。彼はその原因を生徒の質が悪いからだと解釈する。彼は「知性が人格の全内容であると小児のように信じ込んでいた」のである。一方、反校長派といわれる教師の授業がいつも静かであることを横目で苦々しく見ながらも、今は「学校の教育が野蛮主義から人格主義に移る過渡期に犠牲のようなものであると信じ」自分から野蛮主義に屈してはならないと頑なに戒めていた。

伊能の考え方は職員会議でも披露される。反校長派教員の日常的暴力を根絶する絶好の機会と捉える彼の意見は、信頼する清水校長によって否定されてショックを受ける。

伊能は、授業は熱心に聞かないまでも生徒にはそれなりの評価を受けていたし、教師間でも、おとなしい無害な人物ということで、受けは悪くなかった。

しかし、彼自身は学校における存在を重くするためには、時間をかけていくつかの段階を踏んだ鍛錬を経過しなければならないということを理解するべきであったが、「呼吸が短く志操が稚い彼は、豚に真珠を与えるようなものだ——と、とんでもない独善的な解釈を下して、それ以来、彼の情熱をがさの大きな頭蓋骨の中にしまいこんで、その日暮らしの勤めをつづけ」る。こうして、一学期は終わる。

二学期を迎えたが、伊能はこれまでの経験からこの町では男性相手には一切の積極的な行動をやめることとした。しかし、男性と比較して女性はまだ人間的なみずみずしさを具えると判断した彼は、若い女性を対象に自分の知性を充分に発揮してみたいという希望を捨てていなかった。

それが現実となったのが、十一月のある日曜日に彼の部屋で開催されることになった文学研究会である。その顛末は「文学会の巻」に精しい。若い女性が集ることを期待した伊能だが、五人全てが結婚経験者で、がっかりする。のみならず、助手役の伊保子が約束の曲チャイコフスキーのレコードに続いてオハラ節をかけ、むしろその方に皆の人気があり、二重に落胆させられる。

ジイドの「贋金つくり」の話をする予定が狂って、明治の「金色夜叉」や地元紙の連載小説の内容に夢中になる連中に伊能は、口も聞きたくなくなるような衝撃を受ける。「文盲な生存の欲情」に完全に打ちのめされてしまったのである。

伊保子に八つ当たりをして家を出た彼は城跡公園に向かう。眼下に人家や田畑が広がる街並みを見下ろして次のように感じる。

それは平和な愛すべき眺めであつた。人々は此の国土で、近代文学などには何の縁故もなく、泣き笑い働きして日々を送つているのだつた。男達は酒を嗜み、女達は漬物の仕事で手の皮膚を荒らしながら……。庭樹が冬枯れた町家々の間に散見する干大根の白さや柿の実の赤さは類ひなく美しく、それはともかくも、人人がここで健康な間違ひのない生活をしてゐることをハッキリ物語つてゐた。とすると――。

文学とは一体何であらう……。

そしてこの自分は一体どんな目的で生きてゐるのであらうか……。

翌日、学校で早くも文学会のことを校長に注意されるが、その後伊能は考える。

昨日からの単語のほかに、コイ、方言、単独、環境、くつつぐなど、今朝の新しい語彙も加はつて、それらが将棋の駒をぶちまけたやうに雑然と散らばつてゐた。その一つ〳〵に適切な地位を与へて、全体を大きな前進隊形に組立てることは、ひどく骨の折れる仕事だが、それだけの甲斐がある仕事だとも思はれた。……。だが、果たして自分はさういう生活に堪へていけるであらうか……。

「渡り鳥の巻」を除くと、以上で「何処へ」は終了する。すなわち、こういうことが言えるだろう。自分の知性と教養のみを信じてそれ以外、何の社会の常識も弁えない、また自分の力が町の人たちを変えうると信じていた伊能は、全面敗北を喫する。従って、最初決めていたように一人の殻に籠もって暮らすしかない。

ただ、作品の終わり方を見ると伊能はそれとも違う何かを摑んだようにも解釈される。それは、学校まで一里の距離を毎日通勤し、三食をしっかり摂り、規則正しい生活をすることによって顔の色艶もよくなり、筋肉も発達する。すると、そのほうが以前よりも性的な妄想に悩まされることが遥かに少なくなる。伊能はそれを発見するのである。

また、ふだんは口にしないことにしている漬物を文学会の最後に自棄になって食べたところ、その咀嚼音に心地よさを感じる。

このように、東京での生活で経験しなかったことが少しずつ体内に浸入してきて、伊能は自分の肉体を再認識していく。それは先の、城跡公園で感じた「健康な間違いのない生活」の発見と通じるものであり、彼が以後町の人たちと同程度の生活感を味わうことによって、自身の文学や生活の意味を問い直す可能性がある。そのことを仄めかすような結末とも理解できる。

Ⅳ

以上、『本町通り』と「何処へ」それぞれの内容について簡単ながら触れてきたが、次に両作の共通点と相違点について述べてみたい。

まず、両作に大きな相違点が見出される。第一は伊能が独身であるのに対して、キャロルが既婚者であること。これは「解説」（前記）で述べられるように、作品の構造に絡む設定として重要である。伊能については、独身であることが作中の性に関する叙述が目立つことと関係がある。キャロルは、若いヴォルボーグに一時的に魅了されるが、それは性的関心というよりも、改革への共鳴者という面の方がより強かった。性的関心をほとんど素材としない『本町通り』の方が改革に関する記述にポイントが置かれる。逆に「何処へ」は改革についての記述がその分薄れることになる。

「解説」はまた、『本町通り』に国際的な視野を欠くことも指摘しているが、それでも第一次大戦や綿花の生産や流通をめぐる記述を取り入れ、婦人参政権獲得運動にふれるなどそれなりにゴーファー・プレアリィの外に語り手は眼を向けている。

それに対して、「何処へ」は一九三X年という設定をしながら、それに対応する社会的事件等についてはほとんど反応を示さない。昭和五年から十四年の間は、日本の大陸侵入やプロレタリア文学の興隆衰退等、昭和史の重要な出来事が起こっているが、語り手はほぼ無視している。逆に、「何処へ」では町の内部で起こる事件に対する記述が多く、同時にそれは町の人々をくわしく紹介することともつながる。しかし、町の人々の中で、伊能の気持ちを理解して改革に味方するような人物はいない。そこも『本町通り』と異なる点である。同作におけるキャロルには、先に見たように味方の人物がそれなりに存在した。ただ一度だけだが、演劇協会を設立して公演に成功したのも仲間がいたからであった。また、失敗にもめげずに何度も改革に挑戦できたのは夫の理解はもちろん、それ以外に、仲間の共鳴者がいたからである。この共鳴者の有無も大きな相違である。

しかし、仲間をもたない伊能という設定は、彼の挫折感や敗北感をより重くするためのものだったとも考えられる。伊能は最終的に自分の殻に閉じこもった生活をすればよい、と心に決めているものの一人で全てを受けるそのショックは大きいはずである。

かつて小著『石坂洋次郎の文学』においてこの「何処へ」執筆の理由として、十四年間の自身の田舎暮らしで得た文学上の自信と余裕を武器に、文壇の外より文壇の内へ挑戦しようという石坂の意志からだと述べた。作品の最後についても、伊能はどこにも行かないで、この町に留まるであろうと推察した。それは随筆「冬景色」と同内容だと判断したからである。この考えに変化はない。「冬景色」で語るような心境の石坂が、手にとった『本町通り』に倣って自身の『本町通り』を書こうと考えたとしても何の不思議はない。換言すれば、『本町通り』を読んだ石坂は、我が意を得たりの思いで自家薬籠の学校を舞台に、日本版『本町通り』を構想したのだろう。すでに引用した文章からも推察できるように、両作とも戯作調をとっている。特に「何処へ」の場合は初出雑誌よりも単行本の方がデフォルメの度が大きい。

また、それぞれの主人公が紆余曲折しながら町を改革する意志を持ち合わせている点も共通している。いずれも両作の共通点である。『本町通り』を読んだ石坂がそれから学んだ点に相違ない。「雪景色」において「今もなお田舎の生活に対する反撥抵抗の想いが私の胸に蟠っていないことはない」と述べるそのわずかな「反撥抵抗の想い」に火をつけたのが『本町通り』でなかったろうか。十余年前にこの町に降りた自身を回想しながら、ペンを執ったのだろう。

ところで、本作を石坂の「坊っちゃん」にあたる作品とみる向きもあるが（「解説」平松幹夫『石坂洋次郎文庫4』昭41・12）、「坊っちゃん」との類似性を問うよりも、『本町通り』との関係を指摘するべきだと考える。

というのも、「坊っちゃん」の「おれ」と「何処へ」の伊能は設定がかなり異なる。物理学校卒と帝国大卒の職場内での差は大きいし、「おれ」の境遇や性格がかなり精密に描かれているのに対して、伊能のそれはほとんど言及されない。また、「おれ」と生徒との関係が様々な出来事との関連で作品の主要部分を占めるのに対して、伊能の場合は生徒との関係はあまり触れられない。また、町の改革については、「おれ」は全然持ち合わせていない。性格も直情型の「おれ」に対して、伊能は温厚な人間に設定されている。

最大の相違は、語りのパターンである。「坊っちゃん」が「おれ」の一人称の語りであり、「おれ」の視点でしか読者は全てを知ることができないのに対して、「何処へ」は三人称の上、語り手が伊能との間に距離をおいて批判的に観察し、読者に伝えるという仕組みになっている。戯作調を採っている点も「坊っちゃん」とは異なる。

このように、同じ旧制中学を舞台にするという共通点を除いては全く異質の両作なのである。従って、「何処へ」は「坊っちゃん」との関連で論じるよりも先にみた諸理由により「本町通り」との関連で論じる方がより妥当と考えられる。

規制としての新聞小説

——石坂洋次郎の場合

新聞小説はその形態ゆえに様々な規制を持つ。まず、四百字詰原稿用紙三ないし四枚の一回分に挿絵を付して、ほぼ毎日のように長期間にわたって連載し続けるという、おそらく世界にも類をみないスタイルに作者が規制を受ける。この間、気まぐれな読者にそっぽを向かれぬように腐心する筆者の努力や工夫は、並大抵のものではない。作品のヤマをどこに持って行くか、そのための筋立てはどんな風にしたらよいか。その苦労は雑誌掲載や書き下ろしの場合の比ではないだろう。また、本来自由であるはずの文字使い、特に漢字の使用ということに関しても、現在は常用漢字を用いざるを得ぬ制約がある。しかし、そういう苦労と裏腹に、自分の作品が場合によっては百万人以上もの読者の支持を得ていると知った時の彼の歓喜も存する。かつての新聞小説全盛期と比較すれば、テレビ小説等に人気を奪われているものの、依然、新聞小説の読者数は多いのだ。

次に、規制の意味を新聞社側からみてみる。これも以前ほどでないにしろ、新聞小説が社にとって気にかかる企画であることは間違いない。それによって発行部数が増大した時代もあったが、現在もその減少を願う社はまずない。ただ、各々の新聞社は独自のカラーを出すべく、新聞小説にもそれを要求する。担当者の要望は従って社の方針に忠実である。しかし、そういう要望は時には作家にとって規制となる。それによって自分がイメージしたものを修正されるケースだってあり得る。一方、社会の公器を言い、報道の公正を掲げる新聞社の立場から言えば、社会道徳を挑発するような表現や内容の作品を忌む。これもまた作家にとっては規制を受けることになる。

さて、明治以後の新聞史をみても、時の権力者は世論を操作すべく何かにつけてその表現領域に侵入しようとして来た。それだけ新聞の存在が大きく、無視できぬということだ。しかし、その権力に屈服した事実もやむを得ぬことと言え、あった。意向は社を経過してストレートに作家に伝えられる。ために、徳田秋声のように筆を折った作家も存した。こういう規制もある。

以上みて来ただけでも、単に「小説の規制」というよりも「新聞小説の規制」と置き換えた方が、はるかに入り組んだテーマを提供することに気付く。そして、作家と新聞社との受容するいずれの制約も結果として読者への規制となってはね返るわけである。以下はこのような一般論を踏まえて、石坂洋次郎の作品を取り上げて具体的に述べる。石坂は一九四、五〇年代にそんなに多作ではなかったけれども「青い山脈」以下で爆発的といってもよい人気を得た新聞小説作家として記憶される。ここで彼を対象としたのは、そういう意味もあるが、偶々手元に資料があったからだ。

I

「丘は花ざかり」は石坂が「青い山脈」に次いで『朝日新聞』に連載した(昭27・1・1〜7・15全一九六回)作品である。これについては以前「石坂洋次郎の文学」(創林社)で述べたことがあり、つけ加えるべき何もない。今、問題にしたいのは最終回の末尾である。こんなふうになっている。

「きあ、山田さん、もう一とふんばりしましょうや。今度は君等、いなくなってはだめだよ……」

二人の猟師達は、先きに立って歩き出し、美和子

と野崎はそのあとについて、谷間に通ずる小みちを下っていった。山田社長は、背中に意固地な表情をみせて、

「なあ、野崎君。君に教えとくが、連れの女の人の背中や髪に、枯草がついてないように気をつかうのは、男の責任だぜ」

「わしらの若い時は、そうしたものでしたな……」と、健吉も、前向きのままで、合づちをうった。

（あら！）とつぶやいて、美和子はまっかになり、思わず、連れ立ってる野崎の腕にすがった。

右手の林で、やぶウグイスが、ひっそりとなき出した。

（傍線は引用者）

美和子は東洋評論社の記者で、その一年先輩が野崎、社長が山田である。会社役員の木村健吉は山田の友人だが、美和子の伯父でもある。房総にある健吉の会社の農園を拠点に、四人は二つのペアに別れて狩猟に出る。野崎に好意を持ちながら踏ん切りがつかないでいた美和子は、終に彼とキスをかわす。二人を養子に迎えるのは健吉の希望だったので、全てがうまく行きそうである。

傍線部は単行本では（新潮社、昭27・9）、さらに「今の若い者はやりっぱなしであと始末がわるいですよ」というセンテンスが、つけ加えられた。この表現は、この部分だけを取り上げると性交にまで及んだかのような印象を与える。実際はファウストキスだけに終わったのだから、下品な言い方ととられかねない。しかし、美和子がまっかになるという表現から、初心な彼女との対比ではこの程度の書き加えは許される、と石坂は判断したのだろう。ただ、それが新聞という公の場では自主規制によって避けたのだと考えられる。

単行本「あとがき」で石坂が紹介しているように、美和子の姉で人妻の信子がドンファンの石山に唇を奪われる辺りになると、作者の背徳性を非難する手紙が多数届いた。たとえ石坂が「新聞小説の場合、男女や身分や国籍や階級に拘わらない、はつらつとした生命の流露する高度の倫理意識を、読者の間に昂揚するように努めることが、作者に負わされた大切な使命の一

つではないだろうか」(「あとがき」)と考えたとしても、それは目標であって、現実にはすぐさまそれに向けての表現を採用できなかったということだろう。

石坂のこのような例から推しても、新聞小説は単行化に際して相応の表現上の添削が考えられ、本文を定めるに当たって注意を要する。

Ⅱ

ここに石坂洋次郎の署名入りの原稿が二種類ある。「ある人々(梗概)」と題する四百字詰六枚のもの(以下Aと略称)と「生活(梗概)」と題する四百字詰十二枚のもの(以下Bと略称)である。AとBでは作品登場人物名が類似し、しかもBの末尾に「作者は前回も申した通り」とあるところから判断して、いずれも「暁の合唱」(『主婦の友』昭14・1〜16・1)の梗概を説明したもので、Aの次にBが執筆された、と考えられる。後述のように、いずれも昭和十三年七月までの執筆である。「暁の合唱」は当初『朝日新聞』の朝刊に連載の予定で、昭和十三年九月十四日付で「予告」が掲載されてもいる。それがどうして『主婦の友』に発表舞台が変更になったのか、その辺の事情については石坂の「あとがき」(『石坂洋次郎作品集』2 新潮社、昭26・9)や「著者だより」(『石坂洋次郎文庫』4 新潮社、昭41・12)等ですでに語られている。また、当時担当者として直接交渉した新延修三『朝日新聞の作家たち』(波書房、昭48・10)も、その経緯を述べている。ここでは石坂の例を引く。

当時支那事変が長びき、国内に戦争熱が高まっていた折りから、私の旧作『若い人』が、ある右翼団体から不敬罪、軍人誣告罪の名目で検事局に告訴されたためである。この告訴事件は、敵ハ本能寺ニアリで、右翼団体としては、一個人の私をこらしめるためでなく、そのころから自由主義的な傾向があるとみられていた朝日新聞を牽制するのが狙いだったのである。そこで新聞社側では、理屈が通らない逼迫した時勢にかんがみて、私の小説連載を中止してあっさりと体を躱したという次第である。

（石坂「著者だより」前述）

この「暁の合唱」が『朝日新聞』に掲載が予告された昭和十三年九月当時というのは、今日からみてどんな状況にあったのかといえば、次のようである。右の一文にもその一端が述べられるが、その半年前の三月に石川達三が「生きてゐる兵隊」を『中央公論』に発表したが、軍の威信を傷つけるとして発売禁止になり、逆に『改造』の八月号に掲載された火野葦平「麦と兵隊」が爆発的な売れ行きを示すのが、一カ月前のことである。

すでに、九年一月に、当時内務省警保局長だった松本学らが中心となって文芸懇話会が結成され、その文芸統制の目的に反撥した作家達の抵抗にあって十二年七月に同会が解散する。しかし、同時に日中戦争が始まったのであり（七月七日、盧溝橋事件）、国家総動員法公布（昭和十三年四月一日）、従軍作家部隊出発（昭和十三年九月）というふうに時代は戦争一色に染まりつつあった。特に、十五年十二月に内閣情報局が発足してからは、いっそう文化統制が強化されることになる。すなわち、各種の国策文化団体がその配下に置かれ、出版統制が強化され、新聞や雑誌の統合が進む。高木健夫『新聞小説史昭和篇Ⅱ』（図書刊行会、昭56・11）には川口松太郎や丹羽文雄、石川達三などを例に挙げながら、自身の新聞記者体験もまじえて当時の状況がつぶさに語られている。

さて、掲載中止が決定して九月十六日付の『朝日』紙上に取り止めの社告が載って間もない十一月十日付で、石坂は諸種の事情から教員を依願退職した。新延が横手に初めて石坂を訪ねたのは十三年の晩春頃としているのはよいとしても、中学を辞任したばかりだったというのは従って、間違いである。永井荷風に「濹東綺譚」を依頼した折は「何をお書きになっても結構なんです。……一番お書きになりたいものを書いていただければ、それで結構なんです」（新延・前掲書）と述べるのは、荷風がすでに押しも押されぬ大家ゆえ当然としても、石坂の場合は「若い人」で人気が出たばかりの新進作家である。社としては、どんな小説になるのかおおよその内容を知りたがるのも、これまた当然であろう。その結果、石坂が提示した物が前記の原稿Aであった。

この原稿AあるいはBは「暁の合唱」を論ずる際にそれぞれ興味深い内容を持っているのだが、ここでは同作品を検討することが目的でないので、「新聞小説の規制」という今回のテーマ内でふれたい。

まずこの原稿Aは冒頭で括弧内に「この梗概は主要人物が顔を揃へるあたりまでの走り書。事件の進度は筆をとりながら自然に工夫したい」という断わり書きを加えている。さらに、末尾に次のような文章を添えている。

> 元来作者は、全篇の筋立を構成して筆をすすめていくことは不得手である。寧ち主要な二三の人物の性格を頭の中によく熟させて、書きながら事件を自然に発展させていく、といふ方法をこれまでとり来つたので、本篇も実際に書き出したら、上述の梗概とは余程異つたものになるかも知れない。乞御諒承。

にもかかわらず、社側はこれでは納得せずに、結末に至るまでの梗概を求める。石坂もこれに応じて再度考え直して送り届けた。それが原稿Bである。Bの末尾に「七月七日夜」の日付が入れてある。

原稿Bは「暁の合唱」にかなり類似した筋立てを示している。題名や結末部分、登場人物名の相違などあるものの、書きながら考えるタイプの石坂にしては「信じられない程の時日を要しました」という感想は偽らぬ事実だろう。この「作者附記」に「新延氏より二つの駄目が出た」として、このように述べる。

> 一、女主人公の薬指の先が脱落してるとあるのは、読者に与へる感じが悪いから、何とか改められないか。
> 二、新聞記者が出てくるやうだが、商売柄クスグッタイからほかの職業に改められないか。

一は「暁の合唱」の斎村朋子に相当する人物の右手

の薬指が中程から脱落してない、との設定を言い、二は同様に浮田兼輔に相当する人物が新聞記者であるとの設定を指摘したものだ。これらの設定はむろん石坂なりの必然性があったわけで、先の「作者附記」中でも「二つとも原案通りに認めて載きたい。一の場合ハ、薬指の先がホンの少し欠けてゐるばかりだし、主人公の行動は、杞憂するやうな醜悪感を読者に与へずに、次々と発展していく筈ですから」「二の場合も、田舎の地方新聞の主筆であるし、貴社各位のカンに触るほどのこともあるまいと愚考してゐます」と主張している。

社側にすれば、一の身体障害者の登場、しかも主人公のそれというのは新聞という公器の観点からは、やはり都合が悪いということだろうし、新聞記者の登場もクスグッタイ以上に、その内幕がいろいろと明らかにされるのは歓迎すべからざることなのだろう。しかも、相手がこちらから頭を下げてぜひ共獲得したい作品でもない以上、多少は強気に出ることが可能だったのかも知れない。

一方、石坂にすれば、最初の新聞小説に登場できるチャンスとあらば、一応、筋を通した上で多少の譲歩をあるいは考えていたかも知れぬ。「作者附記」で「原案通りに認めて戴きたい」と言いながら、「梗概」中では二件ともすでに意向通りに変更しているのがそのことを裏付ける。つまり、一は「左手の薬指の関節が骨折で屈伸不能」とされ、二は「運転手兼監督」と改められている。なお、この設定は「暁の合唱」でもそのまま採用されることになる。

以上の、作家と新聞社との交渉例をみても「新聞小説の規制」から双方共に免れえぬことを知る。ただそれが、新聞社側の担当者、今の場合だと新延修三になるのだが、知見の限りでは、彼の残した文章からは一切その辺の事情は知りえず、偶々石坂が記した原稿AとBが明らさまになって、担当者の文章と照合することができて初めて解明されることになったわけである。そして、その結果、規制が双方共に免れえぬとは言いながらも実際は、社側からの一方的要望によって生じた、作家側にのみ課せられたものであったことが判明する。おそらく新聞小説には大なり小なりこういった規制がつきまとうのではないか。とするならば、それを鑑賞するに際して、そのことを前提条件にすることを忘れてはならないだろう。

石坂洋次郎の文学

――その評価の変遷

弘前が生んだ作家石坂洋次郎が八十六歳の生涯を閉じたのが、一九八六年だから、二〇一七年は没後三十一年になる。ある意味では代表作ともいえる『青い山脈』の発表から七十年が経つ。

約五十年間の作家生活で生み出された石坂の多彩な作品は、かつては殆どの文庫に所収されて手軽に手に取ることができた。しかし、現在は『青い山脈』や『若い人』『麦死なず』『石中先生行状記』『光る海』『わが日わが夢』等の主だった作品ですら、なかなか読むことができない。古書店での入手すら難しい。これは読まれない物は作らないという需要と供給の関係で説明できる現象だろう。

そんな状況にあって青森県近代文学館の特別展「石坂洋次郎」（平8・7・21～同・8・31）や弘前市立郷土文学館の企画「石坂洋次郎―『青い山脈70年』―」（平29・1・12～同・12・28）は、県市民や文学愛好者に対する刺激となるべく、格好の催し物であった。

没後にその作家が次第に読者から忘れ去られていくのは、ある意味では当然である。気まぐれ者は常に新しいものを求めるからである。しかし、夏目漱石や吉川英治、松本清張などの物故作家のように、今なお多くの読者に愛され続ける作家も一方には存在する。この違いはどこにあるのか。

長い間、読者に親しまれたものの、没後に見向きもされなくなったのは、もちろん、石坂だけではない。著名な石川達三や谷崎潤一郎、島崎藤村等々の名前を挙げることもできる。これらの作家が忘れられたのは、当然、彼らと漱石、英治、清張らとの間に何かしら差異があるからにほかならない。

I

そのことについて考察する前に、かつて国民的作家といわれた石坂洋次郎の文学が実際はどのように読者に親しまれてきたかを検証してみる。手がかりとして恰好な資料がある。それは『読書世論調査』である。これは毎日新聞社が毎年多方面から調査を実施して公表するもので、一九四七（昭和二十二）年に第一回が実施されて現在も継続している。

その調査の方法と調査対象者は必ずしも初回から同じでなく、世論調査の手法の進歩と共に様々な改良を加えて現在に至っている。それは、個別面接法と、調査票を留め置きにして回答を記入してもらう方法とを併用し、男女六〇〇〇人前後を対象に回収六十％台以上をほぼ確保する。

毎年秋に、全国市町村から人口、地域性、産業構成などを考慮して層別し、それらの層から人口の確率比例によって三〇〇地点前後を決定し、その後はその地点の住民基本台帳から無作為に最初の人を選び、以後十六歳以上の人だけを数えて七人目ごとに必要を抽出、一地点十六人ぐらいを目安にしていく。

質問内容も継続して「よいと思った本」「最近買って読んだ本」「好きな著者」「好きなマンガ」「いつも読む雑誌」「買って読む雑誌」「読書率」を中心に、年によっては特別調査や関連調査を加える。また、調査対象者の地域別、学歴別、職業別の分類も質問事項にある。

こうして実施されたこの調査は長期間にわたる実績があり、類似のものがなく、現時点では最も信頼に足るデータを提供する。

その三十年の節目として『読書世論調査——戦後日本人の心の軌跡——』（昭52・8）が刊行された。中に

資料A 「好きな著者」年次別表

著者名／年次別	吉川英治	石川達三	石坂洋次郎	夏目漱石	谷崎潤一郎	林芙美子	山本有三	芥川龍之介	源氏鶏太	川端康成	武者小路実篤	島崎藤村	井上靖	三島由紀夫	松本清張	太宰治	山本周五郎	司馬遼太郎	有吉佐和子	五木寛之	遠藤周作
1949	1	2	3	4	6	7	9														
1950	1	3	4	10	5	9															
1951	1	7	6	4	5	3															
1952	1	5	4	3		6		10													
1953	1	5	4	3		9			10												
1954	1	5	7	4		10				6											
1955	1		9	2	3	8	4			6	5	7									
1956	2	7	6	1	8	9	3			5	4	10									
1957	1	8	5	2			6			3	4	7	9	10							
1958	1	5	3	2			8			6	7	9	4								
1959	3	10	4	2			9		7	6	5		1								
1960	2	10	9	3			6		4	7	8		1		5						
1961	3	10	4	5			9		6	8	7		1		2						
1962	1		5	6			9		4	7	7	10	3		2						
1963	1		3	4			9		6	8	6	9	5		2						
1964	1		2	4			8		10	7	6	9	5		3						
1965	2		4	1	8	10			9	7	5		6		2						
1966	2		3	1			10		9	8	7	6	5		4						
1967	2		3	1			10	9		8	4	7	5		6						
1968	3		2	1			9	10		8	6	5	7		4						
1969	2		5	1	9		8	9		3	6	7			4						
1970	1	8	7	2					8	4			3		5						
1971	1	9	3	2				4		8	6		6	10	5						
1972	4	7		1						2	5		9		3	6	8	9			
1973	3	5	6	1						2			6		3			10	8	9	
1974	1	6	9	3						9			4		2				7	5	8
1975	3	7		1						10			8		2			9	5	4	6
1976	3	9	7	2						14					1	10		8	6	5	
1977	2	12	9	1	23		16	17	26	5	11	8	7	19	3	27	27	6	10	4	
1978	6	10	12	4				24		17	17	30	9	16	1	12	12	5	7	3	17
1979	6	7	31	1						10	15	19	4	31	2		17	5	13	3	11
1980	2	11	18	5			26	32	31	15	26		6	24	1	12		3	13	3	10
1981	4	19		2							23		8	24	1	12	15	3	6	5	9
1982	4	15		3				26		19	28		11		1	22	9	2	12	6	10
1983	3			4					30	26			12		1	18	10	2	21	6	11
1984	5			8									10		1	22	7	2	6	20	13
1985	5	30		8						21			15	21	2	26	9	3	11	11	18
1986	4	24		7						17			12		3	20	6	2	23	10	13
1987	5	26		3									10		6	17	8	2	16	21	14
1988	6	26		4						21			7		5	26	13	2	19	13	10
1989	3			6									13		7	18	18	1	22	18	15
1990	5			7									3		8	20	10	1	12	20	19
1991	2			9									3		5	14		1	28	12	23
1992	2		22	5			20	30		27	24		7		1	17	12	2		10	13

一九四九〜七六年間の「好きな著者ベスト10の年次別表（全体）」（以下「別表」と略称）が所収されていて、大凡の傾向を知るには恰好である。「好きな著者」の調査は一九九二（平成四）年まで実施されたが、その後は取りやめになった。

そこで、先の「別表」に加えて一九七七年から一九九二年まで毎年の調査（ベスト30）を加えて作成したのが、「資料A」である。なお、この表は紙幅の都合上、「別表」で取り上げている三十五名のうち、次期の十六年間に殆ど登場しない十四名を削除して二十一名のみを掲載した。

この表を読むに際して、若干の補足を加えると、一九七七年以降一九九二年までに表の二十一名の他に、次世代作家として次のような作家達が登場してベスト三十位に食い込み（場合によっては一位）、一九九三年以降現在に至るまで読まれ続けている。

森村誠一、三浦綾子、水上勉、曽野綾子、渡辺淳一、新田次郎、山岡荘八、筒井康隆、赤川次郎、井上ひさし、星新一、西村京太郎、平岩弓枝、山崎豊子、瀬戸内晴美、池波正太郎、村上春樹、吉本ばなな、宮尾登美子、田辺聖子、向田邦子、等々。

ところで、石坂が『青い山脈』によって人気作家となり、最後の単行本『マヨンの煙』を刊行する一九七七（昭和五十二）年までの約三十年間の文学の流れはどのようであったか、を改めて概観してみる。

一九五五（昭和三十）年位までは、戦前からの作家がなお活動し、戦後派と言われる、戦争体験を持つ作家が新たに活躍した。国民生活が曲がりなりにも安定してきた一九五五年頃から第三の新人といわれる作家や戦後世代というべき若い作家の登場がみられ、脱イデオロギーの立場に立つ内向の世代と呼称される作家たちも台頭する。

しかし、テレビが普及し、娯楽として映画や旅行が盛んになると、文学の世界もそれらの影響を受けた。映像に感化されたり、映像を意識したりした作品、旅を取り入れた作品等が誕生する。さらに、文学自体も大衆化・娯楽化して、文壇という垣根を取り外した中間小説が盛んに読まれ、それを掲載する週刊誌や月刊誌が続々と誕生し、それらには戦後、社会的に注目され出した芥川賞や直木賞以外に賞を設けるものも現れた。

さて、越谷和子は『読書世論調査　1984年版』(昭60・5・30)第六章「好きな著者の変遷」において、一九七三(昭和四十八)年十二月のオイルショックが日本人の好みの著者を一変させた。一九六八(昭和四十三)年頃までの調査ではいつも上位を占めていた大作家との世代交代がにわかに活発になった、と述べ、以下、詳細な分析をした。

これはかなりの長文で、かつ「資料A」に現れていないベスト20位までの作家も視野に入れていて説得性がある。その見出しを次に紹介する。

1　神武景気に消えた菊池寛、吉屋信子
2　映像化とともに三浦綾子「氷点」
3　文学に殉じた生涯「放浪記」の林芙美子
4　映像化の第二弾『華岡青洲…』の有吉佐和子
5　高度成長が奪った抒情の文学・谷崎潤一郎
6　行動派男性路線で浮上した司馬遼太郎
7　〝ぐうたら哲学〟で遠藤周作
8　若者の好みはヘッセから五木寛之へ
9　劇画時代のオカルト・ブーム
10　角川商法の第一陣・横溝正史
11　大量宣伝・大量販売で森村誠一
12　〝知的生産物〟か〝知的日用品〟か
13　映像化本の波にさらわれた大作家たち
14　時代を超えて夏目漱石
15　国民的作家吉川英治
16　夏目、吉川と並ぶ井上靖、松本清張
17　映像化作家の今後は

これを要するに、終戦後の日本は次第に経済的にも恵まれ、生活が豊かになるにつれて古き良き時代の人情を描く作家は次々に精彩を失っていき、姦通罪の廃止によって性解放路線が進み、それを反映した作品が発表される。一方、一九六四（昭和三十九）年にテレビ契約世帯数が約九十％を越えたことが示すように、娯楽としてのテレビが映画と共に家庭に侵入すると、その映像化された作品が逆に読者数を増やすことになる。

さらに、情報化時代を迎えてカセットやビデオテープの普及は映像化本の普及に一層拍車をかける。また、少年漫画週刊誌に掲載された劇画はブームを起こし、ショッキングな作品が読まれることにもなった。角川商法とも言われ、大量宣伝・大量販売で作品を売ることによってベストセラーが生み出された。

この映像化本の大量宣伝・大量販売はそれまでの三十年間の大作家・大文豪の世代交代をうながし、日本人好みの作家を一変させた（姿を消した例――芥川龍之介、山本有三、武者小路実篤、島崎藤村、トルストイ、パールバック、M・ミッチェル、石川達三、石坂洋次郎、川端康成等）。その中で残ったのは夏目漱石と吉川英治だけである。

一方、人気の上昇と共にベスト20入りして以後常連となっているのが井上靖と松本清張である。

Ⅱ

先の「別表」の他に、『読書世論調査――戦後日本人の心の軌跡――』に所収された「明治１００年の間の著述家１００人」（『読書世論調査　１９７０年版』初出）を取り上げて、考察する。これは、明治百年にあたる一九六八（昭和四十三）年秋に、文学者に限らず、歴史家、思想家、ジャーナリスト等々を含む予めリストアップした明治以降の著述家百人の中から、読んで印象に残っている者を何人でもあげてもらい、その数を示したデータで、評論家の臼井吉見が企画段階から担当した。その目的は「明治１００年間に世に出た著述家の中で、現在も、多くの国民の心に生き続けているのはだれか」を知るためである。回答者は四八二八人、うち名前をあげなかった者一四三七人、回答された著述家の数は延べ五万一三〇三人、回答者一人当たり平均十・六人があげられた。調査資料は順位、名前、実数、割合、その男女別の順に百人を示しているが、ここでは、三十位までの名前と全体の割合を紹介する（資料B）。

これを見ると、思想家では福沢諭吉が一人入っているが、後は小説家である。因みに、百人には福沢の他に、大宅壮一（38位）、湯川秀樹（44位）、寺田寅彦（45位）、徳富蘇峰（46位）、小泉信三（同）、倉田百三（53位）が食い込むだけである。

さて、この結果を「別表」の一九六八年のベスト10と比較してみると、「資料B」では、川端康成（「別表」では8位、以下同じ）と芥川龍之介（10位）の評価が高い。逆に、吉川（3位）、松本（4位）、山本（9位）、井上（7位）の評価が低いということがわかる。「現在も、多くの国民の心に生き続ける」との尺度が決め手となったのだろうか。また、「著書を読んだことがありますか」との前段の問いかけを重視した回答者は教科書で読んだ著者の中から選択する可能性がある。とすれば、教科書常連の作家が挙げられることになる。例えば、漱石、川端、芥川、藤村、啄木、鷗外等々は馴染み深い。

さらに、この表に未掲載のデータを紹介すると、石

資料B

①	夏目漱石	45・7%
②	石坂洋次郎	32・1%
③	川端康成	31・8%
④	芥川龍之介	29・4%
⑤	島崎藤村	29・3%
⑥	武者小路実篤	28・7%
⑦	石川啄木	28・1%
⑧	森鷗外	27・2%
⑨	谷崎潤一郎	26・6%
⑩	吉川英治	26・1%
⑪	大仏次郎	25・6%
⑫	松本清張	25・3%
⑬	福沢諭吉	23・9%
⑭	三島由紀夫	23・6%
⑮	獅子文六	23・1%
⑯	樋口一葉	22・2%
⑰	山本有三	21・6%
⑱	丹羽文雄	20・9%
⑲	井上靖	20・5%
⑳	志賀直哉	20・4%
㉑	高村光太郎	20・2%
㉒	川口松太郎	20・0%
㉓	北原白秋	19・9%
㉔	与謝野晶子	19・5%
㉕	石川達三	19・2%
㉖	尾崎紅葉	18・2%
㉗	太宰治	17・4%
㉘	有吉佐和子	17・1%
㉙	有島武郎	16・5%
㉚	舟橋聖一	14・8%

坂と川端はどちらかというと女性読者に支持されている。特に川端は主婦に愛読者が多い。女性派は啄木、一葉、有三。男性派は芥川、英治、大仏、清張ら。漱石や藤村は男女の差も、各年代でも変動がない。

『読書世論調査』の「好きな著者」のアンケート調査が取りやめになった一九九三年以降、戦後五十年という節目で昭和を中心とする名作の中から三十冊を選んで、読んだことがあるかどうかを調査した結果が同書『1996年版』(平8・5)に掲載された(資料C)。男女別も結果が出ているが、全体だけを紹介する。

この調査について同書に解説がある。それによるとが影響すると言い、「こころ」「羅生門」は高校の教科書にとられていることの読者に読まれていると言う。もっとも、何をもって三十作を選んだのかという点がまず前提になる。人によって名作の概念が異なるからである。とはいえ、この調査がある程度の参考になることは間違いない。

二〇〇〇年のミレニアムを前に、二十世紀を中心に活躍した(している)「20世紀の心に残った作家」のテーマで、日本で活躍した作家に絞って最大五人までの作家の名前を自由に記入してもらう、という調査もされた(『読書世論調査2000年版』)。全体の回答者は三三一一人のうち、一五四八人で挙名率は四七%。年代別では、十代後半は七%、二十代一三%、三十代一七%、四十代二一%、五十代二〇%、六十代一五%、七十代以上七%で、回収者全体の年代構成とほぼ同様だった(資料D)。

この結果は「資料B」や「資料C」と同じように「20世紀の心に残った作家」という問が回答者の判断に影響した一面があったようだ。なぜならば、「別表」で重要視されていない芥川龍之介や三島由紀夫、太宰治、宮沢賢治がとられているからである。また、「資料A」で川端康成の一九七八年以後の順位を確認したが、それと逆に、ここでランクされているのも同様の理由からであろう。

また、赤川次郎や西村京太郎、渡辺淳一、池波正太

資料C（数字は%）

①	こころ	（夏目漱石）	33
②	雪国	（川端康成）	33
③	羅生門	（芥川龍之介）	32
④	点と線	（松本清張）	27
⑤	細雪	（谷崎潤一郎）	25
⑥	人間失格	（太宰治）	24
⑦	青春の門	（五木寛之）	24
⑧	青い山脈	（石坂洋次郎）	23
⑨	暗夜行路	（志賀直哉）	21
⑨	宮本武蔵	（吉川英治）	21
⑪	恍惚の人	（有吉佐和子）	19
⑫	徳川家康	（山岡荘八）	18
⑬	破戒	（島崎藤村）	17
⑬	人間の条件	（五味川純平）	17
⑮	太陽の季節	（石原慎太郎）	15
⑮	氷壁	（井上靖）	15
⑰	友情	（武者小路実篤）	14
⑱	金閣寺	（三島由紀夫）	12
⑱	橋のない川	（住井すゑ）	12
⑳	きけわだつみの声	（日本戦没学生記念会編）	10
⑳	楢山節考	（深沢七郎）	10
㉒	裸の王様	（開高健）	9
㉓	沈黙	（遠藤周作）	8
㉔	さぶ	（山本周五郎）	6
㉔	野火	（大岡昇平）	6
㉖	個人的な体験	（大江健三郎）	3
㉖	堕落論	（坂口安吾）	3
㉘	邪宗門	（高橋和巳）	2
㉙	苦海浄土	（石牟礼道子）	1

資料D（数字は実数）

①	司馬遼太郎	216
②	松本清張	181
③	夏目漱石	155
④	赤川次郎	142
⑤	川端康成	126
⑥	五木寛之	97
⑦	遠藤周作	96
⑧	芥川龍之介	89
⑨	三島由紀夫	86
⑩	吉川英治	81
⑪	太宰治	64
⑪	西村京太郎	64
⑬	井上靖	62
⑬	大江健三郎	62
⑮	渡辺淳一	60
⑯	瀬戸内寂聴	57
⑰	池波正太郎	55
⑰	宮沢賢治	55
⑲	石原慎太郎	51
⑳	森村誠一	46
⑳	山崎豊子	46

郎らのランク入りは、「好きな著者」との観点から回答者が採ったと考えられる。特に、赤川次郎は一九八四年に四位、翌年から一九八八年まで一位、翌年から二年間は二位、一九九一、二年は四位という具合でベストセラー作家として認知されていた。

以上、何種類かの調査結果を紹介して戦後から最近までの国民が好む作家や作品がどんなものかを知ることができた。もちろん、個々の調査はそれなりの限界がある以上、それを鵜呑みにはできない。しかし、大凡の傾向があることは確かである。

「別表」や「資料A」～「資料D」を見ても、夏目漱石と吉川英治は常にランクされている。また、オイルショック後にそれまで日本人の好きな著者として上位を占めていた志賀直哉、谷崎潤一郎、石川達三、石坂洋次郎、島崎藤村、武者小路実篤、芥川龍之介らはまもなく姿を消すが、「資料B」「資料C」等のしっかりした価値に基づく選択の元ではそれなりに読者の支持をえている。

Ⅲ

以下、石坂に限定して評価の変遷をたどってみる。

まず、「別表」で石坂が約三十年間「好きな著者ベストテン」の常連であったことが判明する。戦後まもなくの『青い山脈』が評判となって、以後、新聞小説作家として全ての全国紙に次々と連載をし、明るいユーモアと健全なモラルで青春を描く作風が読者に受け入れられて流行作家となった。同時に、それを原作とした映画やテレビドラマが好評を博した。

映画テレビを通して映像化された作品、例えば『青い山脈』『若い人』『何処へ』『陽のあたる坂道』等が繰り返し制作されて平成を迎えるまで視聴者を楽しませた。さらに、それら映像を見た者が原作を読むという現象を生んだ。

しかし、「資料A」で明らかなように、オイルショック後に世代交代が行われ、石坂はベスト30にも滅多に入らなくなった。そういうなかで、「資料B」では明治百年間の著述家中、石坂が国民に愛される者の、第二位にランクされたのは注目するべきである。先にも考察したように、九位までの上位ランクの作家たちは教科書で常連であることが原因と考えられるものの、石坂はその常連ではないからである。

その理由を特定するのは難しいが、この調査時点（一九六八年）で石坂は依然としてベストテンの常連であり、一九七〇年頃から映画化・テレビ化され続けた作品が年数作にも及び、多いことが影響しているからであろう。

戦後五十年の節目に昭和を中心とする三十作の中から選ぶという「資料C」では、石坂の『青い山脈』が男性一二位、女性五位の、総合八位であった。しかし、この順位は団塊の世代（四十代後半）を境にして読んだ割合が多くなるという。この調査においても『こころ』『羅生門』に教科書の影響が出ているが、他に発表当時の話題作だったり、もはや古典的作品だったりする作品が見受けられる。その中にあって『青い山脈』が、発表当時いかに衝撃的な影響を与えたかを回答者が記憶していることである。

ところで、この調査で『青い山脈』を石坂の代表作とすることは適切なのだろうか。彼自身は、一つだけ残したいのは『麦死なず』だと言い、一番愛着を感じるのは『わが日わが夢』だと言うが、『若い人』にこそ彼の魅力があふれているとの声や『何処へ』こそがユニークだと述べる人もいるだろう。

しかし、石坂を「明るいユーモアと健全なモラルで青春を描」（『広辞苑』）いたとするのが一般的で妥当な見解とするならば、青春物の出発点に位置し、それ以前からの文学ともつながるこの作品を、やはり、彼の代表作とするのは適切であろう。

「資料C」のわずか四年後の「資料D」になると、もはや石坂の名前は見られない。二十世紀の心に残った作家ということだが、石坂だけでなく、志賀直哉や谷崎潤一郎、武者小路実篤、島崎藤村といったいわゆるオイルショック前に上位にランクされた作家たちが同様に姿を消す。代わりに、司馬遼太郎や赤川次郎、五木寛之、西村京太郎、渡辺淳一等々のベストセラー作家が過半数を占める。調査の趣旨である「20世紀の心に残った」という問が十分に理解されなかった結末であろう。

このように、調査結果をみてみると、オイルショック後に日本人の好みの作家が一変し、それまで人気があった作家たちが世代交代してしまった。その波に石坂も呑まれたということである。

ただ、『青い山脈』だけが当時の愛読者の支持を得ている事実があるが、支持したその世代がさらに高齢になった際には、それさえも消えるかも知れない。

世代交代した作家の中でも、明治大正時代に活躍し、教科書に掲載される文学者はそれなりに読者の支持を得ている。また、出版社としてもある程度の需要が見込めるならば文庫本で残すだろうが、教科書に掲載されない石坂のような場合は文庫にも入らない。当然、その作品が読者と出会う機会は少なくなる。先に述べた需要と供給の関係である。

民主主義のあり方を問い、新制度下の学校教育や男女交際の姿をユーモアたっぷりに描いたこの作品は、単行本も版を重ね、早速映画化もなされるなど好評であった。以後、自信を得た彼は明るいユーモアと健全なモラルで青春を描く路線を走ることになる。

この作品が好評だった理由は少なくとも二点考えられる。その一は三組の、つまり、学生の金谷六助と寺沢新子、富永安吉と笹井和子、校医沼田玉雄と教師島崎雪子であるが、彼らが綾なす爽やかな恋が作中のユーモラスな事件の痛快な解決ぶりと相まって軽快なタッチで述べられていくことである。もう一点は、新憲法下における新生活のあり方、知識階級のあるべき姿、個人と社会との関係等々に対する「処方箋」が、作中に効果的に配置されて読者の指針となったことである。黒塗りの教科書を使用していた当時、この作品はその点でも新鮮さを持って迎えられたはずである。

また、作中に、闇米の売買、リンゴの密移出、セップン映画、ダンスの流行等々、読者に臨場感を与える多くの素材が取り上げられている。しかし、これは今

Ⅳ

とはいえ、そういう理由だけではない問題が石坂文学に内包されていないだろうか。『青い山脈』を例にとってこのことについて考えてみる。

この作品は、戦後二年目の昭和二十二（一九四七）年に『朝日新聞』から「国民に健康な娯楽と、出来れば民主主義を理解させるような小説」との依頼を受けて執筆された。日本国憲法の発布による国民主権や基本的人権の尊重、婦人参政権、六三制の教育制度、姦通罪の撤廃等々、価値観が一八〇度変わった社会において石坂はあるべき国民生活のあり方を描くことにした。小著『石坂洋次郎の文学』で述べたので、詳細は省くが、彼にとって戦前の自己作品から人物や場面を多数借用し、精神より肉体を重視し、観念より現実を重視する文学がこの新時代でも通用するかを試す絶好の機会であった。

日から見ると、戦後間もなくの風俗を知る格好の資料になる。裏を返すと、今日では歴史資料として価値があるものの、同時に作品の古さを示すことになる。

もちろん、小説は風俗を写すものだが、その風俗描写を通じてその時々の読者に問いかける普遍的な問題を備えていないと、読者には次第に見向きされなくなると考える。

先に、作品の爽やかな恋と述べたが、例えば、冒頭から登場する六助と新子の場合を見てみる。二人がボートに乗っているところをならず者にからまれるものの、それを撃退する。しかし、陸上で二人は待ち伏せをされるが、富永の登場でことが大きくならずにすむ。三人は喧嘩したことを後悔する。その時、新子が「私は……六助さんが好きだわ……。好きなんだわ……」と言ってその場を去る。

この言葉が以後の二人に重くのしかかる。六助は、あの言葉は新子が熱病患者のうわ言のように、全く無意識で口走ったものに違いないから、気にかけないようにしようと思う。しかし、彼女が恋愛を意味してあんな発言をしたんだったら、と考えると胸は怪しくうずく。しかし、それは決して快い性質のものではない、暗く濁った興奮であると考える。

新子も思い悩んでいて、島崎先生に相談していた。終に六助と新子は会って、あれは無意識に口走ったのだという。

作品の終わりの沼田と島崎の結婚話は次のようになっている。沼田が島崎に結婚を申し込むと、彼女はいとも冷静に受け止めて条件を提示し、それを文章にして寝室に貼る許可を得る。また、彼女は男女交際のあり方等々を彼に話す。沼田は「結婚前の男女の会話がこんなに散文的なものとは思いませんでしたよ」と相手の冷静な対応に半ばあきれたように言う。

いずれの場合も、彼らの恋愛に伴う「性」はあまりにきれいに扱われ過ぎてはいないか。

発表当時、望月衛は「なんの悩みなしに、このような『清遊』をするというのは、おかしいようでさえある」「きれいごとで、終始させるにとどまっている」(「『青い山脈』の分析批評」昭24・3)と述べ、後に、寺山修司も「性論議がものたりな」い（「小さい巨像⑰　青い山脈」昭48・5）と語った。発表当時はこのような指摘は、むしろ少数派だったかもしれない。何しろキスの場面を描いただけで発売禁止にするような（島崎藤村「旧主人」明35・11）国である。「性」と「政」に対する弾圧は一九四五（昭和二十）年の終戦まで継続していたからである。いくら姦通罪が撤廃されたとはいえ、石坂は当時盛行したカストリ雑誌のように直ちに性を扱うことができなかった。

しかし、『青い山脈』以後、現在に至るまで性の解放は目を見張るものがある。今日の視点からは同作の性はあまりにも清く正しすぎると言えよう。

いっぽう、作中に散りばめられた民主主義のあり方についての言辞は、現在の大方の読者には、もはや常識的過ぎて新鮮には受け止められないだろう。

こうして、発表以来、刺激的であった『青い山脈』は時代の進展と共に読者を減らしていくことになったと考えられる。

それでは、先にも問題提起をしておいた夏目漱石の作品が今なお読者を得ているのはなぜかについて、考察を加える。教科書に採用されているのがその一因であることは述べた。それ以外に、作品に内在する要素を「坊っちゃん」（明39・4）を例にして考える。

これは江戸っ子と田舎者の対決物語と解釈してもよいし、新米教師の奮闘記と読んでもよいし、「おれ」と清の交遊話と理解してもよい。しかし、「おれ」の性格がもたらす悲喜劇と解釈するのが穏当である。

「おれ」は無鉄砲で、知恵が足りず、策略をめぐらすことを知らない人間である。子どもの頃からそれで損ばかりして、親や近所の人からも乱暴者と見られて、本人も到底人には好かれない性（たち）と認識している。そんな中、清だけが素直で良いご気性だと認め、可愛そうだ不幸せだと同情し、何かにつけ味方になるそういう性格をひきずったまま教師になった「おれ」は、次々と起こる出来事に目を白黒させ、「世の中は物騒だ」「このままでは堕落しそう」と思い込み、早急に東京へ戻らなければと考える始末である。

そんな「おれ」に対して赤シャツが「自分だけ悪い

ことをしなくっても、人の悪いのがわからなくっちゃ、やっぱりひどい目に逢うでしょう」と言う。それとなく「おれ」の世間知らずを批判して諭しているのだが、「おれ」には全く通じない。もし、この時点でこの助言とも皮肉ともとれる言葉の意味を「おれ」が受け入れる事ができたならば、この小説はここで終了する。「うらなり」の送別会もないし、師範と中学の騒動もないし、山嵐の退職もないし、生卵事件もいらない。

この作品は徹底して「おれ」の性格を絡ませて事件が展開する。そんな「おれ」の性格を際立たせるために他の人物はデフォルメして造形されている。「赤シャツ」しかり「野だ」しかり「山嵐」しかり、「うらなり」しかり。

さらに、そんな「おれ」の造形のために一人称を採用しているのはやはり成功している。前作「吾輩は猫である」が猫の発言や思想がリアルであるための一人称であったのと同様に、この作品も「おれ」の性格がより真実味を帯びるように一人称が用いられた。

さて、作中の「おれ」の父からの遺産取り分六百円、氷水一杯一銭五厘、街鉄技手の月給二十五円等は今の読者にはいくらに相当するのかは即座には理解できない。しかし、「おれ」の性格は現在でも容易に理解できる。時代によって無鉄砲な人間が増えるとか、地域によって多寡があるとか、そのような性質のものではないからである。

ここにこの作品が今でも読者にとっては古びていない所以がある。時代を越えて成立する普遍のファクターを主に採用したからである。しかも、越谷和子が前記文章で、これは小学生は「バッタ事件」「卵をぶっつけたところ」、中学生では「あだ名」、高校生では「坊ちゃんの正義感や性格」などと、読んで面白いところが年齢によって変化しているという。

漱石の作品は年齢に応じて読まれる小説や評論、エッセイがあり、その意味で国民各層に親しまれている。その点も読み継がれる理由であろう。

V

石坂洋次郎の文学を「明るいユーモアと健全なモラルで青春」(『広辞苑』)を描いたという視点に固定するならば、今後も従来の評価を越えることはできないと考える。異なる視点が必要である。

例えば、小著『石坂洋次郎の文学』「あとがき」で、純文学と大衆文学の接点の問題、教訓性や風俗性、娯楽性の問題、それらと共通の要素を持つ新聞小説と石坂作品との関係、独自のセックス観を示した作品の近代文学史上での位置づけ、風土と文学の関連、笑いの質やユーモアの性格、等々を評価の視点として列挙した。

これらのような視点を据えて、新たな石坂文学像を描くことは十分に可能だと考える。

初出一覧

風土と文学――石川の場合　「同上題」(『金沢大学語学・文学研究』三十五　平成十八年九月)

風土と文学(続)　「同上題」(『イミタチオ』五十四号　平成二十四年十一月)

四高〝文学山脈〟――培われる文学土壌とその行方　「同上題」(『北國文華』七号　平成十三年三月)

再評価を待つ秋田人――「明治維新一五〇年」を前に　「同上題」(『秋田魁新報』平成二十八年七月七日)

「青い山脈」七十年　名作誕生の源流をみる――徳田秋声、葛西善蔵、石坂洋次郎
「同上題」(『北國文華』七十四号　平成三十年一月)

泉鏡花「由縁の女」のランドスケープ　「同上題」(『イミタチオ』三十号　平成九年十二月)

徳田秋声における英学修得の意味　「芸は身を助ける――徳田秋声の場合」(『石川自治と教育』六三九
平成二十二年四月)

徳田秋声とイプセン――附・秋声「エリイダと日本の女」翻刻
「同上題」(『金沢大学語学・文学研究』三十六号　平成二十年十二月)

徳田秋声と吉屋信子――附・全集未収文翻刻　「同上題」(『イミタチオ』四十七号　平成十九年六月)

作家・矢田挿雲の出身地を探る　「作家・矢田挿雲の出身地を探る――『北國新聞』にあった一つの事実」
(『北國文華』十七号　平成十五年九月)

犀星の小説――語りの深化　「同上題」(『室生犀星生誕100年記念特別展』平成元年七月)

室生犀星にとっての戦後――未刊行詩「一つの物から」の周辺
「同上題」(『イミタチオ』三十五号　平成十二年九月)

暁烏敏と島田清次郎――両者に通う血　「同上題」(『金沢大学図書館報こだま』一一八号　平成七年七月)

坪野哲久論――その初期の様相　「同上題」(『イミタチオ』四〇号　平成一五年七月)

男坂と女坂と――坪野哲久の初期小説　「同上題」(『イミタチオ』四十五号　平成十八年六月)

坪野哲久『百花』論　「同上題」(『金沢大学語学・文学研究』三十・三十一号　平成十五年九月)

坪野哲久「媼遊び」論　「同上題」(『金沢大学語学・文学研究』三十四号　平成十八年九月)

森山啓「収穫以前」の変容　「同上題」(『金沢大学語学・文学研究』二十四号　平成七年七月)

もう一つの「内灘」文学――「闘争」を描かなかった森山啓
「同上題」(『北國文華』十四号　平成十四年十二月)

新しい時代の恋人群像――唯川恵の進化　「新しい時代の恋人群像」(『北國文華』十一号　平成十四年三月)

唯川恵『病む月』の位置　「同上題」(『イミタチオ』三十九号　平成十四年十二月)

五木寛之〈金沢物〉の傑作「金沢あかり坂」　「同上題」(『イミタチオ』五十七号　平成二十八年七月)

ユーゴーの陣笠になろう――佐藤紅緑の小説　「同上題」(『郷土作家研究』二十六号　平成十三年三月)

「老婆」論――善蔵から石坂へ　「同上題」(『イミタチオ』五十九号　平成三十年九月)

知性の敗北の物語――石坂洋次郎『何処へ』とルイス『本町通り』
「同上題」(『郷土作家研究』三十号　平成十七年六月)

規制としての新聞小説――石坂洋次郎の場合　「同上題」(『郷土作家研究』二十三号　平成七年三月)

石坂洋次郎の文学――その評価の変遷　「同上題」(『郷土作家研究』三十八号　平成二十九年八月)

あとがき

本書は、「小説の生誕地・その源流をたどる」という一見、エッセイ風のタイトルだが（いや、中身もエッセイ風の物ばかりかもしれないが）、サブタイトルは、「日本海辺の文学研究序説」といかにも学術的命名をしている。このアンバランスが本書の置かれた立場を明らかに示し、その内容においてもふさわしいのではと考える。

一章で述べたように、古典文学と近代文学とでは、文学に与える風土の影響を考察する場合は、視点が異なる。近代文学では、住民の文化に及ぼすものは気候や地形、地質以外の要因を考慮する必要がある。言うまでもなく、交通やマスコミ等の発達によって、各地域を取り巻く諸情況が均一化され、地域間の格差が次第に縮小していくからである。

したがって、近代文学に与える風土の問題は、時代の状況や価値観、さらには、その作家の、特に人格形成期までに与えられた他人の影響、その作家がそれまでに出会った書物、また、その作家の才能等々が複雑に絡み合っていることを考慮する必要がある。このことは本文でも強調した。

しかし、この問題はもちろん、一筋縄では行かないもので、各作家の各作品の丁寧な点検を経ることはもちろん、同郷の作家同士の比較検討も必要である。それらが全て終了した時点でその問題は解決したというべきである。研究者にとっては厳しい現実を押し付けられることになる。本書は、日本海辺の文学と風土との相関関係を考察するという長い道のりに対して、ほんの一歩を記し得たに過ぎない。越えるべき先は遥か彼方に存在する。

一章「風土の系譜」では、先の課題に対する取り敢えずの検討結果を述べたものだが、当然ながら不確定な内容に終わってしまった。青森や秋田、石川と、自身と係わりのある土地との関連を考察したが、問題提起に終わった感がある。

二章、三章は石川と青森にゆかりの作家と作品について、考察している。依頼を受けたものもあるが、自主的にペンを執った文章も多い。作家の数が十三人というのは、本論の趣旨から言えば少なすぎる。とはいえ、いずれも興味と関心を持って取り組んだものばかりである。

発表誌(紙)は「初出一覧」で明らかなように、①『イミタチオ』②『郷土作家研究』③『北國文華』④『金沢大学語学・文学研究』等々だが、それぞれ「北陸三県在住の文芸愛好者による創作・批評と研究」(①)、「青森県が生んだ作家の調査研究の徹底」(②)「時代を切り開く価値観と豊かな文化土壌を作り上げる地方発の雑誌」(③)というように、各地域の風土と密接な関係を持つ発表誌がほとんどである。そのことを意識して執筆したものも多い。秋声や犀星、石坂等のいくつかの文章は資料紹介も兼ねている。ある意味では、それに価値があると言われても仕方がない。

気付いた字句を訂正したりタイトルを変更したりしたものの、初出誌の内容にほとんど手を加えていない。それぞれの初出時に適切な意見を下さった方々に改めてお礼を申したい。最後になったが、能登印刷出版部の奥平三之氏にはお世話になった。記して謝意にかえる。

二〇一八年　仲秋

森　英一

森　英一——もり　えいいち

昭和二十（一九四五）年十月、青森県弘前市に生まれる。北大大学院博士課程修了。金沢大学教授（現・学校教育学類）を経て、平成二十三（二〇一一）年三月、定年退職。金沢大学名誉教授。金沢近代文芸研究会（『イミタチオ』発行）代表理事。

主要著作に『石坂洋次郎の文学』（一九八一年）『物語石川の文学』（一九八五年）『森山啓』（一九八八年『石川近代文学全集』9）『明治三十年代文学の研究』（一九八八年）『秋声から芙美子へ』（一九九〇年）『五木寛之の文学』（二〇〇八年）『北國新聞文芸関係記事年表稿』（一九八一～二〇〇六年）『林政文の生涯』（二〇一八年）、小説『不軌の絵師―久隅守景と加賀藩』（一九九九年）『夢追いびと等伯』（二〇〇一年）『雪解け頃』（二〇〇四年）『維新の暈』（二〇一〇年）ほか。

小説の生誕地・その源流をたどる

——日本海辺の文学研究序説——

二〇一八年一〇月一〇日　第一刷発行

著　者　森　英一

発行者　能登隆市
発行所　能登印刷出版部
〒九二〇－〇八五五
金沢市武蔵町七－一〇
TEL 〇七六－二二二－四五九五
編　集　能登印刷出版部・奥平三之
デザイン　西田デザイン事務所
印刷所　能登印刷株式会社

ISBN978-4-89010-737-7